AGATHA CHRISTIE EDITOR'S CHOICE

# THE ABC MURDERS

AGATHA CHRISTIE EDITOR'S CHOICE

# THE ABC MURDERS

ABC 살인사건 애거서 크리스티 장편 소설 | 김남주 옮김

황금가지

# THE ABC MURDERS

*by Agatha Christie Mallowan*

## 정식 한국어 판 출간에 부쳐

나는 한국에서 우리 할머니의 작품을 정식으로 출간한다는 소식을 듣고 무척 기뻤다. 할머니가 1920년부터 1970년 무렵까지 오랜 세월에 걸쳐 집필한 작품들은 21세기인 지금 읽어도 신선하고 재미있다. 등장 인물들이 워낙 자연스러워서 요즘 사람들과 다를 바 없고 이들이 등장하는 상황과 장소가 전 세계 사람들의 애정과 향수를 자극하기 때문이다. 한국 독자들은 이번에 새로 나온 정식 한국어 판을 통해 그 동안 접하지 못했던 애거서 크리스티의 일부 작품들을 읽을 수 있을 것이다. 덕분에 한국에 새로운 세대의 애거서 크리스티 팬들이 탄생할지도 모르겠다는 생각을 하면 가슴이 벅차다.

애거서 크리스티는 대표적인 두 명의 주인공으로 기억되는 작가이다. 14권의 작품에 등장하는 마플 양은 영국의 작은 시골 마을에서 평온한 나날을 보내며 뜨개질과 수다로 소일하는 미혼의 할머니이지만, 놀라운 기억력과 날카로운 두뇌 회전으로 주변에서 벌어진 살인 사건을 해결한다.

그리고 마플 양과 상반되는 성격을 지닌 에르퀼 푸아로는 자신만만하고 콧수염을 포함한 자신의 외모와 벨기에라는 국적에 대한 자부심이 상당하다. 그는 이집트와 이라크를 비롯한 세계 각지에서 수수께끼를 해결하며 『오리엔트 특급 살인*Murder On The Orient Express*』, 『나일 강의 죽음*Death On The Nile*』, 『애크로이드 살인 사건*The Murder Of Roger Ackroyd*』 등 애거서 크리스티의 여러 대표작에 모습을 드러낸다.

황금가지의 대담하고 참신한 표지와 전반적인 디자인 덕분에 작품의 성격이 잘 살아난 것 같아 기쁘다. 또한 한국 독자들이 할머니의 원작이 지닌 참된 묘미를 느낄 수 있도록 충실한 번역을 위해 애써 준 점도 높이 사고 싶다.

할머니의 작품이 20세기의 그 어떤 작가들보다 많이 팔리고 있는 이유는 나이와 국적에 상관없이 읽을 수 있는 재미와 감동을 갖추었기 때문이다. 모쪼록 한국 독자들도 황금가지에서 선보이는 애거서 크리스티 작품들을 즐겁게 감상하기를 바란다.

매튜 프리처드

애거서 크리스티의 손자

ACL 이사장

## 차례

## 서언

아서 헤이스팅스 대위(대영제국 제4급 훈장 수훈자)

이 이야기는 직접 목격한 사건과 장면만을 기술하는 내 평소 습관에 따라 쓰였다. 따라서 몇몇 장은 제삼자의 도움을 받지 않을 수 없었다.

그런 장들에 나오는 사건들 역시 내가 보증할 수 있다는 것을 독자들에게 분명히 해 두고 싶다. 여러 사람들의 느낌과 생각을 묘사하는 데 시적인 파격 어법을 사용한 것은 그렇게 해야만 그들을 정확하게 그려 낼 수 있을 것 같아서다. 그에 대해 내 친구 에르퀼 푸아로의 '심사'가 있었다는 걸 부언해 둔다.

결론적으로 내가 이 기묘한 연쇄 살인에서 파생된 부차적이고 사적인 관계를 이 글에서 지나치게 자세하게 설명했다면, 그것은 인간적이고 개인적인 요소를 무시할 수 없었기 때문이었노라고 말하련다. 에르퀼 푸아로도 언젠가 아주 극적인 태도로, 범죄는 로맨스를 낳는다고 하지 않았던가.

ABC 사건의 해결에 대해 내가 할 수 있는 말은, 푸아로가 이전에 다루었던 것들과는 전혀 성격이 다른 문제를 해결하는 데 정말이지 천재적인 면모를 보여 주었다는 것뿐이다.

## 편지

1935년 6월 나는 남아메리카의 내 농장을 떠나 여섯 달 동안 고국인 영국에 머물고 있었다. 남아메리카에서 우리는 무척 어려운 시기를 겪은 참이었다. 다른 많은 이들처럼 우리도 세계적인 불황의 영향을 받았던 것이다. 그런 와중이었으니 나는 영국에서 착수한 여러 사업이 잘 굴러가도록 직접 살펴봐야겠다는 생각을 했다. 아내는 농장 경영을 위해 남았다.

영국에 도착해 내가 처음으로 한 일 중의 하나가 옛 친구 에르퀼 푸아로를 찾아본 일이라는 것은 말할 필요조차 없을 것이다. 그는 식사가 제공되는 런던의 최신식 아파트에서 지내고 있었다. 나는 그에게 기하학적 형태와 정교한 비례를 자랑하는 건물 외관 때문에 그곳을 선택한 것이 아니냐고 추궁했다. (그리고 그는 내 생각이 옳다고 인정했다.)

"사실 그렇다네, 친구. 정말이지 멋진 균형을 보여 준다고 생각하지 않나?"

나는 사각형이 지나치게 많은 것 같다고 대답하고는, 이 초현대식 거처에서는 혹시 암탉도 사각형 알을 낳는 것이 아니냐*는 과거의 농담을 입에 올렸다.

푸아로가 기분 좋게 웃음을 터뜨렸다.

"아, 그 얘기를 기억하고 있었나? 안타깝게도 그렇지 않아. 현대과학도 아직 암탉들에게 현대적 취향을 받아들이게 하는 덴 성공하지 못했다네. 그래서 암탉들은 여전히 크기와 빛깔이 제각각인 둥근 알을 낳고 있지!"

나는 애정에 찬 시선으로 나의 옛 친구를 살펴보았다. 그는 무척 멋진 모습을 하고 있었다. 마지막으로 만난 후 전혀 나이를 먹지 않은 것처럼.

"정말 원기 왕성해 보이네요, 푸아로. 그때 이후로 전혀 나이 든 것 같지가 않아요. 착각인지도 모르지만 마지막으로 보았을 때보다 흰머리는 오히려 줄어든 것 같고요."

푸아로는 눈을 빛내며 나를 쏘아보았다.

"그게 왜 불가능하겠나? 충분히 가능한 일이야."

"그러니까 검은 머리가 흰머리가 되는 게 아니라 흰머리가 검은 머리가 된다는 겁니까?"

---

* 『푸아로 사건집』 중, 「대번하임 씨의 실종」 편에서.

"바로 그렇다네."

"하지만 그건 과학적으로 불가능하잖아요!"

"전혀 그렇지 않다네."

"정말 이상하군요. 자연 법칙에 역행하는 것인데 말이죠."

"헤이스팅스, 언제나 그랬던 것처럼 자네의 선한 마음은 의심이라는 걸 모르는군. 세월도 자네의 그런 면을 바꿔 놓지 못했어! 자네는 현상을 관찰함과 동시에 그에 대한 해답을 스스로 내놓은 걸세! 그 사실을 깨닫지 못한 채 말일세."

나는 어리둥절해서 그를 물끄러미 응시했다.

그는 말없이 침실로 들어가더니 병 하나를 손에 들고 돌아와 내게 내밀었다.

나는 영문을 모른 채로 그 병을 받아들었다.

거기에는 이렇게 씌어 있었다.

'리바이비트'는 머리카락에 자연스러운 색감을 돌려줍니다.

'리바이비트'는 단순한 염색약이 아닙니다.

잿빛, 밤색, 금갈색, 갈색, 검은색의 다섯 가지 색깔이 있습니다.

"푸아로, 머리를 염색했군요!"

내가 외쳤다.

"아, 이제야 알아듣는군!"

"그러니까 당신 머리카락이 지난 번 보았을 때보다 더 검어 보이는 건 바로 그 이유 때문이었군요."

"바로 그렇지."

"맙소사."

나는 충격을 수습하며 말했다.

"다음 번에 귀국하면 당신이 가짜 콧수염을 달고 있지 않은지 확인해야겠어요. 아니 혹시 지금 그런 건 아닌가요?"

푸아로가 미간을 찌푸렸다. 콧수염은 언제나 그가 가장 정성을 쏟는 부분이었다. 그는 자신의 콧수염에 특별한 자부심을 가지고 있었다. 조금 전 내 말로 그는 발끈한 것 같았다.

"아닐세, 아니야. 아니고말고. 몬 아미(이 친구야), 선한 신께 기도하건대 그런 날이 오려면 아직 멀었다네. 가짜 콧수염이라니! 켈 오레르(정말 끔찍하군)!"

그는 자신의 콧수염이 진짜라는 사실을 확인시키기 위해 그것을 세게 잡아당겨 보였다.

"그렇다면 여전히 무척 멋진 콧수염이로군요."

내가 말했다.

"네스 파(그렇지)? 런던 전체에서 내 것에 필적할 만한 콧수염을 본 적이 없어."

'정성을 여간 들였어야지.'

나는 속으로 생각했지만, 그런 말을 입 밖에 내서 푸아로의 감정을 상하게 할 수는 없었다. 그 대신 나는 그에게 요즘도 가끔 탐정 일을 하고 있는지 물었다.

"당신이 여러 해 전에 은퇴한 건 물론 알지만……."

내가 말했다.

"세 브레(사실일세). 페포 호박*을 기르려고 했다네. 그런데 은퇴하자마자 살인 사건이 터졌지 뭔가? 그래서 호박들을 내동댕이치고 말았지. 자네가 무슨 말을 할지 알고도 남아. 그때 이후 나는 고별 공연을 끝없이 되풀이하고 있는 프리마돈나 같거든!"

내가 웃음을 터뜨렸다.

"실제로 바로 그런 꼴이야. 매번 나는 이번이 마지막이라고 말하지. 하지만 천만에, 또 다른 사건이 일어나는 걸세! 그리고 나는 그 일을 받아들이고, 친구. 은퇴한 건 중요치 않다네. 이 작은 회색 뇌세포는 쓰지 않는다면 녹슬어 버리니까."

"알겠습니다. 요컨대 당신은 그 뇌세포를 적당히 훈련시키고 있는 거군요."

내가 말했다.

"바로 그렇다네. 나는 사건을 고르고 선택하지. 요즘 에르퀼 푸아로에게 들어오는 사건은 범죄 중의 범죄뿐일세."

"그렇게 대단한가요?"

"파 말(그런 편일세). 얼마 전에는 큰일날 뻔했지."

"해결에 실패할 뻔했나요?"

"아니, 그런 건 아니야."

---

* 식용으로 쓰이는 서양 호박의 한 종류.

푸아로는 충격을 받은 표정이었다.

"다만 나, 이 에르퀼 푸아로가 하마터면 죽을 뻔했다네."

나는 휘파람을 불었다.

"정말 대단한 살인자였군요!"

"대단하다기보다 무모했다고 할 수 있지. 무모했다는 게 정확한 표현이야. 그 이야기는 하지 말기로 하세. 헤이스팅스, 여러 면에서 난 자네를 행운의 마스코트로 여기고 있어."

"정말입니까? 어떤 점에서요?"

푸아로는 나의 질문에는 직접적인 대답을 하지 않은 채 말을 계속했다.

"자네가 찾아온다는 소식을 듣자마자 나는 혼자 생각했어. '무슨 일인가 일어나겠군.' 하고 말이야. 예전에 우리 둘이서 함께 사건을 해결하지 않았나. 하지만 흔한 사건이어서는 안 돼. 대담한 것이어야 한다고."

그는 흥분해서 두 손을 흔들어댔다.

"그런 사건 있잖나. 르셰르셰(미묘하고), 섬세하면서, 피네(세련된)……."

그가 운치 있게 발음한 마지막 단어는 내가 알아들을 수 없는 것이었다.

"푸아로, 장담하지만 누군가 들었다면 당신이 리츠 식당에서 저녁 식사를 주문하고 있는 줄 알 거예요."

"그러니까 범죄를 주문할 순 없다는 건가? 사실 그렇지."

그는 한숨을 내쉬었다.

"하지만 나는 행운을, 그리고 운명을 믿는다네. 내 곁에서 내가 용서할 수 없는 실수를 저지르지 못하도록 해 주는 게 바로 자네의 운명이야."

"당신이 말하는 용서할 수 없는 실수란 어떤 건데요?"

"너무나도 명백한 것을 지나쳐 버리는 걸세."

나는 그 말을 곰곰이 생각해 보았지만 요점을 제대로 파악할 수 없었다.

"그런데 그 주문식 범죄는 아직 등장하지 않았나요?"

내가 웃으면서 물었다.

"파 장코르(아직 등장하지 않았어). 적어도 아직은 말이야……."

그는 말을 멈추었다. 혼란스러운 듯한 그의 이마에 주름이 잡혔다. 그는 내가 무심코 흐뜨려 놓은 한두 가지 물건들을 무의식적으로 가지런히 하고 있었다.

"확신할 순 없어."

푸아로가 천천히 말했다.

그 목소리에 기묘한 무엇인가가 서려 있어서 나는 깜짝 놀라 그를 바라보았다.

푸아로의 미간에는 여전히 주름이 잡혀 있었다. 그는 갑자기 단호하게 고개를 끄덕이면서 방을 가로질러 창가의 책상으로 다가갔다. 말할 필요도 없는 일이지만 책상 안의 물건들은 모두 내용별로 분류되어 정리되어 있었고, 그는 필요한 서류를 즉각 찾아낼 수 있었다.

그는 펼쳐진 편지 한 장을 손에 들고 천천히 내게로 다가왔다. 그는 그 편지를 혼자 읽어본 다음 내게 넘겨주었다.

"말해 주게, 몬 아미. 자네는 이걸 어떻게 생각하나?"

나는 약간의 흥미를 느끼며 그에게서 편지를 받아들었다.

두꺼운 흰색 노트지 위에 이런 글이 타자기로 찍혀 있었다.

> 에르퀼 푸아로 씨. 불쌍하고 멍청한 우리 영국 경찰에겐 너무 어려운 사건이 있습니다. 당신은 그걸 풀 수 있다고 생각하십니까? 총명한 푸아로 씨, 당신이 얼마나 총명한지 한번 보십시다. 필시 당신 또한 이 사건에는 두 손을 들 수밖에 없을 겁니다. 이달 21일 앤도버를 주목하십시오.
>
> 그럼 이만.
>
> A B C

나는 봉투를 힐긋 살펴보았다. 봉투의 글씨 역시 타자기로 찍혀 있었다.

"WC1* 소인이 찍혀 있네요."

내가 소인에 관심을 보이자 푸아로가 말했다.

"그래, 자네 생각은 어떤가?"

---

* 런던 제1서중앙 우편구.

나는 어깨를 으쓱해 보이며 그에게 편지를 돌려주었다.

"미치광이 짓인 것 같습니다."

"그뿐인가?"

"그럼 당신 생각엔 이게 미치광이의 소행이 아니란 말입니까?"

"자네 말이 맞아, 친구. 그럴 거야."

그의 어조는 심각했다. 호기심이 동한 나는 그를 바라보았다.

"이런 걸 꽤나 진지하게 받아들이는 것 같네요, 푸아로."

"몬 아미, 미친 사람은 심각하게 받아들여야 해. 미치광이는 무척 위험한 존재니까 말이야."

"예, 물론 그렇지만 내 관점은 좀 다릅니다……. 그러니까 그냥 짓궂은 장난처럼 느껴진다는 겁니다. 어떤 멍청이가 술자리에서 고주망태가 돼서 한 짓이라고요."

"코망(뭐라고)? 고주? 고주 뭐라고?"

"별거 아니에요. 하나의 표현이랍니다. 지나치게 술을 좋아하는 사람을 말하는 거예요. 아니, 그게 아니지! 코가 삐뚤어지게 취한 사람을 이르는 말입니다."

"메르시(고맙네), 헤이스팅스. '코가 삐뚤어지게 취했다.'라는 표현을 배웠군. 자네 말대로 그 정도에 지나지 않을 수도 있지……."

"하지만 당신 생각엔 그 이상이라는 거군요?"

그의 어조에 담긴 불만족스러운 기운을 감지하고 내가 물었다. 푸아로는 미심쩍다는 듯이 고개를 저었지만 아무 말도 하지 않았다. 내가 물었다.

"여기에 대해 무슨 조치를 취했나요?"

"무슨 조치를 취할 수 있겠나? 이 편지를 재프에게 보여 줬는데, 그 역시 자네와 생각이 같았어. 멍청한 장난일 뿐이라는 거지. 이게 재프가 쓴 표현이었네. 런던 경시청에서는 이런 일들이 매일같이 벌어진다더군. 이제 나도 유명세를 치르고 있는 거라고 말일세."

"하지만 내가 보기에 당신은 이 편지를 심각하게 받아들이고 있는 것 같은데요?"

푸아로가 천천히 대답했다.

"헤이스팅스, 이 편지에는 뭔가가 있다네. 내 마음에 들지 않는 뭔가가……."

그의 어조가 왠지 마음에 걸렸다.

"무슨 생각을 하는 거죠?"

푸아로는 고개를 젓고는 문제의 편지를 집어 들어 다시 책상 속에 넣었다.

"그 편지 내용이 정말로 심각하게 여겨진다면 뭔가 할 일이 없을까요?"

내가 물었다.

"언제나 자넨 행동파야! 하지만 무슨 조치를 취할 수 있겠나? 이곳 경찰에도 이 편지를 보여 주었지만 그들 역시 웃어넘기더군. 편지에는 지문도 없었어. 쓴 사람이 어디 살고 있는지를 알려 주는 실마리 같은 것도 전혀 없고 말이지."

"실제로 문제가 있다고 말해 주는 건 당신의 본능뿐이군요?"

"본능이 아니야, 헤이스팅스. 본능이란 이런 때에 어울리지 않는 단어야. 이 편지의 무엇인가가 잘못됐다고 말해 주는 건 바로 내 '지식', 요컨대 내 '경험'이라네."

그는 말로 표현하기 어려운 듯 몸짓을 곁들인 다음 다시 고개를 내저었다.

"어쩌면 별일 아닌 걸 내가 크게 생각하고 있는지도 모르겠네. 어쨌든 할 수 있는 일이 없으니 기다려 볼 수밖에."

"그런데 21일은 금요일이로군요. 앤도버 근처에서 굉장한 강도 사건이라도 일어난다면……."

"그렇다면 얼마나 다행이겠나……!"

"다행이라뇨?"

나는 물끄러미 그를 쳐다보았다. 범죄를 두고 다행이라는 말을 쓰는 것이 정말 이상하게 여겨졌기 때문이었다.

"강도 사건이 '짜릿'할 수는 있겠지만 다행일 수는 없지요."

내가 반박했다.

푸아로는 강하게 고개를 내저었다.

"자네는 오해하고 있다네, 친구. 내 말뜻을 이해하지 못했어. 강도 사건을 다행이라고 한 것은 그렇게 되면 내 머릿속에서 생각하고 있는 다른 두려움이 사라지기 때문일세."

"어떤 두려움 말인가요?"

"'살인'이라네."

에르퀼 푸아로가 대답했다.

## 제삼자의 설명

알렉산더 보나파르트 커스트는 의자에서 일어나 초라한 방 안을 옹색하게 둘러보았다. 구부정한 자세로 앉아 있었던 탓에 등이 뻣뻣했다. 몸을 완전히 편 그를 누군가 보았다면 그의 키가 실제로는 무척 크다는 것을 알았을 테지만, 허리를 굽히고 옹색하게 주위를 둘러보는 그의 모습은 그의 키가 크다는 사실을 잊게 만들었다.

그는 문 안쪽에 걸려 있는 낡은 외투로 다가가 주머니에서 싸구려 담배와 성냥을 꺼내어 성냥 하나에 불을 붙였다. 그런 다음 조금 전 앉아 있던 탁자로 돌아가 기차 안내서를 뽑아들어 훑읏 바라보고는, 타자기로 작성된 명단을 다시 살펴보기 시작했다. 그는 명단에 있는 이름 중의 하나에 표시를 했다.

6월 20일 목요일이었다.

# 앤도버

자신에게로 온 익명의 편지를 찜찜하게 생각하는 푸아로의 태도가 마음에 걸리기는 했지만, 실제로 21일이 되어 경시청의 재프 경감이 푸아로를 방문해 그 사실을 환기시킬 때까지 솔직히 나는 그 일를 잊어버리고 있었다. 여러 해 동안 우리와 알고 지내온 재프 경감은 나를 진심으로 환영해 주었다.

"이렇게 놀라울 데가. 이른바 황야에서 온 헤이스팅스 대위 아니신가! 무슈 푸아로와 여기 이렇게 계시는 걸 보니 옛날로 돌아간 것 같소. 여전히 좋아 보이는군. 머리숱만 좀 적어졌을 뿐……. 안 그런가? 사실 우리 모두 머리카락이 빠지고 있지. 나도 마찬가지요."

나는 살짝 미간을 찌푸렸다. 머리카락이 완전히 뒤로 넘어가도록 주의 깊게 빗질을 해 놓았으니 성긴 머리숱이 그다지 눈에 띄지 않으리라고 믿고 있었던 것이다. 하지만 재프는 남의 속마음을 헤아려 주는 사람이 아니었던 만큼, 나는 좋은 낯빛으로 그 말을 받아들이고 이제 우리 모두 더 이상 젊지 않다는 사실에 동의했다.

"다만 여기 계시는 무슈 푸아로만은 예외요. 헤어 토닉 모델로 나서도 손색이 없을 것 같은데! 콧수염을 기른 얼굴이 그 어느 때보다도 멋지지 않소? 노년임에도 여전히 사회의 주목을 받고 계신다오. 최근의 유명한 사건이란 사건은 도맡다시피 해서, 열차 범죄, 항공 범죄, 상류층의 살인 사건 등 여기저기 신출귀몰하니까. 은퇴 이후 지금보다 더 유명했던 적도 없을 거요."

재프가 말했다.

"마지막 공연을 줄곧 되풀이하는 프리마돈나 같다고 이미 헤이스팅스에게 이야기했다네."

푸아로가 웃으며 말했다.

"자네가 종국에 가서 자신이 어떻게 죽을 것인지를 알아맞힌다 해도 난 놀라지 않을 거네. 그러고 보니 정말로 좋은 생각 같은데? 기록해 두어야겠군."

재프가 기세좋게 웃으며 말했다.

"그 기록은 헤이스팅스가 맡게 될 걸세."

푸아로가 내게 눈을 찡긋해 보이며 말했다.

"하하! 농담이지? 당연히 말이네."

재프가 웃음을 터뜨렸다.

그런 이야기를 어째서 그렇게까지 재미있어 하는 건지 나로서는 이해할 수가 없었다. 나로서는 그 농담이 그다지 품위 있는 것으로 여겨지지 않았다. 내 오랜 친구 푸아로는 늙어 가고 있었다. 다가올 자신의 죽음에 대한 농담이 그에게 유쾌한 것일 리가 없었다.

내 태도에 그런 감정이 드러난 듯 재프가 화제를 바꾸었다.

"무슈 푸아로가 받은 익명의 편지에 대해 혹시 들었소?"

"지난 번에 헤이스팅스에게도 그 편지를 보여 주었다네."

푸아로가 말했다.

"사실 그 일은 완전히 잊어버리고 있었습니다. 이런, 거기 언급된 날짜가 며칠이었던가요?"

내 말에 재프가 대답했다.

"21일이오. 내가 이렇게 들른 것도 바로 그래서고. 어제가 21일이었잖소. 난 그저 호기심에서 어젯밤 앤도버로 전화를 걸어 보았는데, 역시 그 편지는 장난에 지나지 않던 모양이오. 아무 일도 일어나지 않았거든. 상점 창문 하나가 부서졌다고 하고, 아이 하나가 거리에서 돌을 던졌다던가? 또 취객 두 명과 몇몇 사람이 난동을 부린 사건이 있었소. 그러니까 우리의 벨기에 친구가 이번만큼은 헛다리를 짚은 셈이지."

"정말 한시름 덜었군."

푸아로의 말에 재프가 위로조로 말했다.

"자넨 그 편지를 받고 상당히 불안해했잖나? 사실 우리는 매일같이 그런 편지를 받는다네. 달리 할 일이 없는 사람들, 머리가 모자란 멍청이들이 앉아서 그런 편지들을 쓰는 거지. 누군가에게 해를 끼치려는 게 아니야. 그저 재미삼아 그러는 거라네."

"그 편지를 그렇게 심각하게 받아들이다니, 내가 정말 어리석었네. 내가 엉뚱한 일에 신경을 곤두세운 것 같군."

"그러니까 옥석을 구별하지 못한 걸세."

재프가 말했다.

"파르동(뭐라고 했나)?"

"그런 표현이 있다네. 자, 이제 나는 가 봐야겠어. 바로 옆 거리에 볼일이 좀 있거든. 보석을 도난당했다는 신고가 들어와서 말일세. 자네 마음이 좀 편안해지라고 가는 길에 여기 들른 거네. 나설 일이 없어진 자네의 회색 뇌세포에겐 유감이지만."

그렇게 말한 다음 재프는 호탕하게 웃으며 방을 나갔다.

"사람 좋은 재프는 그다지 변하지 않았지?"

푸아로가 물었다.

"몹시 늙은 것 같은걸요. 오소리처럼 머리가 하얘졌잖아요."

내가 심술궂게 덧붙였다.

푸아로가 헛기침을 하고는 말했다.

"알다시피 헤이스팅스, 깜찍한 물건이 하나 있는데 말이야. 내 미용사는 솜씨가 정말 그만이거든. 그걸 두피에 붙인 다음 그 위로 원래의 머리카락를 빗어 주기만 하면 돼. 그러니까 그건 가발이 아니라 그저……."

나는 화난 목소리로 외쳤다.

"푸아로. 진지하게 말하는 건데, 나는 약아 빠진 당신 미용사가 권하는 그런 엉뚱한 발명품 따위는 사용하지 않을 겁니다. 내 머리가 어떻다고 이러는 겁니까?"

"아무렇지도 않네. 아무렇지도 않고말고."

"내가 '대머리'가 되고 있는 것은 아니잖습니까."

"물론 아닐세! 아니고말고!"

"그곳의 뜨거운 여름 태양 때문에 머리카락이 좀 빠진 것뿐입니다. 좋은 헤어 토닉을 다시 찾아낼 겁니다."

"프레시제망(바로 그걸세)!"

"그건 그렇고 재프는 도대체 왜 저런답니까? 그 사람은 언제나 신경에 거슬렸어요. 유머 감각도 없고요. 자리에 막 앉으려는데 의자가 뒤로 빠져 버려 엉덩방아를 찧는 사람을 보고 웃음을 터뜨리는 그런 사람이라고요."

"그런 장면을 보면 웃음을 터뜨리는 사람이 한둘이 아닐 걸세."

"정말 몰상식한 짓이죠."

"자리에 앉으려던 사람 입장에서 보면 분명 그렇겠지."

"그건 그렇고 말입니다."

내가 평정을 회복하며 말했다. (머리숱 문제에 대해선 내가 좀 과민하다는 걸 인정한다.)

"그 익명의 편지 건에 대한 당신의 예감이 빗나가서 안됐군요."

"그 문제에 대해선 내가 정말 잘못 짚었던 것 같네. 그 편지에서 뭔가 수상쩍은 냄새가 났거든. 그런데 그저 어리석은 장난에 지나지 않았다니. 이런, 나도 나이가 들었나 봐. 헛것을 보고 으르렁거리는 눈먼 경비견처럼 의심만 많아지는군."

"이왕 당신과 내가 한 팀이 되어 일한다면 정말 '범죄다운' 범죄를 조사해야 할 텐데요."

내가 웃음을 터뜨리며 말했다.

"지난 번 자네가 한 말을 기억하나. 만약 저녁 식사를 주문하듯 범죄를 주문할 수 있다면 어떤 걸 선택하겠나?"

나는 그에게 장단을 맞추어 응수했다.

"글쎄요. 우선 메뉴를 봅시다. 강도 사건? 위조 사건? 아뇨, 그런 건 아닙니다. 그런 건 채식주의자의 메뉴에 가깝죠. 반드시 살인이어야 합니다. 피로 얼룩진 살인 말입니다. 물론 속임수도 곁들여야겠죠."

"물론 그렇지. 그런 것들은 오르되브르(전채 요리)일세."

"희생자가 어떤 사람이면 좋을까요? 여자가 좋을까요, 남자가 좋을까요? 남자가 좋을 것 같습니다. 거물 말입니다. 미국인 백만장자나 수상, 신문사 소유주 같은 사람 말입니다. 범죄의 현장은, 음……. 멋지고 고풍스런 서재가 안성맞춤이겠네요. 분위기로는 그만한 데가 없지요. 무기는 단검으로 하고 그걸 기묘하게 비틀어 찌르는 겁니다. 아니면 둔기나 석상 같은 것도 좋고요……."

푸아로가 한숨을 내쉬었다.

"그것도 아니라면 물론 독살도 있습니다. 하지만 그건 늘 지나치게 기교적이죠. 아니면 어둠 속에 권총 소리가 울려 퍼지는 것도 좋겠습니다. 그리고 반드시 아름다운 여성이 한둘 등장해야 합니다……."

"적갈색의 머리카락을 가진 미인 말이지?"

푸아로가 나직하게 중얼거렸다.

"또 그 소리군요.* 아무튼 그 아름다운 아가씨들 중 하나가, 당연하게도, 부당한 의심을 받아야 합니다. 그녀와 상대 청년 사이에 오해가 있는 겁니다. 그리고 또 다른 용의자들, 그러니까 좀 더 나이가 많은 여자가 등장해야죠. 음흉하고 위험한 타입 말입니다. 또 죽은 남자의 친구나 경쟁자, 조용한 성격의 비서가 다크호스로 나올 테고요. 그리고 태도는 퉁명스럽지만 마음은 따뜻한 사내와 해고된 하인 두엇, 사냥터지기, 그리고 재프 같은 멍청한 형사……. 이 정도면 되겠네요."

"그게 자네가 생각하는 최고의 범죄인가?"

"당신도 동의할 줄 알았는데요."

푸아로는 서글픈 눈빛으로 나를 바라보았다.

"자네는 이제까지 쓰인 대부분의 탐정 소설을 요약해 놓은 것뿐일세."

"그렇다면 당신이 주문하고 싶은 범죄는 어떤 건가요?"

내가 물었다.

푸아로는 두 눈을 감고 의자에 앉은 자세로 몸을 뒤로 기댔다. 만족스러운 듯한 목소리가 입술 사이에서 흘러나왔다.

"아주 단순한 범죄일세. 전혀 복잡하지 않은 범죄 말일세. 평온한 전원생활 속에서 일어나는 극히 냉철하고 극히 '개인적인' 범죄 말일세."

---

* 푸아로는 낭만주의자인 헤이스팅스가 적갈색 머리 여자만 보면 사족을 못 쓰는 것으로 알고 있다.

"범죄가 어떻게 '개인적'이 될 수 있습니까?"

"네 사람이 자리에 앉아 브리지 게임을 한다고 하세. 브리지에는 끼지 않은 한 사람이 난롯가에 놓인 의자에 앉아 있어. 난롯가의 그 남자가 그날 밤 시체로 발견되는 거지. 브리지를 하던 넷 중의 하나가 더미*를 자청하고 밖으로 나와서는 그를 죽인 거야. 다른 세 사람은 게임에 몰두해 있었으므로 그 사실을 눈치 채지 못했고. 그런 게 바로 개인적인 범죄일세! 넷 중의 누가 범인이겠나?"**

"하지만 나로선 그런 범죄에는 전혀 흥분을 느낄 수 없는데요!"

푸아로는 책망이 담긴 눈길을 내게 던졌다.

"그렇겠지. 왜냐하면 그 범죄에는 단검을 특이하게 비틀어 찌른다든가 신상의 눈에서 훔쳐 낸 에메랄드나 정체를 알 수 없는 동양의 독약, 또는 협박 같은 게 없으니 말일세. 자네 취향은 멜로드라마적이야, 헤이스팅스. 그래서 단발적인 살인이 아니라 연쇄 살인을 좋아하는 거지."

"소설 속에서 두 번째 살인이 줄거리에 활기를 불어넣는 일이 많다는 걸 인정해야 하지 않겠어요? 만약 살인이 1장에서 일어나고, 그 사건에 관계된 모든 이들의 알리바이를 거의 마지막까지 추적해야 한다면 좀 따분할 것 같습니다."

그때 전화벨이 울렸다. 푸아로가 일어나 전화를 받았다.

---

* 브리지 게임에서 자기 패를 보여 주고 파트너에게 게임을 맡기는 것.

** 푸아로가 표현한 이 '이상적인 범죄'는『테이블 위의 카드』에서 실현된다.

"알로(여보세요), 알로. 그래, 에르퀼 푸아로일세."

그가 전화에 대고 말했다.

그는 잠시 상대의 말을 듣고 있었다. 이윽고 그의 표정이 바뀌었다. 이윽고 그는 내용을 짐작하기 어려운, 짤막한 말로 대답했다.

"메 위(그렇고말고)……. 그래, 물론이지……. 그럼세, 우리가 가겠네. 당연하지……. 자네 말대로일 걸세……. 그래, 가져가겠네. 그럼 아 투 타 뢰르(조금 뒤에 보세)."

푸아로는 수화기를 내려놓고 방을 가로질러 내게로 걸어왔다.

"재프의 전화였네, 헤이스팅스."

"예?"

"재프 말이, 자기가 막 경시청에 도착했는데, 앤도버에서 전갈이 와 있더라는군……."

"앤도버요?"

내가 흥분해서 외쳤다.

푸아로가 느릿하게 대답했다.

"담배와 신문을 파는 작은 상점 주인인 애셔라는 노파가 살해된 채 발견되었다네."

나는 살짝 김이 빠지는 기분을 느꼈던 것 같다. 앤도버라는 말에 자극받은 호기심이 한풀 꺾였다. 그러니까 환상적이고 특별한 그 무엇을 기대하고 있었던 것이다! 작은 담배 가게를 운영하는 노파의 죽음은 왠지 좀 구질구질하고 따분했다.

푸아로는 여전히 느릿하고 심각한 어조로 말을 계속했다.

"앤도버 경찰은 누가 그 범죄를 저질렀는지 짐작하고 있다더군."

나는 두 번째로 실망했다.

"그 여자는 남편과 사이가 무척 나빴던 것 같네. 습관적으로 술을 마시는 아주 골치 아픈 사람인 모양이야. 그 남자는 아내를 죽여 버리겠다고 적어도 한 차례 이상 협박했다더군."

푸아로는 말을 이었다.

"그럼에도 불구하고 내게 그런 편지가 온 후에 일어난 일인지라, 경찰은 그 익명의 편지를 보고 싶어 하는 것 같아. 그래서 자네와 함께 당장 앤도버로 가겠다고 했네."

나는 약간 원기가 되살아났다. 구질구질하긴 하지만 이 사건은 어쨌든 '범죄'였다. 범죄나 범인을 대하는 게 얼마나 오랜만인가.

나는 푸아로의 다음 말을 듣는 둥 마는 둥 했다. 그 말이 의미심장하게 다가온 것은 한참이 지나서였다.

"이건 시작일 뿐일세."

에르퀼 푸아로가 말했다.

## 애셔 부인

앤도버에 도착한 우리는 글렌 경위의 마중을 받았다. 그는 키가 큰 금발의 사내로 기분 좋은 미소를 띠고 있었다.

그 사건을 있는 그대로 간단히 요약하는 것이 좋을 것 같다.

범죄 현장은 22일 새벽 1시, 도버 순경에 의해 발견되었다. 순찰 중에 상점 문을 열어 본 그는 잠겨 있지 않은 것을 이상히 여겨 안으로 들어갔는데, 처음에는 아무도 없는 줄 알았다고 했다. 하지만 회중전등으로 계산대 너머를 비춰 보자 노파의 시신이 나둥그러져 있었다. 현장에 도착한 경찰의는 그 여자가 계산대 뒤쪽의 선반에서 담배 꾸러미를 내리다가 뒤통수를 세게 가격당한 것으로 추측했다. 사망 추정 시각은 발견된 때로부터 아홉 시간에서 일곱 시간 이전이었다.

경위가 설명했다.

"하지만 사망 추정 시각을 좀 더 좁힐 수 있을 것 같습니다. 어떤 남자가 5시 30분에 이곳에 들어와 담배를 샀고, 또 다른 남자는 안으로 들어와서 아무도 없는 줄 알고 돌아갔다는데 그때가 6시 5분이었다죠. 그러고 보면 사망 시각은 5시 30분에서 6시 5분 사이가 됩니다. 남편되는 그 프란츠 애셔라는 자를 이 근처에서 봤다는 사람은 아직 나오지 않았습니다. 물론 그자가 범인이라고 단정하긴 좀 이르지만, 9시 정각에 '스리 크라운즈'라는 술집에서 상당히 취해 있던 애셔를 목격한 사람이 있습니다. 그를 찾아내면 살인 혐의로 구속해야죠."

"별로 착실한 사람은 아닌 것 같군요, 경위?"

푸아로가 물었다.

"좀 불쾌한 인물이죠."

"그 사람은 아내와 함께 살지 않았나요?"

"그렇습니다. 그들은 몇 년 전부터 별거 상태였습니다. 애셔는 독일인입니다. 한때 웨이터였지만 술에 손을 대면서 점차 일거리를 구할 수 없게 되었답니다. 그의 아내가 잠시 남의 집 살이를 했지요. 마지막으로 일했던 곳은 로즈라는 노부인의 집으로, 그녀는 그곳의 요리사 겸 가정부였습니다. 그녀는 자기가 번 돈의 상당 부분을 남편을 부양하는 데 썼지만, 그는 언제나 술을 마셔 댔고 그녀가 일하는 집 근처를 어슬렁거리며 소동을 일으켰습니다. 그 여자가 그레인지에 있는 미스 로즈의 집에서 일하기로 한 것은 바로 그래서였습니다. 그곳은 앤도버로부터 약 5킬로미터 떨어진 외딴 시골이니까요. 애셔도 그곳까지 와서 그녀를 괴롭히진 못했습니다. 미스 로즈는 세상을 떠나면서 애셔 부인에게 약간의 유산을 남겨 주었고, 애셔 부인은 그 돈으로 담배와 신문을 파는 그 상점을 시작했습니다. 아주 작은 상점이죠. 싸구려 담배와 신문 몇 종류를 파는 그런 곳 말입니다. 그녀는 그곳을 겨우겨우 꾸려나갔습니다. 애셔는 툭하면 그곳에 와서 그녀를 괴롭혔는데, 그때마다 그녀는 푼돈을 주어 쫓아 버렸다고 하네요. 주당 15실링 정도를 준 모양입니다."

"그들 사이에 아이는 없나요?"

푸아로가 물었다.

"없습니다. 조카가 하나 있을 뿐이지요. 오버턴 근처에서 하녀로 일하고 있습니다. 훌륭하고 침착한 아가씨랍니다."

"그러니까 당신 말은 그 애셔라는 사내가 자기 아내를 위협하곤 했다는 겁니까?"

"그렇습니다. 그는 술만 마시면 위험해졌지요. 자기 아내를 보고 머리통을 후려치겠다고 을러대고 욕설을 퍼부었지요. 애셔 부인은 정말 힘들었을 겁니다."

"나이가 어느 정도 되나요?"

"예순이 다 됐습니다. 고생을 많이 한, 존경할 만한 분이죠."

푸아로가 심각하게 말했다.

"그러니까 경위, 당신은 이 애셔라는 사내가 이번 일을 저질렀을 거라고 생각합니까?"

경위가 조심스럽게 기침을 했다.

"그렇게 말하기는 조금 이릅니다, 푸아로 씨. 하지만 프란츠 애셔에게서 직접 어젯밤 무엇을 했는지 듣고 싶습니다. 그가 만족할 만한 설명을 해 준다면 모르지만 그렇지 않다면……."

그의 침묵은 의미심장했다.

"상점에서 없어진 것은 없습니까?"

"전혀 없습니다. 계산대 서랍 속의 돈에는 전혀 손을 대지 않았더군요. 강도의 흔적 같은 건 없습니다."

"그러니까 그 애셔라는 사내가 취해서 그 상점으로 들어와 아내를 괴롭히다가 결국 머리를 내려쳤다는 거죠?"

"그랬을 가능성이 가장 높습니다. 하지만 선생님, 선생님이 받으셨다는 그 괴상한 편지를 한번 보고 싶습니다. 혹시 이 애셔라는 사내가 그 편지를 보낸 것이 아닐까 하는 생각이 들어서요."

푸아로가 편지를 건네주자 경위는 미간을 찌푸리며 그 내용을 읽고는 말했다.

"이 편지는 애셔가 쓴 것 같지 않네요. 애셔라면 '우리' 영국 경찰이라는 표현을 쓰진 않았을 겁니다. 그런 효과를 면밀히 계산한 게 아니라면 말입니다. 그에게 그런 교활함이 있는지도 의문입니다. 그러니까 그는 볼 장 다 본 사내거든요. 완전히 말입니다. 손이 덜덜 떨려서 이렇게 깨끗하게 타자를 치지도 못합니다. 이 노트지와 잉크가 너무 고급인 것도 그와 안 어울리고요. 물론 여기서 이달 21일이 언급된 것은 이상한 일입니다. 우연의 일치일 수도 있지만요."

"그럴 수도 있지요."

"하지만 저는 그런 종류의 우연을 좋아하지 않습니다, 푸아로 씨. 그건 좀 억지로 꿰어 맞춘 것 같거든요."

그는 잠시 입을 다물었다. 그의 미간의 주름이 깊어졌다.

"ABC라. 도대체 ABC가 무엇일까요? 메리 드로어, 그러니까 애셔 부인의 조카가 혹시 도움이 되지 않을지 알아 봐야겠습니다. 이건 이상한 사건입니다. 하지만 편지에 한해서라면 이것만은 프란츠 애셔가 쓴 게 아니라는 데 돈이라도 걸 수 있습니다."

"애셔 부인의 과거에 대해 뭔가 아는 것이 있습니까?"

"그 부인은 햄프셔 출신입니다. 처녀 때 런던으로 하녀 일을 하러 갔지요. 그리고 그곳에서 애셔를 만나 결혼했습니다. 전쟁 동안 어려운 사정이 있었는지, 1922년에 부인은 그를 떠난 적이 있지요. 그때 그들은 런던에 살고 있었습니다. 부인은 그에게서 벗어나기 위해 이곳으로 돌아왔지만, 그는 그녀가 있는 곳을 알아내 이곳까지 와서 그녀를 들볶아 돈을 뜯어냈습니다……."

그때 순경 하나가 다가왔다.

"그래, 브릭스. 무슨 일인가?"

"애셔라는 자 말입니다, 경위님. 그를 데려왔습니다."

"좋아. 이리 데려오게. 어디서 찾아냈나?"

"열차 대피선에 세워진 트럭 안에 숨어 있었답니다."

"그래? 이리 데려오게."

프란츠 애셔는 예상대로 꾀죄죄하고 불쾌한 인물의 전형이었다. 그는 훌쩍거렸다가 굽실거렸다가 고래고래 고함을 질렀다가 하면서 게슴츠레한 눈길로 이 사람 저 사람을 번갈아 쳐다보았다.

"나한테 뭘 원하는 거야? 난 잘못한 게 없어. 그런 나를 이곳으로 데려오다니 큰 실수 하는 거야! 멍청하긴, 어떻게 이럴 수가 있어?"

다음 순간 그의 태도가 돌변했다.

"아니, 아니. 제 말은 그게 아닙니다. 설마 이 가엾은 늙은이에게 상처를 입히거나 심하게 대하지는 않으시겠죠? 늙고 가엾은 프란츠에게 모두들 너무 심해요. 늙고 가엾은 프란츠에게 말입니다."

애셔는 흐느끼기 시작했다.

"그랬군, 애셔. 진정하라고. 지금 당신이 뭘 잘못했다고 말하고 있는 게 아니야. 아직은 말이지. 그러니 내키지 않는다면 아무 말도 할 필요 없어. 당신이 아내의 죽음과 아무 관련도 없다면……."

경위가 말했다.

애셔가 그의 말허리를 잘랐다. 목소리가 높아져 마치 비명처럼 들렸다.

"난 그 여자를 죽이지 않았어요! 죽이지 않았다고요! 터무니없는 거짓말이야! 이런 저주받을 돼지 같은 영국인들 같으니라고. 모두 내 적이야! 난 결코 그 여자를 죽이지 않았어. 결코!"

"하지만 당신은 당신 아내를 죽이겠다는 위협을 너무 자주 했어, 애셔."

"아닙니다, 그렇지 않다고요. 잘 모르시는 말씀이에요. 그건 그저 농담이었어요. 저와 앨리스 사이의 농담 말이에요. 그 여자도 그게 그저 말뿐이라는 것을 알고 있었다고요."

"정말 괴상한 농담도 다 있군! 어제 저녁 어디 있었는지 말해 주겠나, 애셔?"

"그럼요. 말씀드리고말고요. 모든 걸 다 말씀드리죠. 앨리스 근처에는 가지도 않았어요. 친구들과 함께 있었습죠. 좋은 친구들이죠. 세븐 스타즈라는 술집에 있었어요. 그런 다음 레드 독으로 갔습죠……."

서둘러 말하느라 그가 말을 더듬었다.

"딕 윌로우즈, 그가 저와 함께 있었어요. 커디 노인, 조지, 그리고 플래트와 다른 사람들도 있었고요. 장담하건대 전 앨리스 근처에는 간 적이 없어요. 세상에, 맹세코 정말이라고요."

그의 목소리는 점점 높아져 이젠 비명처럼 들렸다. 경위가 고개를 끄덕인 다음 부하에게 고갯짓을 했다.

"데려가게. 용의자로 유치장에 넣어 둬."

"갈피를 잡을 수가 없군요."

기분 나쁘게 침을 흘리며 몸을 떨어 대는 노인이 눈앞에서 사라지자 경위가 말했다.

"편지만 아니라면 저자의 짓이라고 생각할 텐데 말입니다."

"저 사람이 말하는 이들은 어떤 사람들입니까?"

"질이 좋지 않은 이들입니다. 그들 중 누구의 말도 믿을 수가 없습니다. 그가 저녁 나절 내내 그들과 함께 있었다는 건 사실일 겁니다. 5시 30분에서 6시 사이에 그 상점 근처에서 그를 본 사람이 있는가 하는 것에 많은 것이 달려 있습니다."

푸아로가 생각에 잠긴 채 고개를 저었다.

"상점에서 아무것도 없어지지 않은 것이 분명합니까?"

경위가 어깨를 으쓱해 보였다.

"관점에 따라 다르겠지요. 담배 한두 갑이 없어졌을 수도 있습니다. 하지만 그런 것 때문에 살인을 저지르지는 않지요."

"그렇다면 혹시, 그러니까 상점 안에 새로 들어온 것은 없었습니까? 거기 있을 만한 게 아닌 그런 물건 말입니다."

"철도 안내서가 한 권 있더군요."

경위가 대답했다.

"철도 안내서라고요?"

"그렇습니다. 철도 안내서 한 권이 펼쳐져 글자가 있는 면이 아래로 가게 상점 계산대 위에 엎어져 있었습니다. 누군가가 앤도버에서 떠나는 열차를 찾아보고 있었던 것 같습니다. 죽은 노파나 손님 중의 하나가 그랬겠죠."

"그 상점에서 그런 종류의 안내서를 팔고 있었습니까?"

경위가 고개를 내저었다.

"그 상점에서 파는 것은 1페니짜리 시간표였습니다. 문제의 안내서는 그보다 큰 겁니다. 스미스 철도 안내서 같은 것이죠. 대형 상점에서 파는 그런 것 말입니다."

푸아로가 눈빛을 번득이더니 앞으로 몸을 기울였다.

경위의 눈빛 역시 번뜩였다.

"철도 안내서라고 하셨죠? 브래드쇼 안내서인가요, 아니면 ABC

철도 안내서인가요?"

"맙소사. 그것은 ABC 철도 안내서*였습니다."

경위가 대답했다.

* 1853년 처음으로 출시된 알파벳 순 철도 안내서. 현재는 다른 회사에 인수되어 이름도 OAG 여행 안내서로 바뀌었다.

## 메리 드로어

내가 이 사건에 대해 흥미를 갖게 된 것은 ABC 철도 안내서라는 말이 나오고 나서부터였던 것 같다. 그때까지 나는 별달리 의욕이 일지 않았다. 뒷골목 상점의 주인 노파 살인 사건 같은 건 신문에 너무 흔하게 등장하는 범죄라서 특별한 점을 찾을 수 없었던 것이다. 그때까지 나는 21일이라는 편지 속의 대목과 이 사건의 발생을 단순한 우연의 일치로 보고 있었다. 애셔 부인은 술에 취한 포악한 남편에게 희생된 것이라고 확신하고 있었기 때문이다. 하지만 이제 그곳에 철도 안내서(모든 철도역을 알파벳순으로 정리해 놓아 ABC 철도 안내서로 알려져 있는)가 놓여 있었다는 말이 나오자 나는 몸속으로 전율이 지나가는 것을 느낄 수 있었다. 이것까지 우연의 일치일 수는 없었다.

진부한 살인 사건은 이제 새로운 면모를 띠게 되었다. 애셔 부인을 살해하고 뒤에 ABC 철도 안내서를 남겨 놓은 베일 속의 범인은 과연 누구란 말인가?

우리가 경찰서를 나와 제일 먼저 찾아간 곳은 죽은 여인의 시신이 있는 시체 안치소였다. 숱 없는 잿빛 머리카락을 관자놀이 너머로 넘긴 늙고 주름진 얼굴을 내려다보자 기묘한 감정이 치밀었다. 그 얼굴은 너무나도 평화로웠고 폭력과는 거리가 멀어 보였다.

"누가, 무엇으로 이 여자를 내리쳤는지 알 수 없다는 것이 케어 박사의 견해입니다."

경사가 말했다.

"저로서는 차라리 다행이라고 생각합니다, 가엾은 할머니! 점잖은 분이었지요."

"한때는 아름다웠을 겁니다."

푸아로가 말했다.

"정말인가요?"

내가 미심쩍다는 어조로 물었다.

"사실이라네. 저 턱선과 골격, 두상을 보게나."

푸아로는 한숨을 내쉬며 들고 있던 시트를 내려놓았다. 우리는 시체실을 나왔다.

우리가 다음으로 한 일은 경찰의를 잠깐 만나 보는 것이었다.

케어 박사는 유능해 보이는 중년의 사내였다. 그는 쾌활하고 단호한 말투로 이야기했다.

"흉기는 발견되지 않았습니다. 그것이 정확히 어떤 것이었는지 말하기란 불가능합니다. 육중한 방망이나 골프채, 샌드백일 수도 있습니다. 그런 종류라면 모두 해당됩니다."

"그런 타격을 입히는 데 많은 힘이 필요할까요?"

의사는 날카로운 눈길로 푸아로를 응시했다.

"그러니까, 사지가 후들거리는 70대의 노인이 그런 짓을 저지를 수 있는지를 물으시는 건가요? 오, 그렇습니다. 가능하고말고요. 흉기의 끝 부분에 충분한 무게를 싣기만 한다면 허약한 사람이라도 소기의 결과를 얻을 수 있을 겁니다."

"그렇다면 살인자는 여자일 수도 있겠군요?"

그 질문에 의사는 흠칫 뒤로 물러섰다.

"여자요? 음, 고백하건대 이런 범죄를 여자가 저질렀다는 생각은 해 보지 않았습니다. 하지만 가능합니다. 물론 그렇지요. 다만 심리학적으로 봤을 때 여자는 이런 종류의 범죄를 저지르지 않는다는 말은 해 두어야 할 것 같군요."

푸아로는 같은 생각이라는 듯 고개를 끄덕였다.

"그렇지요, 그렇고말고요. 일반적으로는 그럴 법하지 않은 일이죠. 하지만 모든 가능성을 염두에 두어야 합니다. 시체는 어떻게 놓여 있었습니까?"

의사는 시체의 자세에 대해 자세히 설명했다. 그의 견해는 계산대 쪽에 (아울러 살해범에게) 등을 돌린 여자를 범인이 뒤에서 내리쳤다는 말이었다. 여자는 계산대 너머에서 엎어졌고, 그래서 상점에 들어온 사람들의 눈에 띄지 않을 수 있었던 것이다.

케어 박사에게 고맙다고 말하고 자리를 뜨면서 푸아로가 말했다.

"헤이스팅스, 자네도 알겠지만 우리는 이미 애셔라는 자가 무죄임을 입증하는 사실을 한 가지 확보했네. 만약 그가 아내를 괴롭히고 위협하고 있었다면 그 여자는 계산대 너머로 그를 '정면'으로 보고 있었을 거야. 살해범에게 등을 돌리는 대신 말이지. 그 여자는 손님에게 시가나 담배를 내려주고 있었던 거야."

나는 부르르 몸을 떨었다.

"상당히 으스스하군요."

푸아로는 심각하게 고개를 내저었다.

"포부르 팜므(가엾은 여자 같으니라고)!"

그가 나직하게 중얼거렸다.

그런 다음 그는 손목시계에 힐긋 눈길을 주었다.

"오버턴은 이곳에서 그다지 멀지 않은 것 같군. 그곳으로 가서 죽은 여자의 조카를 만나 보는 게 어떻겠나?"

"범죄가 일어난 상점에 먼저 가지 않고요?"

"그곳은 나중에 가지. 그럴 만한 이유가 있어."

푸아로는 더 이상 설명하지 않았다. 잠시 후 우리는 오버턴을 향해 런던 로(路)를 달리고 있었다.

경위에게서 받은 주소에는 마을에서 런던 쪽으로 1.5킬로미터 정도 떨어져 있는 규모가 큰 저택이 자리 잡고 있었다.

벨을 누르자 막 울고 난 후인 듯 눈이 충혈된 검은 머리의 예쁘장한 젊은 여자가 문을 열어 주었다.

푸아로가 부드럽게 물었다.

"아! 당신이 이곳에서 일하는 메리 드로어 양인 것 같습니다만?"

"예, 선생님. 맞습니다. 제가 메리입니다."

"마님이 허락하신다면 아가씨와 잠시 이야기를 했으면 합니다. 아가씨의 이모인 애셔 부인 일입니다."

"마님은 외출 중이세요, 선생님. 하지만 반대하지 않으실 거예요. 당연히 그러시겠죠. 이리 들어오세요."

그녀는 작은 응접실 문을 열었다. 푸아로와 나는 안으로 들어갔다. 창가의 의자에 앉으면서 푸아로는 날카로운 눈길로 여자의 얼굴을 쳐다보았다.

"이모가 돌아가셨다는 소식은 물론 들었겠지요?"

여자는 고개를 끄덕였다. 눈에 또다시 눈물이 고였다.

"오늘 아침에 들었어요, 선생님. 경찰이 왔더군요. 오! 끔찍한 일이에요! 가엾은 이모! 너무나 고생을 많이 하셨어요. 그런 분에게 이럴 순 없어요."

"경찰이 아가씨에게 앤도버로 가자고 하지는 않던가요?"

"제가 심리에 참석해야 한다더군요. 심리는 월요일에 열리고요, 선생님. 하지만 그곳에 갈 수 없을 것 같아요. 이제 그 상점에 다시 들른다는 건 생각도 하기 싫어요. 더 이상은 무리라고요. 그리고 하녀가 집을 비우면 어떻게 되겠어요. 마님을 불편하게 하고 싶지 않아요."

"이모를 몹시 좋아했군요, 메리?"

푸아로가 부드러운 어조로 물었다.

"좋아했고말고요, 선생님. 이모는 늘 제게 더없이 잘해 주셨어요. 전 어머니가 돌아가시고 나서 열한 살 때 런던의 이모에게 갔지요. 열여섯 살이 되면서는 남의 집에서 일을 하기 시작했지만 휴일이면 대개 이모를 만나러 가곤 했죠. 이모는 그 독일 남자 때문에 무척 힘들어 하셨어요. '악마 같은 늙은이'라고 말씀하시곤 했죠. 줄곧 이모를 쫓아다니면서 괴롭혔으니까요. 사람을 등쳐먹고 괴롭히는 짐승 같은 늙은이예요."

여자는 격한 어조로 말했다.

"당신 이모는 법적인 방법을 동원해 그의 괴롭힘으로부터 벗어날 생각을 하지는 않았나요?"

"아시다시피 그는 이모의 남편이잖아요, 선생님. 그 사실로부터 벗어날 수는 없죠."

여자가 짤막하지만 단호하게 말했다.

"혹시 말해 줄 수 있습니까, 메리. 그가 이모를 협박했죠, 그렇죠?"

"오, 그럼요, 선생님. 그는 끔찍한 이야기들을 내뱉곤 했어요. 이모의 목을 잘라 버리겠다든가 하는 말들 말이에요. 저주와 욕설도 퍼부었지요. 영어와 독일어 양쪽으로요. 하지만 이모 말씀이 결혼할 무렵엔 그도 무척 잘생긴 청년이었다더군요. 사람이 그렇게 변할 수 있다고 생각하면 정말 무서워요, 선생님."

"물론 그렇지요. 그렇다면, 메리. 그런 협박의 말을 들어온 만큼 이런 일이 일어났다는 것을 들었을 때 그다지 놀라지 않았겠군요."

"무슨 말씀이세요, 물론 놀랐죠, 선생님. 그가 진심에서 그런 말을 했다고는 한순간도 생각한 적이 없었거든요. 저는 그런 협박이 그저 단순한 욕설일 뿐이라고 생각했어요. 이모 역시 그 사람을 두려워했던 것 같지는 않아요. 맞아요! 이모가 화를 내자 그 사람이 꼬리 감춘 개처럼 도망치는 것을 본 적이 있어요. 오히려 그가 이모를 두려워했다고 해야 할 거예요."

"당신 이모는 그 사람에게 돈을 주었나요?"

"그야 이모의 남편이었으니까요, 선생님."

"그래요. 아까도 그렇게 말했었죠."

푸아로는 잠시 말을 멈추었다가는 다시 입을 열었다.

"어쨌거나 그가 그녀를 죽인 건 아닌 것 같습니다."

"그 사람이 이모를 죽인 게 아니라고요?"

그녀가 물끄러미 푸아로를 바라보았다.

"그렇답니다. 누군가 다른 사람이 당신 이모를 죽인 것 같아요……. 혹시 누가 그랬는지 짐작 가는 데가 없나요?"

그녀는 더욱 당혹스러워하는 듯한 눈빛으로 그를 응시했다.

"전혀 모르겠는데요, 선생님. 하지만 그럴 사람이 있겠어요?"

"당신 이모가 두려워하던 사람이 있었나요?"

메리가 고개를 내저었다.

"이모는 누군가를 두려워하는 사람이 아니었어요. 가차 없는 말투로 그 누구와도 당당히 맞섰지요."

"누군가 자신에게 앙심을 품은 것 같다는 말을 이모에게서 들은 적은 없습니까?"

"없어요, 선생님."

"당신 이모가 익명의 편지를 받은 적은요?"

"어떤 종류의 편지를 말씀하시는 건가요, 선생님?"

"서명이 없거나 ABC 같은 글자로 서명된 편지 말입니다."

푸아로는 주의 깊게 상대를 관찰했지만 아가씨는 정말 어리둥절한 모양이었다. 그녀는 이상하다는 듯이 고개를 내저었다.

"이모에게 당신 외에 다른 친척이 있습니까?"

"이젠 없어요, 선생님. 이모에겐 형제가 열 명이나 있었지만 장성하도록 살아남은 사람은 셋뿐이었죠. 톰 삼촌은 전사했고 해리 삼촌은 남아메리카로 간 후 소식이 끊겼어요. 그리고 제 어머니는 돌아가셨으니 남은 건 저뿐입니다."

"당신 이모에게 저축이 있습니까? 모아 둔 돈이라도 있나요?"

"은행에 약간의 저축이 있을 거예요, 선생님. 장례식을 치를 만한 액수죠. 이모는 항상 그렇게 말씀하셨죠. 그 외에는 겨우 유지해 나갈 정도였답니다. 이런저런 비용과 악마 같은 늙은이를 부양하느라 말이에요."

푸아로는 생각에 잠긴 표정으로 고개를 끄덕였다. 그가 입을 열었을 때 그 말은 그 여자에게보다 자기 자신에게 하는 말 같았다.

"지금으로서는 이 사건은 어둠 속에 있군요. 아무런 방향도 찾을 수가 없어요. 사태가 좀 더 명확해져서……."

그가 자리에서 일어섰다.

"당신의 도움이 필요해지면 이곳으로 편지를 쓰겠습니다, 메리."

"사실은요, 선생님. 저는 그만두겠다는 말을 해 놓았어요. 이 지방이 싫거든요. 제가 이곳에 있었던 건 그래야 이모가 안정감을 느끼실 것 같아서였어요. 그런데 이제는……."

그녀의 두 눈에 눈물이 차올랐다.

"여기에 머물러 있어야 할 이유가 없으니 런던으로 돌아가려고요. 저 같이 젊은 여자에게는 그곳이 훨씬 더 유쾌해요."

"이곳을 떠나게 된다면 주소를 가르쳐 주셨으면 좋겠군요. 여기 내 명함이 있습니다."

푸아로가 그녀에게 명함을 건넸다. 그녀는 미간을 찌푸린 채 어리둥절한 표정으로 명함을 들여다보았다.

"그러면 선생님은 경찰과 관계가 없으신 건가요?"

"저는 사립 탐정입니다."

그녀는 잠시 동안 말없이 그를 바라보며 거기에 서 있었다.

그녀가 이윽고 입을 열었다.

"이 사건에 뭔가 이상한 점이 있나요, 선생님?"

"그렇습니다, 아가씨. 여기엔 뭔가 이상한 구석이 있답니다. 나중에 아가씨가 저를 도와줄 수 있을지도 모르겠네요."

"전……. 전 무엇이든 하겠어요, 선생님. 이건……. 이건 온당치 않아요, 선생님. 이모가 죽다니 말이에요."

좀 기묘하긴 했지만 무척 감동적인 한마디였다.

잠시 후 우리는 차를 몰아 다시 앤도버로 향했다.

## 범죄 현장

사건이 일어난 거리는 큰길에서 좀 들어간 곳이었다. 애셔 부인의 상점은 골목 오른쪽에 자리 잡고 있었다.

그곳에 도착하자 푸아로는 시계를 쳐다보았다. 그제야 나는 그가 왜 이제야 이곳에 왔는지 알 수 있었다. 그때가 5시 30분이었다. 그는 상황을 사건이 일어난 어제와 가능한 한 비슷하게 만들어보려 한 것이었다.

하지만 그런 그의 의도는 빗나가고 말았다. 지금의 이곳 상황은 어제 저녁과는 무척 다른 듯했다. 상점 주변은 빈민가였다. 보통 때라면 그곳에는 (대부분이 저소득층인) 행인 몇몇이 지나가는 옆으로 인도나 차도에서는 아이들이 놀고 있었을 터였다.

그러나 살림집을 겸한 그 상점 앞에는 지금 사람들이 모여 있었다. 무슨 일인지는 어렵지 않게 짐작할 수 있었다. 호기심에 찬 사람들 한 무리가 모여 살인 사건이 발생한 장소를 구경하고 있었던 것이다.

상점 가까이로 다가가자 그런 상황은 더욱 심해졌다. 셔터가 내려진 초라한 상점 앞에는 지친 표정의 젊은 경찰관 하나가 몰려든 사람들에게 '해산하라'고 사정하고 있었다. 그는 동료의 도움으로 모인 이들을 해산시킬 수 있었다. 사람들은 한숨을 내쉬면서 마지못해 평소 하던 일로 돌아갔지만 거의 즉각적으로 또 한 무리의 사람들이 살인이 벌어진 현장을 들여다보기 위해 몰려와 그 자리를 채웠다.

푸아로는 그런 이들로부터 조금 떨어진 곳에서 걸음을 멈추었다. 우리가 서 있는 곳에서도 상점문에 쓰인 글자를 또렷하게 볼 수 있었다. 푸아로가 나직하게 소리내어 읽었다.

"A. 애셔. 위, 세 푀 테트르 사(그래, 아마 그래서겠지)……."

그는 갑자기 입을 다물었다.

"자, 안으로 들어가 보세. 헤이스팅스."

우리는 사람들을 헤치고 나아가 젊은 순경에게 다가갔다. 푸아로는 경위가 준 소개장을 내보였다. 순경은 고개를 끄덕이고는 우리가 안으로 들어갈 수 있도록 문을 열어 주었다. 우리는 구경꾼들의 호기심 어린 시선을 받으며 안으로 들어갔다.

셔터가 내려져 있었으므로 상점 안은 매우 어두웠다. 순경이 전등 스위치를 찾아 켰다. 하지만 전구의 촉수가 낮아서 실내는 여전히 흐릿했다.

나는 주위를 둘러보았다. 꾀죄죄하고 비좁은 곳이었다. 싸구려 잡지 몇 권과 어제 날짜의 신문이 놓여 있었고, 그 위에는 하루치의 먼지가 쌓여 있었다.

계산대 뒤에는 천장까지 선반이 달려 있었고 그 위에 담배 꾸러미들이 놓여 있었다. 또한 박하사탕과 함께 설탕보다 나을 게 없는 싸구려 사탕들이 눈에 띄었다. 흔히 보는 작은 상점이었다.

순경이 느릿한 햄프셔 말씨로 현장의 모습을 설명했다.

"시체는 계산대 뒤 저기에 쓰러져 있었습니다. 의사의 말에 따르면 피해자는 누군가 자신을 공격하는 것을 알아차리지 못했을 거라더군요. 선반으로 손을 뻗고 있었던 것 같습니다."

"여자의 손에는 아무것도 없었나요?"

"없었습니다, 선생님. 하지만 시체 옆에는 '플레이어즈'라는 담배 한 갑이 떨어져 있었습니다."

푸아로는 고개를 끄덕였다. 그는 차분한 눈길로 그 작은 공간을 둘러보며 말했다.

"그런데 철도 안내서는 어디 있었나요?"

"여깁니다, 선생님."

순경이 계산대 위의 한 지점을 가리켰다.

"앤도버 부분이 펼쳐진 채 엎어져 있었습니다. 런던행 열차 시간을 찾아보고 있었던 것 같습니다. 그렇다면 그는 앤도버 사람이 아니겠지요. 하지만 물론 그 안내서가 범인과는 전혀 상관이 없을 수도 있습니다. 누군가 깜박 잊고 이곳에 놓아둔 건지도 모르니까요."

"지문은 없었습니까?"

내가 물었다.

경관은 고개를 저었다.

"상점 전체를 샅샅이 조사했지만 없었습니다, 선생님."

"계산대에도 없었나요?"

푸아로가 물었다.

"거긴 너무 많았답니다, 선생님! 지문들이 온통 뒤섞여 뒤범벅이 되어 있더군요."

"그중 애셔란 자의 지문도 있었나요?"

"아직 결과가 나오지 않았습니다, 선생님."

푸아로는 고개를 끄덕이고는 죽은 여자가 상점 위층에서 살림을 했었는지 물었다.

"그렇습니다, 선생님. 저 뒤쪽 문으로 들어가시면 됩니다, 선생님. 죄송하지만 저는 같이 갈 수 없습니다. 여기를 지켜야 해서……."

푸아로가 문제의 문을 열고 들어갔고, 나도 그 뒤를 따랐다. 상점 뒤로 아주 작은 거실 겸 부엌이 딸려 있었다. 그곳은 깨끗하게 정돈되어 있기는 했지만 몹시 초라하고 가구도 형편없이 부족했다. 벽난로 위에 사진 몇 점이 놓여 있는 것이 보였다. 내가 다가가서 사진들을 살펴보자 푸아로도 가까이 다가왔다.

사진은 모두 세 점이었다. 하나는 그날 오후 우리가 만난 메리 드로어라는 아가씨의 사진이었다. 싸구려 액자에 끼워져 있었다. 그녀는 갖고 있는 것 중에 가장 좋은 옷을 차려입은 듯했지만, 정식으로 자세를 잡고 사진을 찍을 때 흔히 그렇듯 어색하고 딱딱한 미소를 짓고 있었다. 스냅 사진이었다면 훨씬 나았을 터였다.

두 번째는 훨씬 값비싼 액자에 담겨 있었다. 백발 노부인의 모습을 일부러 흐릿하게 현상한 사진이었다. 높다란 모피 깃이 부인의 목을 감싸고 있었다. 이 사람이 애셔 부인에게 약간의 유산을 남겨주었다는 로즈 부인인 모양이었다. 그 유산으로 애셔 부인은 이 상점을 시작할 수 있었다고 했다.

세 번째 사진은 아주 오래된 것으로 누렇게 색이 바래 있었다. 유행 지난 구식 옷을 입고 팔짱을 끼고 있는 젊은 남녀의 모습이었는데, 남자 옷의 단춧구멍에는 장식꽃이 꽂혀져 있었다. 전체적으로 옛날식 잔치 분위기가 풍기고 있었다.

"결혼 사진인가 보군. 이것 좀 보게, 헤이스팅스. 그 부인이 젊었을 때 미인이었을 거라고 내가 말하지 않았나?"

푸아로가 말했다.

그의 말이 옳았다. 유행 지난 머리 모양과 괴상한 옷 때문에 볼썽사납긴 했어도 사진 속의 젊은 여자가 이목구비가 또렷하고 생기에 넘치는 미인이라는 것은 분명했다. 나는 그 옆의 남자를 자세히 살펴보았다. 군인 복장을 한 그 잘생긴 청년이 그 꼴사나운 애셔라고는 믿어지지 않았다.

나는 심술궂기 그지없던 그 술주정뱅이 늙은이와 죽은 여자의 고생에 찌든 얼굴을 머릿속에서 떠올렸다. 세월의 잔인함에 부르르 몸이 떨려왔다.

거실에는 2층으로 통하는 층계가 있었다. 두 개의 방 중 하나는 가구 없이 텅 비어 있었는데, 나머지 하나는 죽은 부인의 침실인 것이 분명했다. 경찰 조사가 끝난 후 그대로 방치된 모양이었다. 침대 위에는 낡고 오래된 담요가 놓여 있었고, 서랍 속에는 곱게 기운 속옷 몇 벌이, 또 다른 서랍에는 요리책과 『녹색 오아시스』라는 문고판 소설, 조악하게 반짝여 사람의 마음을 아프게 하는 새 스타킹 한 켤레, 그리고 도기 장식품 두어 개가 들어 있었다. 드레스덴산 자기로 된 심하게 부서진 양치기와 노란 바탕에 푸른 점이 찍힌 개 장식품이었다. 벽에는 검은 우비와 모직 점퍼가 못에 걸려 있었다. 이것이 죽은 앨리스 애셔의 전 재산이었다.

개인적인 서류가 있었다 하더라도 경찰이 가지고 갔을 터였다.

"포브르 팜(가엾은 여자 같으니)."

푸아로가 나직이 중얼거렸다.

"이만 가세, 헤이스팅스. 여긴 우리에게 도움이 될 만한 게 없는 것 같군."

다시 거리로 나온 푸아로는 잠시 망설이다가 길을 건넜다. 애셔 부인의 상점 거의 바로 맞은편에 식품점 하나가 있었다. 상점 안보다는 밖에 물건을 내놓고 파는 그런 종류의 상점이었다.

푸아로는 낮은 목소리로 나에게 몇 가지를 지시한 다음 상점 안으로 들어갔다. 나는 조금 기다렸다가 그를 따라 안으로 들어갔다. 내가 들어갔을 때 그는 상추를 사고 있었다. 나는 딸기를 조금 샀다.

푸아로는 물건을 팔고 있는 뚱뚱한 여자와 활기차게 이야기를 하는 중이었다.

"그 살인 사건이 일어난 곳이 바로 맞은편이군요? 정말 끔찍한 일입니다! 충격이 크셨겠네요."

뚱뚱한 부인은 그 살인 사건 이야기에 진력이 나 있는 것이 분명했다. 하루 종일 그 문제로 시달린 모양이었다. 그녀가 말했다.

"저기 모여서 멍하니 보고 서 있는 사람들이 그만 가 주었으면 좋겠어요. 도대체 구경할 게 뭐가 있어서 저러는 걸까요?"

"엊저녁엔 전혀 달랐겠죠. 부인께서는 살인자가 상점 안으로 들어가는 것을 보셨을 수도 있겠네요. 범인은 키가 크고 턱수염을 기른 잘생긴 남자라죠? 내가 듣기론 러시아인이라더군요."

푸아로가 말했다.

"그게 무슨 말이죠? 러시아인이라고 하셨나요?"

여자가 날카로운 눈길로 푸아로를 올려다보았다.

"경찰이 그런 인물을 체포했다더군요."

"정말인가요? 외국인이라……."

여자가 흥분해서 수다스럽게 말했다.

"메 위(그렇고말고요). 어쩌면 어제 저녁 그 사람을 직접 보셨을 수도 있겠는데요?"

"음, 안타깝게도 그럴 여유가 없었어요. 정말이랍니다. 저녁 시간은 바쁜 데다가 일을 마치고 귀가하거나 지나가는 사람들이 상당히 많거든요. 턱수염을 기른 키 크고 잘생긴 남자라. 안됐네요, 그런 사람은 본 적이 없어요."

내가 재빨리 끼어들어 푸아로를 보고 말했다.

"실례합니다, 선생님. 잘못 들으신 것 같군요. 내가 듣기론 키 작고 피부가 검은 남자라던데요."

뚱뚱한 부인과 여윈 그녀의 남편, 그리고 목소리가 쉰 점원 소년까지 합세해 흥미로운 토론이 벌어졌다. 그들이 목격한 키 작고 피부가 가무잡잡한 사내는 적어도 네 명이었고, 쉰 목소리의 소년은 키 크고 잘생긴 남자를 보았다고 했다.

"하지만 그 사람에겐 수염이 없었어요."

소년이 유감스럽다는 듯이 덧붙였다.

이윽고 각자 물건을 사든 우리는 아는 사이라는 것을 밝히지 않은 채 상점을 나왔다.

"그런데 왜 이런 연극을 하는 건가요, 푸아로?"

내가 비난하는 듯한 어투로 물었다.

"파르블뢰(혹시) 그곳에서 맞은편 상점으로 들어가는 사람을 볼 수 있는지 알고 싶었다네."

"그냥 물어보면 되잖습니까? 이런 갖은 속임수를 쓰지 않고서도 말입니다."

"아닐세, 몬 아미. 자네 말처럼 내가 그냥 물어봤다면 대답다운 대답을 듣지 못했을 걸세. 자네는 영국인이면서도 영국인들이 직설적인 질문에 어떻게 반응하는지 모르고 있는 것 같군. 그들은 그런 질문을 대하면 즉각 의심의 눈초리를 보이고는, 그 결과 입을 다물어버리고 만다네. 정보를 얻으려 한다는 기색을 내비치면 조개처럼 입을 꼭 다물게 분명하단 말이야. 하지만 어떤 진술(좀 기묘하고 터무니없긴 하지만)을 먼저 늘어놓고 자네가 거기에 반박하자마자 입이 열리지 않던가. 우리는 그 시각이 '바쁜 때'라는 것, 다시 말해서 모든 이들이 각자 자기 일에 몰두해 있고, 도로 위를 걸어가는 사람도 많았다는 사실을 알게 되었네. 범인은 결행 시간을 제대로 고른 걸세, 헤이스팅스."

그는 잠시 말을 멈춘 다음 비난 서린 어조로 이렇게 덧붙였다.

"자네는 도대체 상식이란 게 없나, 헤이스팅스? 내가 '뭐든 사게.'라고 한 건 맞아. 그런데 하필이면 딸기를 고르다니! 벌써 딸기물이 배어 나와 자네의 멋진 양복을 엉망으로 만들고 있는 것 같군."

실망스럽게도 사실이 그러했다.

나는 서둘러 그 딸기를 어떤 소년에게 주어 버렸다. 아이는 몹시 놀라워했고 조금은 의심스러운 기색이었다.

푸아로가 상추까지 주자 아이의 당혹감은 극도에 달했다.

"딸기 같은 건 싸구려 식품점에서 사선 안 되네. 딸기란 갓 딴 것이 아니면 즙이 배어나오게 마련이거든. 바나나나 사과, 나아가 양배추는 괜찮지만 딸기는 곤란하지……."

"제일 먼저 생각나는 게 딸기였거든요."

내가 변명 삼아 설명했다.

"자네의 상상력은 정말 쓸모가 없군."

푸아로가 엄한 어조로 대답했다.

그는 인도에서 걸음을 멈추었다.

애셔 부인의 상점 오른쪽에 있는 상점 겸 주택은 비어 있었고, 창문에는 '세놓음'이라는 표지가 붙어 있었다. 다른 쪽에 있는 주택에는 어두침침한 빛깔의 커튼이 내려져 있는게 보였다. 그 집으로 다가간 푸아로는 벨을 찾지 못하자 문에 걸린 고리쇠를 몇 차례 힘주어 두드렸다.

한참이 지나자 몹시 더러운 얼굴을 한 아이가 콧물을 훌쩍이며 나와 문을 열어주었다.

"안녕, 안에 어머니 계시니?"

"엉?"

이렇게 물으며 아이는 불쾌감과 의심이 서린 눈길로 우리를 응시했다.

"네 어머니 말이다."

푸아로가 말했다.

소년이 그 말을 이해하는 데에는 시간이 좀 걸렸다. 이윽고 아이는 몸을 돌리고는 층계를 향해, "엄마, 누가 찾아왔어요!"라고 외치고 어둑한 집 안으로 재빨리 모습을 감추었다. 날카롭게 생긴 여자가 난간 너머를 내려다보더니 아래로 내려오기 시작했다.

"시간 낭비하시지 않는 게 좋을 텐데요……."

여자가 말을 시작했으나 푸아로가 그녀의 말허리를 잘랐다.

그는 모자를 벗고 요란하게 인사를 했다.

"안녕하십니까, 마담. 《이브닝 플리커》에서 나왔습니다. 이웃에 살았던 죽은 애셔 부인에 대한 기사를 쓰도록 도와주시면 사례금으로 5파운드를 드리겠습니다."

여자는 막 터져 나오려던 분노의 말을 누르고 머리를 매만지더니 치맛자락을 잡으며 층계를 내려왔다.

"안으로 들어오세요. 저기 왼쪽으로요. 앉으시지요, 선생님."

그 방은 매우 작은데다가 자코비언 양식*을 본뜬 모조 가구들 때문에 무척 비좁았지만 우리는 그럭저럭 안으로 들어가 딱딱한 소파에 앉았다.

"이해해 주셔야 해요. 조금 전엔 너무 퉁명스럽게 굴어서 죄송해요. 하지만 집에 있다 보면 얼마나 번거로운 일이 많은지 모르실 거예요. 진공청소기니 스타킹이니 라벤더니, 이것저것을 팔러 오면서 모두들 말은 어찌나 그럴 듯하고 예의 바른지 말이에요. 글쎄 이름까지 알고 온다니까요. '파울러 부인이시죠?' 하면서 말이죠."

재치 있게 그녀의 이름을 알아챈 푸아로가 말했다.

"그렇다면 파울러 부인. 제 질문에 대답해 주셨으면 합니다."

"제대로 대답할 수 있을지 잘 모르겠네요."

파울러 부인은 5파운드를 눈앞에 떠올리는 듯했다.

"전 물론 애셔 부인을 알고 있었어요. 하지만 기삿거리가 될 말한 것인지는 잘 모르겠군요."

푸아로는 서둘러 그녀를 안심시켰다. 당신은 아무것도 하지 않아도 된다, 자신이 질문을 통해 사실을 끌어낼 것이고, 그 대답이 글로

---

* 영국 제임스 1세 시대에 성립된 건축 공예 양식. 전 시대 엘리자베스 양식처럼 중후한 특징을 갖는다.

써지리라는 것이었다.

용기를 얻은 파울러 부인은 기꺼이 이것저것 기억해 내고 추측하고 전달해 주기 시작했다.

애셔 부인은 남들과 어울리지 않고 지냈다. 그렇게 다감한 편이라고는 할 수 없었지만, 살면서 많은 고생을 했고, 모두들 그 사실을 알고 있었다. 그리고 프란츠 애셔는 오래전에 감옥에 잡아넣었어야 할 사람이었다. 애셔 부인이 남편을 두려워한 것은 아니었다. 애셔 부인은 화를 내면 정말 무서운 사람이었으므로 언제나 그에게 지지 않고 응수했다. 하지만 이런 일이 벌어지고 만 것이다. 천둥 번개가 잦으면 비가 온다고 하지 않는가. 그녀는 여러 차례 애셔 부인에게, '이러다가 조만간 그가 일을 저지를 거예요. 내 말 명심하세요.'라고 말했지만, 결국 그가 일을 저질러 버렸다! 그런데 자신은 바로 옆집에 있었음에도 아무 소리도 듣지 못했다는 것이었다.

여자가 잠시 말을 멈춘 틈을 타서 푸아로가 질문을 했다. 애셔 부인이 전에 이상한 편지, 그러니까 발신자를 밝히지 않았거나 ABC라고 서명된 편지를 받은 적이 있는가 하는 것이었다.

파울러 부인은 안타깝게도 부정적인 대답을 했다.

"무슨 말씀을 하시는지 알아요. 이른바 '익명의 편지'라는 거죠? 대개 입 밖에 내서 말하기 부끄러운 말들이 가득 차 있는 거 말이에요. 음, 프란츠 애셔가 그런 편지를 쓴 적이 있는지는 잘 모르겠네요. 혹시 그가 그런 편지를 썼다 해도 애셔 부인은 제게 말하지 않았을 거예요. 뭐라고 하셨죠? ABC 철도 안내서요? 아뇨, 그런 건 본 적이 없어요. 그리고 애셔 부인이 그런 걸 받았다면 제게 틀림없이 말했을 거예요.

사건이 일어난 걸 처음 알았을 땐 정말 깜짝 놀랐어요. 제 딸 에디가 와서는, '엄마, 옆집에 경찰이 굉장히 많이 왔어요!'라고 하더군요. 저는 질겁해서 이렇게 대답했죠.

'세상에! 그 여자, 그렇게 집에 혼자 있지 말라고 했는데도……. 조카애가 함께 지냈어야 했어. 술 취한 사내는 언제든 굶주린 늑대가 될 수 있거든. 늙은 악마 같은 그 여자 남편은 짐승이나 다를 바 없잖아! 내가 그렇게 경고했건만, 이번에도 내 말이 현실이 되었구나. 그 남자가 무슨 짓인가 저지를 거라고 했잖아.'

그러니까 결국 그 남자 짓이라고요! 남자가 술에 취하면 어떻게 되는지 잘 모르실 거예요. 이번 살인이 그 증거예요."

여자는 헉 하고 숨을 들이쉬며 말을 마쳤다.

"그 애셔라는 사내가 현장인 상점으로 들어가는 것을 본 사람이 없는 것 같던데요?"

푸아로가 물었다.

파울러 부인은 질책하듯이 콧방귀를 뀌었다.

"당연히 남의 눈을 피해서 들어갔겠죠."

하지만 그녀는 애셔가 어떻게 남의 눈에 띄지 않고 그 상점으로 들어갈 수 있었는지를 설명하지는 못했다. 또한 애셔 부인의 집엔 다른 출입문이 없고, 근처 사람들은 애셔의 모습을 잘 알고 있다는 사실은 인정하는 눈치였다.

"하지만 그 사람도 교수형을 당하고 싶진 않았을 테니 눈에 띄지 않으려 애썼을 거예요."

푸아로는 몇 가지 더 질문을 한 다음, 파울러 부인이 같은 이야기를 되풀이하기 시작하자 약속한 돈을 건네며 이야기를 끝냈다.

"5파운드는 너무 과하지 않습니까, 푸아로?"

다시 거리로 나온 다음 내가 말했다.

"지금까지는 그렇다네."

"그 여자가 알고 있는 것을 다 말하지 않다는 뜻인가요?"

"이 친구야, 우리는 지금 무슨 질문을 해야 할지 알 수 없는 기묘한 상황에 처해 있네. 어둠 속에서 '카슈카슈(숨바꼭질)'를 하고 있는 어린애들 같달까. 손을 뻗어 여기저기 더듬어 보는 걸세. 파울러 부인은 자신이 안다고 여기는 것들은 모두 말했을 걸세. 나아가 몇 가지 추측도 했지! 나중에 그녀의 증언이 필요할 때가 있을 걸세. 내가 5파운드를 투자한 것은 미래를 위해서라네."

나는 그의 말뜻을 제대로 이해할 수가 없었다. 그 순간 우리는 글렌 경위와 맞닥뜨렸다.

## 패트리지와 리델

글렌 경위는 좀 우울해 보였다. 듣자하니 그 담배 가게로 들어가는 것이 목격된 사람들의 명단을 작성하느라 오후를 보냈다는 말이었다.

"그러니까 그 가게로 누군가 들어가는 걸 본 사람이 아무도 없었다는 건가요?"

푸아로가 물었다.

"오, 아닙니다. 목격자들이 있습니다. 영 못 미덥긴 하지만 키 큰 남자 셋, 검은 콧수염을 기른 키 작은 남자 넷, 턱수염을 기른 남자 둘, 뚱뚱한 남자 셋이 들어갔다고 하네요. 모두 낯선 이들이었답니다. 이런 수상쩍은 증언들을 믿어야 한다니! 이러다간 권총을 든 복면강도를 보았다는 사람이 나오고 말 겁니다!"

푸아로가 동정에 찬 미소를 지어 보였다.

"그 애셔라는 자를 보았다는 사람은 없었습니까?"

"예, 없었습니다. 그에게 유리한 사실이 또 하나 생긴 거지요. 방금 서장님께도 말씀드렸는데, 이 사건은 런던 경시청에서 맡아야 할 것 같습니다. 관내에서 처리할 사건이 아닌 것 같아요."

푸아로는 심각하게 말했다.

"동감입니다."

글렌 경위가 말했다.

"무슈 푸아로, 아시겠지만 이건 아주 골치 아픈 사건입니다. 기분 나쁜 사건이라고요……. 전 이번 사건이 마음에 들지 않아요."

푸아로와 나는 런던으로 돌아가기 전에 두 사람을 더 만났다.

먼저 만난 사람은 제임스 패트리지였다. 그는 살아 있는 애셔 부인을 마지막으로 본 사람이었다. 그날 오후 5시 30분 그녀에게서 물건을 샀다는 사람이 바로 그였다.

패트리지는 자그마한 사내로 직업은 은행원이었다. 코안경을 쓴 그는 아주 건조하고 인색한 인상으로, 말 한 마디 한 마디가 극도로 정확했다. 그는 자신의 모습만큼이나 말끔하고 깨끗한 작은 집에 살고 있었다.

"음, 푸아로 씨라고요."

그는 푸아로가 건넨 명함을 바라보며 말했다.

"글렌 경위님에게서 제 이야기를 들으셨다고요? 제가 뭘 해 드리면 되죠, 푸아로 씨?"

"패트리지 씨, 제가 알기로 당신이 살아 있는 애셔 부인을 마지막으로 본 사람이라더군요."

패트리지는 손가락 끝을 모으고는 수상쩍은 수표를 보듯 미심쩍어하는 눈길로 푸아로를 바라보았다.

"그 점엔 논란의 여지가 있지요, 푸아로 씨. 저 이후에도 애셔 부인에게서 물건을 산 사람이 여럿 있을 수 있습니다."

"그럴 수도 있겠습니다만 지금까지는 그런 신고가 들어오지 않았다는군요."

패트리지가 잔기침을 했다.

"일부 사람들은 말입니다, 푸아로 씨, 시민 의식 같은 게 전혀 없답니다."

그는 안경 너머로 점잔을 빼며 우리를 바라보았다.

"틀림없는 사실입니다. 하지만 선생께서는 제가 알기로 자진해서 경찰에 출두하셨더군요."

푸아로가 나직하게 말했다.

"물론 그랬지요. 그 충격적인 사건에 대해 전해 듣자마자 저는 제 증언이 뭔가 도움이 될 수 있을 것으로 보고 즉시 경찰을 찾아갔습니다."

"아주 적절한 판단이었습니다."

푸아로가 엄숙하게 말했다.

"거기서 했던 이야기를 제게 다시 들려주실 수 있으십니까?"

"그러니까 저는 집으로 돌아오던 중이었습니다. 정확히 5시 30분이었는데……."

"실례지만 어떻게 그렇게 정확하게 시간을 알고 계십니까?"

패트리지는 자신의 이야기가 끊긴 것에 약간 짜증이 난 것 같았다.

"교회 종이 울리더군요. 저는 손목시계를 보고는 제 시계가 1분 느리다는 것을 알았습니다. 그 직후에 애셔 부인의 상점으로 들어갔고요."

"그 상점에서 물건을 사는 습관이 있으신가요?"

"꽤 자주 들릅니다. 집에 오는 길이거든요. 일주일에 한두 차례 '존 코튼' 마일드 담배를 사곤 합니다."

"애셔 부인에 대해 아시는 것이 있습니까? 가령 그 부인의 주변 환경이나 지난 삶에 대해 말입니다."

"전혀 없습니다. 물건을 사고 이따금 날씨 이야기를 하는 것 외에 그녀와 이야기를 해 본 적이 없습니다."

"그 부인에게 죽여 버리겠다고 위협하는 주정뱅이 남편이 있다는 것을 알고 계셨나요?"

"아뇨, 그녀에 관해선 전혀 아는 것이 없었습니다."

"하지만 그녀의 모습은 알고 계셨을 겁니다. 어제 저녁 그녀의 모습에서 무슨 특별한 점이 없었나요? 동요되어 보인다든가 왠지 멍해 있는 것 같다든가 하지 않던가요?"

패트리지는 잠시 생각에 잠겼다.

"제가 보기에는 평소와 똑같았습니다."

푸아로가 자리에서 일어섰다.

"이런 질문에 대답해 주셔서 고맙습니다, 패트리지 씨. 혹시 집

안에 ABC 철도 안내서를 가지고 계신가요? 런던행 기차 시간을 알고 싶어서요."

"뒤쪽 선반 위에 있습니다."

패트리지가 말했다.

그가 말하는 선반 위에는 ABC 철도 안내서, 브래드쇼 철도 안내서, 증권거래소 연감, 켈리 상공연감, 인명록, 지방주소록이 놓여 있었다.

푸아로는 ABC 철도 안내서를 집어 들어 열차 시간을 알아보는 체한 다음 패트리지에게 감사를 표하고 자리를 떴다.

우리가 다음에 만난 사람은 앨버트 리델이었다. 그는 앞 사람과는 무척 다른 성격의 소유자로, 직업은 선로공이었다. 그와의 대화는 신경질적인 성격일 것이 분명한 리델 부인이 접시를 달그락거리는 소리와 리델의 개가 으르렁거리는 소리, 그리고 리델 자신의 노골적인 적대감 속에서 진행되었다.

그는 키가 크고 미련해 보이는 거구의 사내로 넓적한 얼굴에 의심으로 가득 찬 작은 눈을 갖고 있었다. 그는 홍차를 한입 가득 머금은 채 고기 파이를 먹고 있는 중이었다. 그는 컵 가장자리 너머 화가 잔뜩 난 눈길로 우리를 노려보았다.

"이미 모든 것을 이야기하지 않았소?"

그가 딱딱거리며 말했다.

"대체 이게 나랑 무슨 상관이란 말이오? 경찰에게 알고 있는 걸 모두 말했단 말이오. 그런데 빌어먹을 외국인이 나타나 그 얘기를 처음부터 다시 해 달라니 원."

그 말에 푸아로가 내 쪽으로 재미있어 하는 눈길을 재빨리 던지고는 말했다.

"정말이지 선생 말씀에 동의합니다만 어쩌겠습니까? 이건 살인 사건 아닙니까? 정말이지 신중에 신중을 기하지 않을 수 없지요."

"그 신사분께 원하는 것을 말씀드리는 게 제일 나아요, 버트."

여자가 신경질적으로 말했다.

"그 빌어먹을 입 좀 다물어."

리델이 소리를 질렀다.

"선생은 자진해서 경찰에 출두하지 않은 것 같습니다만."

푸아로가 또렷한 어조로 말했다.

"도대체 내가 왜 그래야 한단 말이오? 그 일은 나와 아무 상관도 없단 말요."

"견해상의 문제지요."

푸아로가 무심한 어조로 응수했다.

"살인 사건이 일어났고, 경찰은 그 상점에 들어갔던 사람이 누구인지 알고 싶어 합니다. 제 생각에는……. 뭐랄까, 경찰에 출두하는 편이 훨씬 자연스러워 보이는데요."

"내겐 할 일이 있소. 여가 시간이 있었다면 출두했을 거요."

"하지만 애셔 부인의 상점으로 들어가는 당신을 보았다는 목격자가 있습니다. 그러니 경찰이 선생을 찾아오지 않을 수 없었죠. 선생의 설명에 경찰이 만족하던가요?"

"그러지 않을 이유가 어디 있겠소?"

리델이 공격적으로 반문했다.

푸아로는 말없이 어깨를 으쓱해 보였다.

"무슨 얘기를 하고 싶은 겁니까, 선생? 아무도 나를 비난하지 않잖소? 그 노파를 죽인 게 누군지 모두 알고 있단 말이오. 그 여자의 남편이라지 않소."

"하지만 그날 저녁 그 거리에 그는 없었고, 선생은 있었지요."

"나를 협박하려는 거요? 이런, 그렇게는 안 될걸. 내가 그런 짓을 저질러야 할 이유가 뭐요? 빌어먹을 담배라도 훔치려 했다는 거요? 내가 사람들이 말하는 그 빌어먹을 살인광이라는 거요? 내가……?"

그는 위협적인 태도로 자리에서 일어섰다. 그의 아내가 징징거리는 소리로 말했다.

"버트, 버트…… 그런 식으로 말하지 말아요. 버트, 그러면 저 사람들은……."

"진정하십시오, 무슈. 난 다만 선생이 그 상점에 들어가서 무엇을 했는지 이야기를 해 달라는 것뿐입니다. 그것조차 거부하시는 게 제게는 뭐랄까, 좀 이상하게 여겨지지 않겠습니까?"

"누가 무슨 거부를 했다고 그러시오?"

리델이 다시 자리에 앉으면서 말했다.

"얘기해도 상관없소."

"선생이 그 상점에 들어간 것이 6시였습니까?"

"그렇소. 사실은 일이 분 후였지만. '골드 플레이크' 한 갑을 살참이었소. 난 문을 밀어 열었소."

"그때 상점 문이 닫혀 있던가요?"

"그렇소. 나는 문이 잠겨 있는 줄 알았소. 하지만 그냥 닫혀 있는 것뿐이더군. 안으로 들어갔더니 아무도 없는 게 아니겠소. 난 계산대를 두드리고 잠시 기다렸소. 아무도 나타나지 않길래 다시 밖으로 나왔고. 그뿐이오. 이제 당신이 잘 생각해 보시오."

"그러니까 선생은 계산대 뒤에 쓰러져 있던 시신을 보지 못했다는 거군요?"

"그렇소. 아마 당신이라도 못 봤을 거요. 일부러 찾아보기 전에는 말이오."

"철도 안내서가 놓여 있는 건 보았습니까?"

"그렇소, 거기 있더군. 펼쳐진 채로 엎어져서 말이오. 노파가 갑자기 열차를 타러 가야 하는 바람에 상점 문을 잠그는 것조차 잊어버린 게 아닐까 하는 생각을 했소."

"혹시 그 철도 안내서를 집어 들거나 계산대 위에서 위치를 바꿔 놓지 않았습니까?"

"그걸 만지지도 않았소. 조금 전 말한 것 이외의 행동은 하지 않았소."

"그렇다면 선생이 그곳으로 들어가기 직전 상점에서 나오는 사람을 보지 못했습니까?"

"아무도 못 보았소. 그런데 어째서 날 몰아세우는 거요……?"

푸아로가 자리에서 일어섰다.

"아무도 선생을 몰아세우지 않습니다, 아직까지는요. 봉수아, 무슈(안녕히 계십시오, 선생)."

푸아로는 벌린 입을 다물지 못하는 그를 남겨두고 밖으로 나갔고, 나는 그를 따랐다.

거리로 나온 푸아로는 손목시계를 보았다.

"서두르면 말일세, 친구. 7시 2분 기차를 탈 수 있을 것 같네. 어서 가세."

## 두 번째 편지

"어떻게 생각해요?"

내가 허겁지겁 물었다.

우리는 열차의 일등칸에 앉아 있었다. 그 칸에는 우리뿐이었다. 급행 열차가 막 앤도버를 빠져 나온 참이었다.

"이 범죄를 저지른 자는 중키에 빨강 머리, 왼쪽 눈이 사시인 사내일세. 그는 오른쪽 다리를 조금 절고 어깨뼈 바로 아래에 사마귀가 있다네."

푸아로가 말했다.

"푸아로?"

내가 소리쳤다.

한순간 나는 그 말을 완전히 믿었다. 그러나 내 친구의 눈이 유난히 빛나고 있는 걸 본 나는 곧 분위기를 파악했다.

"푸아로!"

내가 다시 외쳤다. 이번에는 비난이 섞인 어조였다.

"몬 아미, 왜 그러나? 자네는 내가 셜록 홈즈처럼 이번 사건을 해결해 주기를 바라고 있군! 하지만 솔직하게 말해서 나는 범인의 인상이나 그가 어디에 살고 있는지는 물론, 도대체 어떻게 수사를 시작해야 할지조차도 모르고 있다네."

"뭐 하나 실마리라도 떨어뜨려 놓았으면 좋았을 텐데."

내가 중얼걸렸다.

"오, 실마리……. 자네는 언제나 실마리에 매력을 느끼더군. 하지만 슬프게도 범인은 담배를 피우지도 않았고, 재를 떨어뜨리지도 않았네. 그리고 징이 박혀 있는 아주 독특한 구두를 신고 상점 안에 들어가지도 않았단 말이야. 친절한 구석이 하나도 없는 녀석일세. 하지만 여보게, 그래도 철도 안내서만은 남겨 놓지 않았나? ABC 철도 안내서……. 그것이 바로 자네가 바라는 실마리가 아니겠나!"

"범인이 실수로 그 책을 두고 갔다고 생각합니까?"

"당연히 아니지. 범인은 일부러 그것을 두고 간 걸세. 지문을 보면 알 수 있잖나."

"하지만 지문은 없었는데요."

"내 말이 바로 그걸세. 어제 저녁이 어땠나? 더운 6월의 밤이었지. 그런 날 저녁에 장갑을 끼고 밖을 돌아다닌다고? 그랬다면 분명 주목을 끌었을 걸세. 그러니까 그 ABC 철도 안내서에 지문이 없다는 것은 책을 주의 깊게 닦았다는 뜻이야. 어떤 죄없는 사람이 두고 간 것이라면 지문이 남아 있을 테지만, 범인이 두고 간 것이기 때문에 지문이 없는 걸세. 그러니까 우리의 살인범은 그걸 일부러 놓아 둔 걸세. 그렇다 해도 그것이 하나의 단서라는 사실에는 변함이 없어. 왜냐하면 그 ABC 안내서를 사서 가지고 다닌 사람이 있을 테니까. 거기에 진전의 가능성이 있지."

"그런 식으로 우리가 뭔가를 알아낼 수 있을까요?"

"솔직히 말해서 말일세, 헤이스팅스. 나도 특별히 희망을 걸고 있는 건 아니야. 이 사내, 이 미지의 사내는 자신의 능력에 자부심을 갖고 있는 게 분명해. 즉각 추적이 가능하도록 단서를 남겨 놓지는 않았을 걸세."

"그러니까 그 ABC 철도 안내서는 실제로 전혀 도움이 되지 않겠군요."

"자네가 생각하는 그런 의미에서는 그럴 거야."

"다른 의미에서는요?"

푸아로는 즉각 대답하지 않았다. 이윽고 그는 느릿한 어조로 입을 열었다.

"그 질문에 대한 대답이라면 도움이 될 거라는 쪽이야. 우리가 여기서 대면하고 있는 인물은 미지의 사내이지. 그는 어둠 속에 있고, 줄곧 어둠 속에 남아 있으려 해. 하지만 사물의 속성상 '그는 자신을 드러내지 않을 수 없네'. 어떤 점에서 우리는 그에 대해 아무것도 모르고 있지. 하지만 또 다른 점에서는 이미 많은 것은 알고 있다고도 할 수 있어. 난 그의 모습을 희미하게 그려볼 수 있어. 깨끗하고 단정하게 타자를 치는 사람, 좋은 품질의 종이를 사는 사람, 자신의 존재를 몹시 드러내고 싶어하는 사람 말이야. 무시당하고 소외당한 채 어린 시절을 보낸 사람이 떠오르는군. 은밀한 열등감을 갖고 성장한 사람이야. 부당하다는 느낌과 갈등하면서 말이지……. 자기 자신을 주장하고, 남들의 이목을 끌고자 하는 그런 내적인 요구가 점점 강해지지만, 여러 가지 사건이나 상황 때문에 억눌렸겠지. 그런 일이 쌓여서 아마도 더 큰 모욕감을 느끼게 되었을 거야. 그래서 화약을 실은 기차에 불을 붙이게 된 거지……."

"그건 순전히 추측일 뿐입니다. 실제적인 도움이 되지 않아요."

내가 반박했다.

"자네는 타다 만 성냥개비나 담뱃재, 징 박힌 구두 자국 같은 것이 더 좋다는 거군! 자넨 언제나 그랬지. 하지만 우리는 적어도 몇 가지 실제적인 의문을 품을 수 있네. 어째서 ABC 철도 안내서가 사건 현장에 있었는가? 왜 살해된 사람이 애셔 부인인가? 살인이 일어난 곳이 왜 앤도버인가?"

"그 여자의 과거는 상당히 단순해 보입니다. 조금 전 두 사람과의 면담은 실망스러웠지요. 그들이 우리에게 말해 준 것은 우리가 이미 알고 있는 것뿐이었어요."

나는 생각에 잠겨 나직하게 말했다.

"사실을 말하자면 난 그쪽에 별달리 기대를 걸지 않았네. 하지만 그 두 사람이 살인범일 수 있다는 사실을 간과하지 말아야 해."

"하지만 당신은 분명 그렇게 생각하지 않는 것 같은데요……."

"적어도 살인범이 앤도버나 그 근처에 살고 있을 가능성이 있네. 그것이 '왜 하필이면 앤도버인가?' 하는 우리의 질문에 대한 대답이 될 수 있지. 음, 그날 사건이 일어났을 수 있는 시각에 그 상점에 들어갔던 것으로 알려진 두 사람이 여기 있네. 그리고 그들 중의 하나가 살인범이 아니라는 것을 보여 주는 증거는 아직 없어."

"그 디룩디룩하고 거친 리델이라는 친구는 가능성이 있어요."

내가 푸아로의 말을 인정했다.

"이런, 난 리델은 제외시키고 싶어. 그가 신경이 곤두서 있고 고함을 치고 불안해하는 건 분명했네만……."

"하지만 그건 분명히……."

"하지만 그런 성격은 문제의 ABC 편지를 쓴 사람의 성격과 정반대일세. 우리가 찾아야 할 사람은 자부심이 강하고 자기 확신이 강한 사람이야."

"자신을 과시하는 사람 말인가요?"

"그럴 거야. 하지만 신경질적이고 자신을 내세우지 않는 태도 속에 커다란 허영심과 자만심을 감추고 있는 사람들도 있지 않나."

"그 키 작은 패트리지를 염두에 두고 하는 말은 아니겠죠……."

"리델보다는 오히려 패트리지가 더 그런 형에 가까워. 그 이상의 말은 하지 않겠네. 그는 문제의 편지를 쓴 자가 했음직한 행동을 했네. 즉각 경찰에 출두한 것 말이야. 자신의 존재를 부각시키고, 그 상황을 즐기는 거지."

"그럼 정말 그 사람이……?"

"아니, 헤이스팅스. 개인적으로 나는 살인범이 앤도버가 아닌 다른 곳 출신일 거라고 생각해. 하지만 우리는 그 어떤 가능성도 간과해선 안 돼. 그리고 비록 내가 항상 '그'라고 말했지만 여자가 연루되었을 가능성도 배제해선 안 돼."

"그럴 리가!"

"범행 방식으로 보아 남자일 것 같다는 데는 나도 동의하네. 하지만 익명의 편지를 즐겨 쓰는 건 남자보다는 여자거든. 그걸 마음속에 명심해야겠지."

내가 잠시 입을 다물고 있다가 말했다.

"다음엔 무엇을 해야 하죠?"

"기운 넘치는 나의 헤이스팅스."

푸아로가 내게 웃어 보였다.

"기운이 넘치진 않지만 이제 우리가 뭘 해야 하느냐고요?"

"아무것도 없어."

"아무것도 없다고요?"

내 목소리에는 실망이 분명히 드러나 있었다.

"내가 마술사인가? 요술쟁이냐고? 자네는 내가 뭘 했으면 좋겠는데 그러나?"

나는 잠시 생각해 보았지만 대답할 말을 찾기 어려웠다. 그럼에도 무슨 일인가 해야 한다는, 우물거리다가 기회를 놓쳐서는 안 된다는 절박한 느낌이 들었다.

그래서 나는 말했다.

"문제의 ABC 편지가 있지요. 편지지와 봉투도 있고……."

"물론 그 부분에 대한 조사는 철저하게 이루어지고 있네. 경찰은 그런 조사를 하는 데 필요한 모든 걸 갖고 있어. 그 부분에서 밝혀질 것이 있다면, 경찰이 밝혀내지 못할까 봐 걱정할 필요는 없네."

그 말로 나는 만족하는 수밖에 없었다.

이후 며칠 동안 푸아로는 기묘하게도 이 사건에 대해 토론하기를 내키지 않아 했다. 내가 이에 관한 화제를 입에 담기만 해도 조바심치며 손을 내젓는 것이었다.

나는 그의 속마음을 알 것 같아 오히려 걱정스러웠다. 애셔 부인 살인 사건에서 푸아로는 패배한 셈이었다. ABC가 그에게 도전했고 이긴 것이다. 줄곧 성공만을 거듭해 온 내 친구로서는 그런 실패에 민감할 수밖에 없었다. 그 예민함이 극에 달해 그 주제에 대해 말하는 것조차 참기 힘든 것이 분명했다. 그게 이 비범한 인물에게 어울리지 않는 소심한 면모일 수도 있겠지만, 그가 그렇게나 성공에 도취된 데에는 가장 분별 있는 이들을 포함해 우리 모두에게 책임이 있는 셈이니까. 푸아로는 최근 여러 해 동안 아주 만족스러운 경력만을 쌓아 오지 않았던가. 그런 시간들이 결국 이런 결과를 초래했다 해도 크게 틀린 말은 아닐 것이다.

그렇게 이해한 나는 상심한 친구를 배려해 더 이상 그 사건을 언급하지 않았다. 사건의 심리에 대한 신문 기사는 매우 간단했다. ABC 편지에 대한 언급은 없었고, 특정 인물, 혹은 미지의 인물에 의한 살인이라는 평결이 나 있었다. 언론의 이목을 끌 만한 사건은 아니었다. 그다지 흥미로운 요소나 볼 만한 점이 없었던 것이다. 뒷골목에 사는 노파가 살해된 사건은 보다 흥미진진한 기사에 밀려 언론에서 곧 잊혀졌다.

사실 그 사건은 내 머릿속에서도 점점 희미해지고 있었던 것 같다. 어떤 식으로든 푸아로를 실패와 연관지어 생각하는 것이 나로서도 싫었기 때문인지도 모른다. 하지만 7월 25일 그 사건은 돌연 초미의 관심사로 다시 떠올랐다.

주말을 요크셔에서 지내느라 나는 며칠간 푸아로를 만나지 못했다. 나는 월요일 오후에 런던으로 돌아왔는데, 오후 6시에 문제의 편지가 배달된 것이다. 푸아로가 그 특별한 편지 봉투를 뜯으면서 갑자기 거칠게 숨을 들이쉬던 것이 기억난다.

"드디어 도착했군."

그가 말했다.

나는 무슨 말인지 어리둥절해 하며 그를 응시했다.

"무엇이 왔단 말입니까?"

"ABC 사건의 두 번째 장이 열렸단 말일세."

한순간 나는 말뜻을 알아듣지 못하고 그를 바라보았다. 그 사건은 당시 이미 내 기억 속에서 사라지고 없었던 것이다.

"읽어 보게."

이렇게 말하며 푸아로는 편지를 내게 건넸다.

편지는 전과 마찬가지로 질 좋은 종이 위에 타자되어 있었다.

친애하는 푸아로 씨, 어떻게 생각하십니까? 첫 번째 게임은 내가 이긴 것 같군요. 앤도버 건은 괜찮지 않았습니까?

하지만 진짜 재미는 이제 시작입니다. 벡스힐 해변을 주목해 주십시오. 날짜는 이달 23일.

이 얼마나 즐겁습니까! 그럼.

A B C

"맙소사, 푸아로. 이건 이 미친놈이 또 다른 범죄를 도모하고 있다는 거잖아요?"

내가 소리쳤다.

"그렇고 말고, 헤이스팅스. 아닐 줄 알았나? 자네는 앤도버 건이 따로 떨어진 별개의 사건인 줄 알았어? 내가 전에 '이게 시작이야' 라고 했던 말을 기억하나?"

"그래도 정말 무시무시하군요!"

"그렇다네. 무시무시하지."

"지금 우리가 대적하고 있는 인물은 살인광이 틀림없어요."

"그렇다네."

푸아로의 차분함은 그 어떤 영웅적인 행동보다 인상적이었다. 나는 몸서리를 치며 그에게 편지를 돌려주었다.

다음 날 아침 우리는 고위 당국자 회의에 참석했다. 서섹스 경찰서장, 런던 경시청 부국장, 앤도버의 글렌 경위, 서섹스 경찰서의 카터 총경, 재프 경감, 그리고 재프보다 젊은 크롬이라는 경위, 그리고 유명한 정신과 의사인 톰슨 박사가 모두 모였다. 이번 편지에는 햄스테드 우체국의 소인이 찍혀 있었지만, 푸아로는 그 사실은 큰 의미가 없다는 의견을 밝혔다.

문제가 충분히 토의되었다. 톰슨 박사는 인상이 유쾌한 중년 사내로, 풍부한 지식을 가지고 있었지만 전문 용어를 피해 쉬운 말로 설명해 주었다.

"의심의 여지없이 이 두 편지는 같은 손으로, 그러니까 같은 사람에 의해 씌어진 겁니다."

경시청 부국장이 말했다.

"그러니 그 사람이 앤도버 살인의 범인이라고 추정해도 좋을 겁니다."

"그렇고말고요. 그리고 우리는 두 번째 범죄에 대한 구체적인 경고를 받았습니다. 25일, 그러니까 모레 벡스힐에서 일이 벌어진다는 겁니다. 어떤 조치를 취해야 할까요?"

서섹스 경찰서장이 자신의 부하인 총경을 바라보았다.

"음, 카터, 어떻게 생각하나?"

총경은 침통한 태도로 고개를 저었다.

"어려운 문제입니다, 서장님. 누구를 노릴 것인지에 대한 최소한의 단서도 없습니다. 솔직히 말해서 우리가 어떤 조치를 취할 수 있겠습니까?"

"한 가지 제안이 있습니다."

푸아로가 나직하게 말했다.

사람들의 눈길이 그에게 쏠렸다.

"이번 희생자는 B라는 글자로 시작되는 이름을 가진 사람일 것 같습니다."

"그건 좀 이상한데요."

총경이 믿기지 않는다는 듯 말했다.

"알파벳 콤플렉스로군요."

톰슨 박사가 생각에 잠긴 채 말했다.

"제 말은 그럴 가능성이 있다는 것뿐, 그 이상은 아닙니다. 불행하게 살해된 저번 희생자의 상점 문에 또렷하게 박혀 있던 애셔라는 이름을 보았을 때 그런 생각이 들더군요. 벡스힐이라는 지명이 들어간 두 번째 편지를 받았을 때는 이번 희생자 역시 장소와 마찬가지로 알파벳 순서를 따를 가능성이 있다는 생각이 들었습니다."

"그럴 수도 있습니다. 반면 애셔라는 이름이 우연의 일치일 수도 있지요. 이번 희생자 또한 상점을 운영하는 노파일 수도 있습니다. 이름은 상관없이 말이죠. 우리가 지금 상대하고 있는 자는 미치광이라는 사실을 잊지 마십시오. 지금까지 그자는 범행 동기에 관해 그 어떤 단서도 주지 않았습니다."

박사가 말했다.

"미치광이에게도 동기라는 게 있습니까?"

총경이 회의적이라는 듯 물었다.

"물론 미치광이도 동기를 갖고 있습니다, 총경님. 지나치게 논리적인 것이 종종 미치광이의 특성 중 하나지요. 어떤 사람은 특정인을 살해하라는 명령을 신에게서 받았다고 믿습니다. 성직자나 의사, 혹은 담배 상점의 노파를 죽이라고 말입니다. 그런 행동의 이면에는 언제나 극히 일관된 이유가 있답니다. 우리가 이 사건을 꼭 알파벳과 관련시킬 필요는 없습니다. 앤도버 다음에 벡스힐이 등장한 것이 우연의 일치일 수도 있으니까요."

"적어도 몇몇 조치는 취할 수 있겠군, 카터, 그러니까 B로 시작하는 이름을 가진 사람들을 눈여겨 보게. 특히 작은 상점을 운영하는 사람들 말일세. 혼자서 작은 담배 상점이나 신문 가게를 열고 있는 사람들 말이야. 그 이상으로 우리가 할 수 있는 일은 별로 없겠지만, 가능한 한 범위를 넓게 잡고 수상한 자들에 대한 감시를 계속해야 하네."

총경이 끙 하고 신음소리를 냈다.

"학교가 방학을 했고, 휴가가 시작되지 않았습니까? 이번 주에 그곳으로 몰려가는 사람들이 수없이 많을 텐데요."

"하는 데까지는 해야 한다네."

경찰서장이 날카로운 어조로 말했다.

이번에는 글렌 경위가 말을 받았다.

"저는 애셔 사건에 관계된 이들을 줄곧 감시하겠습니다. 패트리지와 리델이라는 두 증인, 그리고 애셔 말입니다. 앤도버를 떠나는 즉시 그들은 미행을 당할 겁니다."

몇 가지 제안이 더 나오고, 조금 잡다한 대화가 오간 다음 회의가 끝났다.

"푸아로, 이번 범행은 틀림없이 미리 막을 수 있겠지요?"

강을 따라 걸으며 내가 물었다.

푸아로는 초췌해진 얼굴을 내게 돌렸다.

"미치광이 한 명과 도시에 꽉 찬 정상인의 대결이라……. 난 걱정스럽네, 헤이스팅스. 정말이지 걱정스러워. 잭 더 리퍼*가 그토록 오랫동안 살인에 성공했던 일을 생각해 보게나."

"정말 끔찍하군요."

내가 대답했다.

"헤이스팅스, 광기란 끔찍한 걸세……. 나는 두렵다네……. 정말이지 두려워……."

* 19세기 런던의 밤거리에서 무수한 살인을 저지른 살인마. '면도날 잭', '살인마 잭'으로도 불리며 끝내 체포되지 않았다.

# 벡스힐 해변 살인

나는 아직도 7월 25일 아침을 잊을 수 없다. 그때가 아마 7시 30분 경이었을 것이다.

푸아로가 침대 옆에 앉아 내 어깨를 부드럽게 흔들었다. 그의 얼굴을 힐긋 쳐다본 것만으로도 나는 몽롱한 상태에서 빠져나와 즉각 정신을 차릴 수 있었다.

"무슨 일입니까?"

내가 재빨리 일어나 앉으며 물었다.

그의 대답은 아주 차분했지만, 그 세 마디 말 속에는 많은 감정이 담겨 있었다.

"일이 일어나고야 말았네."

"뭐라고요? 당신 말은 그러니까……. 하지만 이제 막 25일이 되었잖아요."

"사건은 어젯밤, 아니면 오늘 새벽에 일어났네."

내가 침대에서 나와 재빨리 몸단장을 하는 동안, 그는 조금 전 전화로 들었다는 소식을 간단하게 설명했다.

"벡스힐 해변에서 젊은 여자의 시신이 발견되었네. 엘리자베스 바너드라는 카페 종업원으로 밝혀졌는데, 최근 지어진 단층 주택에서 부모와 함께 살았다더군. 의사의 소견으로 사망 시각은 어젯밤 11시 30분에서 새벽 1시 사이라네."

"이 사건이 놈의 범죄인 건 분명한가요?"

나는 서둘러 면도를 하면서 물었다.

"벡스힐행 안내가 나온 쪽이 펼쳐진 ABC 철도 안내서가 시체 아래에서 발견되었다네."

나는 부르르 몸을 떨었다.

"무시무시하군요!"

"페트 아탕시옹(조심 좀 하게), 헤이스팅스. 내 방에서 두 번째 비극이 벌어지는 걸 원하진 않으니까!"

푸아로의 충고에도 불구하고 나는 턱에서 흘러나온 피를 씁쓸한 표정으로 닦아 냈다.

"우리가 할 일은 뭔가요?"

"잠시 후 차가 우리를 데리러 올 걸세. 내가 자네 커피를 이리로 가져다줌세. 지체 없이 떠날 수 있도록 말일세."

20분 후 우리는 빠르게 달리는 경찰차를 타고 템스 강을 건너 런던을 빠져나가고 있었다.

지난 번 회의에 참석했던 크롬 경위가 우리와 동행했다. 그는 이 사건의 공식적인 담당자였다.

크롬은 재프와는 아주 다른 타입의 인물이었다. 재프보다 훨씬 젊은 그는 말수가 적고 똑똑했다. 학벌이 좋고 학식이 풍부해 보이는 게 지나치게 자만심이 강한 것 같기도 했다. 최근엔 어린이 연쇄 살해범을 잡은 일로 명성을 얻었다는데, 그가 끈기 있게 추적해 잡았다는 범인은 현재 브로드무어 정신 병원에 수감되어 있었다.

크롬 경위는 이번 사건을 맡기에 적당한 인물임이 분명했지만, 자의식이 강한 것이 흠이었다. 푸아로를 대하는 그의 태도는 마치 선심을 쓰고 있다는 인상을 주었다. 당신이 연상이니 일단 그에 맞는 예의는 갖춰 주겠다는, 사립 학교 도련님 같이 오만한 태도였다.

"저는 톰슨 박사와 많은 이야기를 나누었습니다. 그분도 연속 살해나 연쇄 살인에 무척 관심이 많으시더군요. 그건 특별한 형태의 정신병입니다. 물론 일반인들로서는 그런 전문적인 의학적 시각을 이해할 수 없을 테지만요."

그는 헛기침을 했다.

"알고 계시는지 모르겠지만, 사실 지난 번 제 사건, 그러니까 머스웰 힐을 다녔던 여학생, 메이벨 호머 사건 말입니다. 그 캐퍼라는 사내는 정말 특이했습니다. 전혀 그런 범죄를 저지를 인물로 보이지 않았죠. 그런데 그게 자그마치 놈의 세 번째 범죄였답니다! 겉으로 보기에는 푸아로 씨나 저처럼 멀쩡했지요. 하지만 세상엔 여러 가지 검사가 있거든요. 언어 추적 검사 같은 것들 말입니다. 최신

식이죠. 선생님 시절에는 물론 그런 게 없었겠지요. 본심을 드러내게만 할 수 있다면 그 사람을 손아귀에 쥔 거나 다름없어요! 인간은 상대가 알고 있다는 사실을 의식하게 되면 신경이 곤두서지요. 즉각 우왕좌왕할 수밖에요."

"내가 젊었을 때도 이따금 그런 일이 있었답니다."

푸아로가 말했다.

크롬 경위가 그를 바라보며 무심하게 말했다.

"오, 그렇습니까?"

우리 사이에 한동안 침묵이 흘렀다. 뉴크로스 역을 지나칠 때 크롬이 입을 열었다.

"이 사건에 대해 제게 묻고 싶은 것이 있으면 말씀하십시오."

"혹시 죽은 아가씨에 대해 아는 바가 있는지요?"

"희생자는 나이가 스물세 살, '진저 캣'이라는 카페의 종업원이었습니다……."

"파 사(그런 것 말고), 내가 궁금한 건 미인이었는가 하는 겁니다."

"그 점에 대해서는 정보가 없습니다."

크롬 경위가 멈칫 하며 말했다. 그의 태도에는 '정말 외국인들이란 모두 똑같다니까!'라는 기색이 어려 있었다.

푸아로의 눈빛에 희미하게 장난기가 떠올랐다.

"당신에겐 그것이 중요하지 않은 듯 생각되나 보군요? 하지만 푸르 윈 팜(여자에게는), 가장 중요한 거랍니다. 그것으로 종종 운명이 결정되니까요!"

상대는 다시 침묵했다.

세븐오크스 근처에 왔을 때에야 푸아로가 다시 입을 열어 대화가 다시 시작되었다.

"혹시 그 아가씨가 무엇으로 어떻게 목이 졸렸는지 아십니까?"

크롬이 간단하게 대답했다.

"그 여자 자신의 벨트로 목이 졸렸지요. 실로 짠 두툼한 것이라고 들었습니다."

푸아로의 눈이 휘둥그레졌다.

"아하, 드디어 아주 확실한 정보를 확보했군요. 시사하는 바가 많은 사실입니다, 그렇지 않습니까?"

푸아로가 말했다.

"아직 그렇게 말하기는 이른데요."

크롬 경위가 냉랭하게 대답했다.

나는 크롬의 부족한 상상력과 지나친 조심성에 조바심이 났다.

"그건 살인범의 특성을 말해 줍니다. 그 아가씨 자신의 벨트를 사용한 것은 범인의 성격이 특히 잔인하다는 뜻이지요!"

내가 말했다.

푸아로가 힐끗 나를 쏘아보았고, 나는 그 눈길의 의미를 알아차렸다. 장난기와 질책이 반씩 담긴 그것은 크롬 앞에서 지나치게 많은 말을 하지 말라는 경고를 담고 있었다.

나는 다시 입을 다물었다.

벡스힐에 도착한 우리는 카터 총경을 만났다. 그는 켈시라는 유쾌하고 지적인 얼굴의 젊은 경위와 함께였다. 켈시는 크롬과 함께 이번 사건을 맡도록 파견된 사람이었다.

"자네가 직접 조사하고 싶겠지, 크롬? 그러니 내가 사건의 중요한 부분만 설명해 주겠네. 그러면 즉각 조사에 착수할 수 있을 걸세."

총경이 말했다.

"고맙습니다, 총경님."

크롬이 말했다.

"우리는 희생자의 부모에게 이 소식을 알렸네. 당연히 날벼락이었겠지. 그들에게 질문을 하기 전에 감정을 추스릴 시간을 주고 왔다네. 그러니 자네는 처음부터 시작할 수 있을 걸세."

"그 아가씨에게 다른 가족이 있겠지요? 그렇지 않습니까?"

푸아로가 물었다.

"언니가 하나 있습니다. 런던에서 타이피스트로 일한다더군요. 언니와는 줄곧 연락이 있었던 모양입니다. 그리고 청년도 하나 있습니다. 사실은 어젯밤 그 아가씨는 그 청년과 외출한 것으로 되어 있더군요."

"ABC 철도 안내서에서는 도움이 될 만한 게 없었습니까?"

크롬이 물었다.

"거기에는 말일세……."

총경이 탁자 쪽을 향해 고개를 끄덕였다.

"지문이 없었네. 벡스힐이 나온 쪽이 펼쳐져 있었지만 새 책인 게 분명해. 몇 번 펼쳐 보지도 않은 것 같네. 이 근처에서 구입한 것은 아닐세. 그럴 만한 상점들을 조사해 보았다네."

"시체를 발견한 사람은 누굽니까, 총경님?"

"아침 일찍 일어나 밖으로 나오는 걸 좋아하는 그런 군인들 중 하나였어. 제롬 대령이라는 사람일세. 아침 6시경 개를 데리고 나와 쿠든 방향으로 걷다가 바닷가로 내려갔다는군. 그런데 개가 뛰어가더니 뭔가 냄새를 맡더라는 거야. 대령이 개를 불렀으나 돌아오지 않았다더군. 대령은 그쪽에 뭔가 심상치 않은 일이 있구나 생각해서 가 보았고. 그는 아주 적절히 처신했네. 시체에 전혀 손을 대지 않은 채로 즉각 우리에게 전화를 걸어 온 걸 보면."

"그럼 사망 시각은 어제 자정 무렵인가요?"

"자정에서 새벽 1시 사이일세. 거의 확실하다네. 우리 살인범은 약속을 지키는 자일세. 25일이라고 했으면 25일인 걸세. 24일에서 겨우 몇 분밖에 지나지 않았다 해도 말야."

크롬은 고개를 끄덕였다.

"예, 그게 바로 그자의 정신 상태입니다. 그밖에 다른 건 없습니까? 도움이 될 만한 걸 본 사람은요?"

"우리가 아는 한 없네. 하지만 아직 판단하긴 이르지. 조금 있으면 어젯밤 어떤 남자와 함께 걷고 있던 흰옷 입은 아가씨를 보았다는 이들이 몰려올 걸세. 하지만 어젯밤에 청년과 함께 있던 하얀 옷 아가씨들이 사오백 명은 될 테니……. 정말 멋지게 해치운 거지."

"음, 총경님. 그 부분부터 시작하는 것이 좋을 것 같습니다. 문제의 카페가 있고, 아가씨의 집이 있지요. 두 군데 모두 가는 게 좋겠습니다. 켈시 경위와 함께 가겠습니다."

크롬이 말했다.

"그럼 푸아로 씨는요?"

총경이 물었다.

"저도 당신과 함께 가겠습니다."

푸아로가 고개를 조금 숙여 보이며 크롬에게 말했다. 크롬은 약간 짜증스러운 듯했고, 푸아로를 처음 보는 켈시는 이를 드러내며 활짝 웃어 보였다. 내 친구를 처음 보는 사람들이 항상 그를 일급 익살꾼 정도로 여기는 건 불행한 일이다.

"아가씨의 목을 조를 때 쓴 벨트는 어떤가요? 푸아로 씨는 그것이 귀중한 단서가 될 거라고 생각하시는 것 같았습니다. 그걸 보고 싶어하실 거예요."

크롬이 말했다.

"뒤 투(천만에요). 당신은 제 말을 잘못 이해하셨군요."

푸아로가 재빨리 대답했다.

"그것에서는 얻을 만한 게 전혀 없을 겁니다. 그건 가죽 벨트가 아니었습니다. 가죽이었다면 지문이 나오겠죠. 하지만 이건 그저 비단실로 짠 도톰한 벨트였을 뿐입니다. 그런 범행에 이상적인 도구였지요."

카터가 말했다.

나는 부르르 몸서리를 쳤다.

"그럼, 우린 가 보는 것이 좋겠습니다."

크롬이 말했다.

우리는 함께 출발했다.

처음으로 방문한 곳은 진저 캣이라는 카페였다. 해변에 자리잡은 그곳은 평범한 작은 찻집으로, 오렌지색 체크무늬 천을 씌운 작은 탁자들과, 역시 오렌지빛 쿠션이 놓인 몹시 불편한 의자(바구니 세공법으로 만들어진)들이 놓여 있었다. 주로 아침 커피와 다섯 가지 차(데번셔, 팜하우스, 프루트, 칼턴, 플레인), 그리고 스크램블드 에그나 새우, 마카로니 같은 여성용 점심 식사를 전문으로 하는 곳이었다.

아침 커피가 막 나오고 있는 모습이 보였다. 여자 지배인이 서둘러 우리를 몹시 지저분한 뒷방으로 안내했다.

"음, 메리온 양이신가요?"

크롬이 물었다.

메리온 양은 좀 높고 비탄에 빠진 숙녀 같은 목소리로 대답했다.

"그게 제 이름이에요. 이건 정말이지 슬픈 일이에요. 이보다 더 슬플 순 없을 거예요. 우리 상점에도 얼마나 큰 타격이 갈지 정말 짐작도 안 될 정도예요!"

메리온은 숱이 적은 오렌지빛 머리카락을 한 40대의 매우 마른 여자였다. (그녀는 '생강빛털 고양이'라는 뜻을 가진 찻집 이름 진저 캣과 놀라울 정도로 어울리는 모습이었다.) 그녀는 자신의 사무복에 달린 프릴과 장식을 신경질적으로 만지작거렸다.

"손님이 더 많아질 겁니다. 두고 보십시오! 도저히 서빙을 할 수 없을 정도로 말이에요!"

켈시가 원기를 북돋는 어조로 말했다.

"역겨워요. 정말 역겹기 짝이 없어요. 이런 일을 당하면 인간의 본성에 실망하게 되죠."

메리온이 말했다.

하지만 그녀의 두 눈은 반짝거리고 있었다.

"죽은 엘리자베스 바너드에 대해서 제게 해 주실 말이 없습니까, 메리온 양?"

"없어요. 전혀 없어요."

메리온이 단호하게 대답했다.

"그 아가씨는 여기서 오랫동안 일했습니까?"

"이번이 두 번째 여름이지요."

"그녀의 업무 태도에 만족하셨나요?"

"그녀는 훌륭한 종업원이었어요. 빠르고 정중했지요."

"그녀는 미인이었죠, 그렇죠?"

푸아로가 물었다.

이번에는 메리온이 '오, 외국인들이란.' 하고 말하는 듯한 눈길로 푸아로를 쳐다보았다.

"그녀는 깔끔하고 단정한 아가씨였어요."

메리온이 쌀쌀맞게 대답했다.

"바너드 양은 어젯밤 몇 시에 퇴근했지요?"

크롬이 물었다.

"8시요. 우리는 8시에 문을 닫습니다. 저녁 식사는 팔지 않아요.

저녁 식사를 원하는 사람이 없어서요. 스크램블드 에그와 차를 팔 뿐이죠."

이 말에 푸아로는 끔찍하다는 듯 몸을 떨었다.

"손님들은 7시나 때로는 그 이후에도 오지만, 바쁜 시간은 6시 30분까지랍니다."

"혹시 그녀가 어젯밤 퇴근 후의 약속이 어떻다거나 하는 이야기는 한 적 없나요?"

"당연히 안 했죠. 우리는 그런 말까지 하는 사이는 아니에요."

메리온이 힘주어 말했다.

"누군가 찾아와 그녀를 불러 달라고 하지는 않았나요? 그런 비슷한 일은요?"

"없었어요."

"평소와 똑같아 보이던가요? 흥분하지도 않았고 풀죽지도 않았고요?"

"정말이지 잘 모르겠어요."

메리온이 냉랭하게 대답했다.

"고용한 여종업원이 몇 명입니까?"

"정규 종업원은 둘이고 7월 20일부터 8월 말까지는 임시로 둘을 더 고용해요."

"그런데 엘리자베스 바너드는 임시 점원은 아니었지요?"

"바너드 양은 정규직 종업원이었어요."

"또 한 사람은 누굽니까?"

"히글리 양 말인가요? 아주 예쁜 아가씨예요."

"그녀와 바너드 양은 친구 사이였나요?"

"확실히 잘 모르겠군요."

"히글리 양과 이야기를 하고 싶습니다."

"지금요?"

"괜찮으시다면요."

"그녀를 이리로 보내드리죠."

메리온이 자리에서 일어서며 말했다.

"가능한 한 빨리 끝내 주세요. 지금은 아침 커피 시간이라 바쁘거든요."

생강빛 머리카락을 한 고양이 같은 메리온이 밖으로 나갔다.

"아주 노련한 여자로군요."

켈시가 한마디했다. 그는 메리온의 점잔빼는 어조를 흉내내어 이렇게 덧붙였다.

"확실히 잘 모르겠군요."

검은 머리카락에 장밋빛 볼, 검은 눈동자에 흥분의 빛을 담은 통통한 아가씨가 가볍게 숨을 헐떡이며 들어왔다.

"메리온 양이 가 보라고 하던데요."

그녀가 숨을 헐떡이며 말했다.

"히글리 양인가요?"

"예, 그렇습니다."

"엘리자베스 바너드를 알고 있었죠?"

"오, 그럼요. 전 베티를 알아요. 정말 끔찍하지 않아요? 너무 끔찍하다고요! 이게 사실이라는 게 믿기지 않아요. 아침 내내 아이들에게 믿을 수가 없다고 말했어요! '얘들아, 이거 거짓말이지? 베티! 바로 어제까지 여기서 같이 근무하던 베티 바너드가 살해당하다니! 정말이지 믿을 수가 없어.'라면서요. 혹시 꿈을 꾸고 있는 것은 아닌가 하고 제 살을 대여섯 차례 꼬집어 보기도 했지요. 베티가 살해당하다니…… 정말이지 현실 같지 않아요."

"죽은 아가씨에 대해 잘 아나요?"

크롬이 물었다.

"음, 그녀는 이곳에서 저보다 오랫동안 일해 왔어요. 저는 올해 3월에 왔거든요. 베티는 작년부터 여기 있었고요. 말수가 적은 편이었지요. 농담을 즐기거나 많이 웃는 편이 아니었어요. 그렇다고 그저 조용하기만 했다는 말은 아니에요. 그 애는 나름대로 무척 재미있게 지냈지만 겉으로는 그렇지 않았어요. 음……, 제 말은 겉으로는 조용했지만 실제로 조용한 것은 아니었다고요."

크롬 경위는 극도의 참을성을 발휘했다고 말할 수 있다. 증인의 입장에 선 통통한 처녀 히글리는 줄곧 흥분하고 있었다. 매 문장마다 그녀는 같은 말을 여러 차례 되풀이했다. 하지만 말이 실제로 담고 있는 내용은 극히 빈약했다.

그녀는 죽은 아가씨와 특별히 친한 사이는 아니었던 듯했다. 엘리자베스 바너드는 자신이 히글리보다 한 수 위라고 여겼던 모양이었다. 그녀는 근무 시간에는 친절했다. 하지만 그곳 아가씨들은 희생자에 대해 잘 알지 못했다. 그나마 아는 거라고는 역 근처에 있는 '코트 앤드 브런스킬'이라는 부동산 회사에서 일하는 '친구'가 있다는 것 정도였다.

"아니요, 그 남자는 코트와 브런스킬 둘 중 아무도 아니에요. 거기 고용된 직원일 뿐이죠."

히글리는 그의 이름을 모른다고 했다. 하지만 얼굴은 잘 안다면서 '잘생겼어요, 어쩜, 무척 잘생긴 데다 언제나 멋진 옷을 입고 다니더군요.'라고 평했다. 히글리는 마음속에서 질투를 하고 있었던 것이 분명했다.

결국 결론은 이러했다. 엘리자베스 바너드는 어젯밤의 약속에 대해 카페의 누구에게도 털어놓지 않았다. 하지만 히글리의 추측에 따르면, 그녀는 '친구'를 만나러 갔을 터였다. 깃 부분이 독특하게 디자인된 아주 예쁜 하얀 새 원피스를 입고 있었던 것을 보면 분명 그러했다.

우리는 다른 두 여자도 만나 보았지만 그 이상의 성과는 없었다. 베티 바너드는 자신의 계획에 대해 아무에게도 이야기하지 않았고, 어제 저녁 시간 내내 벡스힐에서 그녀를 본 사람도 없었다.

## 바너드 부부

엘리자베스 바너드의 부모는 벡스힐 외곽에 있는 아주 작은 단층 주택에서 살고 있었다. 최근 어떤 투기꾼이 세운 50여 채의 단층 주택 중 하나였다. 그 집의 이름은 란더드노였다. 바너드 씨는 풍채가 당당했으며 나이는 쉰다섯 살쯤으로 보였다. 그는 당황한 표정을 지으며 문간에서 우리를 맞이했다.

"들어오십시오, 여러분."

그가 말했다.

켈시 경위가 주도권을 잡았다.

"이분은 런던 경시청의 크롬 경위입니다, 선생님. 이 일로 우리를 도와주러 오셨지요."

"런던 경시청이라고요?"

바너드가 희망에 찬 어조로 되물었다.

"잘됐군요. 이 살인 사건의 범인은 꼭 잡아서 감옥에 넣어야 합니다. 불쌍한 내 딸……."

그의 얼굴이 비탄으로 일그러졌다.

"그리고 이분은 에르퀼 푸아로 씨입니다. 역시 런던에서 오셨지요. 그리고 음……."

"헤이스팅스 대위입니다."

푸아로가 말했다.

"만나서 반갑습니다."

바너드가 기계적으로 말했다.

"안으로 들어가시지요. 가엾은 내 아내가 여러분을 만나려 들지 모르겠군요. 완전히 슬픔에 잠겨 있답니다."

하지만 우리가 그 집의 거실로 들어갔을 때 바너드 부인이 모습을 나타냈다. 원없이 운 것이 분명했다. 두 눈은 충혈되었고 충격을 받았는지 걸음걸이가 이상했다.

"이런, 여보, 잘 나왔소. 이제 괜찮아진 거지, 그렇지?"

그는 그녀의 어깨를 토닥인 다음 그녀를 의자에 앉혔다.

"총경님은 무척 친절하시더군요. 우리에게 소식을 알리신 다음 아무 질문도 하시지 않고 가셨거든요. 우리가 충격에서 회복될 수 있도록 시간을 주신 겁니다."

"이건 너무 잔인해요. 오, 이건 너무 잔인하다고요. 내 생전에 이렇게 잔인한 일은 없었어요."

바너드 부인은 울음 섞인 목소리로 소리쳤다.

그녀의 목소리에서 살짝 노래를 부르는 듯한 억양이 느껴져서 나는 한순간 그녀가 외국인일지도 모른다는 생각이 들었다. 이윽고 나는 현관문에 써 있던 이름을 기억해 내고는 부인의 "생천에 이러케"라는 발음이 웨일스 식이라는 것을 깨달았다.*

"정말 고통스러우시겠습니다, 부인. 부인의 감정에 충분히 공감합니다만 모든 사실을 알아야만 가능한 한 빨리 일에 착수할 수 있답니다."

크롬 경위가 말했다.

"당연히 그럴 겁니다."

바너드 씨가 고개를 끄덕이며 말했다.

"따님은 스물세 살이라고 들었습니다. 이곳에서 두 분과 함께 살았고 진저 캣 카페에서 일했다더군요. 맞습니까?"

"그렇습니다."

"여기는 새로 지은 집 아닌가요? 전에는 어디에서 사셨습니까?"

"케닝턴에서 철물업을 했습니다. 2년 전에 그만두었죠. 줄곧 바닷가 근처에서 살고 싶었거든요."

"따님이 둘이라고 들었습니다만?"

"예, 큰애는 런던에 있는 사무실에서 일하고 있습니다."

"어젯밤 따님이 집에 들어오지 않았는데 놀라지 않으셨나요?"

바너드 부인이 울음 섞인 목소리로 대답했다.

---

* '란더드노'는 영국 웨일스 컨위에 있는 휴양 도시다.

"우리는 그 애가 안 들어왔는지 몰랐어요. 남편과 나는 언제나 일찍 잠자리에 들거든요. 9시가 취침 시간이에요. 경찰이 찾아와 말해줄 때까지 우리는 베티가 집에 있는 줄 알았답니다. 경찰이 와서 말하기를……."

그녀가 울며 주저앉았다.

"따님에게는 음, 늦게 귀가하는 습관이 있었나요?"

"요즘 젊은 애들이 어떤지 아시잖아요, 형사님. 독립이니 뭐니 하면서 말이에요. 요즘 같은 여름밤에는 곧장 집으로 오려고 하지 않는답니다. 어쨌거나 베티는 대개 11시 정도에 들어오곤 했어요."

"따님이 어떻게 안으로 들어오나요? 문을 열어 놓나요?"

"깔개 밑에 열쇠를 놓아둡니다. 우리는 늘 그렇게 했습니다."

"따님이 약혼을 했다는 소문이 있더군요."

"요즘에는 다들 그렇듯 그애들도 공식적으로 약혼을 하진 않았답니다."

바너드가 말했다.

"도널드 프레이저가 그 사람 이름이에요, 난 그 청년이 마음에 들었어요. 무척 마음에 든답니다. 가엾은 사람 같으니라고, 이 소식을 듣고 충격이 클 거예요. 벌써 알고 있을까요?"

바너드 부인이 말했다.

"그 청년이 코트 앤드 브런스킬 사에서 일한다고 들었습니다만?"

"예, 부동산 회사예요."

"따님은 퇴근한 후 대개 저녁에 그를 만났나요?"

"매일은 아니었어요. 일주일에 한두 번이었을 거예요."

"어젯밤 따님이 그를 만나러 갔는지 어떤지 아십니까?"

"그 애는 그런 말은 하지 않았어요. 베티는 자기가 무엇을 하고 있는지 어디에 가는지에 대해 자세히 말하는 법이 없었어요. 하지만 베티는 좋은 애였다고요. 오, 믿을 수가 없어……."

바너드 부인이 다시 흐느끼기 시작했다.

"정신을 차려요, 여보. 기운을 내라고, 여보. 우리는 진실을 밝혀내야 해."

바너드가 말했다.

"도널드는 결코, 결코 그런 짓을 할 사람이 아니에요……."

바너드 부인이 흐느꼈다.

"이제 그만 진정해."

바너드가 거듭 말했다.

"정말이지 우리도 도와 드리고 싶습니다. 하지만 사실은 알고 있는 게 아무것도 없습니다. 이런 짓을 한 비열한 악당을 찾아내는 데 도움이 될 만한 걸 전혀 모릅니다. 베티는 명랑하고 행복한 아이였어요. 훌륭한 청년도 곁에 있었지요. 음, 내가 젊었을 때 식으로 말하자면 함께 데이트할 상대 말입니다. 누군가 그 애를 죽이려 일을 꾸몄다니 가슴이 찢어집니다. 이건 말도 안 되는 일입니다."

"말씀하신 대로 정말 그렇습니다. 바너드 씨. 그렇다면 협조를 좀 부탁드리겠습니다. 바너드 양의 방을 한번 보고 싶습니다. 편지나 일기 같은 뭔가가 있을지도 모르니까요."

크롬 경위가 말했다.

"얼마든지 보시지요."

바너드가 자리에서 일어서며 말했다.

그가 앞서 걸었다. 크롬이 그의 뒤를 따랐고, 이어 푸아로, 켈시, 그리고 내가 맨 뒤였다. 나는 구두끈을 고쳐 매기 위해 잠시 걸음을 멈추었다. 그 순간 집 앞에 택시 한 대가 와서 서더니 젊은 여자가 내렸다. 여자는 운전사에게 요금을 지불하고는 작은 여행 가방을 들고 서둘러 집을 향해 걸어왔다. 문을 열고 들어온 그녀는 나를 보고서 그 자리에 못 박힌 듯이 멈춰 섰다. 그녀의 태도에는 내 호기심을 자극하는 몹시 매력적인 구석이 있었다.

"누구시죠?"

그녀가 물었다.

나는 그녀 쪽으로 몇 걸음 다가갔다. 정확히 어떻게 대답해야 할지 몰라 당혹스러웠다. 내 이름을 말해야 할까? 아니면 경찰과 같이 왔다고 해야 할까? 하지만 그녀는 내가 결정할 여유를 주지 않았다.

"오, 이런, 알겠어요."

그녀가 말했다.

그녀는 쓰고 있던 하얀색 모직 챙 모자를 벗어서 바닥에 던졌다. 이제 그녀는 약간 몸을 돌려 빛을 받고 있었으므로 나는 그녀의 모습을 훨씬 잘 볼 수 있었다.

그녀에 대한 첫인상은 어렸을 때 내 누이들이 가지고 놀던 네덜란드 인형 같다는 것이었다. 검은 머리카락은 단정한 단발이었고

앞머리가 이마를 덮고 있었다. 튀어나온 광대뼈와 전체적인 이목구비가 기묘하게 현대적인 날카로움을 보여 주고 있었는데, 묘하게 매력적인 느낌을 주었다. 그녀는 미인은 아니었다. 오히려 평범한 인상이었는데, 그럼에도 그녀에게는 함부로 대할 수 없는 어떤 설득력, 어떤 강렬함 같은 것이 있었다.

"당신이 바너드 양인가요?"

내가 물었다.

"제가 메건 바너드에요. 당신은 경찰이신가 보군요?"

"음, 꼭 그런 건 아니고……."

그녀가 내 말허리를 잘랐다.

"저는 당신에게 드릴 말씀이 없는 것 같아요. 제 동생은 남자친구 하나 없는 밝고 착한 애였어요. 그럼 안녕히 가세요."

그렇게 말하며 그녀는 짤막하게 소리 내어 웃고는 도전적인 눈빛으로 나를 바라보았다.

"제가 제대로 말한 것 같은데요?"

그녀가 물었다.

"나는 기자가 아닙니다. 그렇게 생각했다면 말입니다."

"음, 그렇다면 당신은 뭐하시는 분이죠? 어머니와 아버지는 어디 계시고요?"

그녀가 주위를 둘러보았다.

"아가씨의 아버님은 경찰에게 여동생 방을 보여 주고 계세요. 어머니도 그곳에 계시고요. 어머니는 몹시 슬퍼하고 계십니다."

처녀는 무엇인가 결심한 것 같았다.

"이쪽으로 오세요."

그녀는 문을 열고 안으로 들어갔다. 나는 그녀의 뒤를 따라갔다. 그곳은 작고 깨끗한 부엌이었다. 들어와 막 문을 닫으려고 할 때 예상치 못하게 반대쪽에서 살짝 문을 잡아당기는 느낌이 들더니, 다음 순간 푸아로가 조용히 따라 들어와서는 문을 닫았다.

"마드무아젤 바너드시죠?"

푸아로가 가볍게 고개를 숙여 보이며 물었다.

"이분은 무슈 에르퀼 푸아로입니다."

내가 말했다.

메건 바너드는 찬탄의 눈빛으로 푸아로를 재빨리 바라보았다.

"선생님에 대해서 들어 본 적이 있어요. 상류층 사람들이 많이 찾는 사립 탐정 아니신가요?"

"오, 좋은 표현은 아니지만 틀린 말은 아니군요."

푸아로가 대답했다.

메건 바너드는 식탁 가장자리에 걸터앉았다. 그녀는 가방을 더듬어 담배를 찾아 입에 물고 불을 붙인 후 두 모금 빨고서는 입을 열었다.

"그런데 무슈 에르퀼 푸아로가 이런 시시한 사건에 무슨 볼일이신지 모르겠군요."

"마드무아젤, 세상에는 아가씨가 모르는 것, 제가 모르는 것이 무척 많을 겁니다. 하지만 그런 것은 중요하지 않습니다. 실제로 중요한 건 쉽게 알아낼 수 없는 그 무엇이랍니다."

푸아로가 말했다.

"무슨 말씀이신지?"

"죽음을 말하는 겁니다, 마드무아젤. 죽음은 불행히도 편견을 낳지요. 이미 죽은 자에게 유리한 편견 말입니다. 지금 막 아가씨가 제 친구 헤이스팅스에게 한 말을 들었습니다. '남자친구 하나 없는 착하고 밝은 아이였다'라는 이야기 말입니다. 당신은 신문 기사를 흉내 내 그렇게 말했습니다. 그리고 그 말은 틀림없는 사실입니다. 젊은 여자가 죽으면 으레 그런 식의 말이 나옵니다. 그녀는 밝고 행복하고 친절하고 걱정거리나 불건전한 인간관계 같은 건 전혀 없었다고 말입니다. 우린 죽은 자에게는 언제나 몹시 관대해지기 마련이니까요. 지금 같은 때에 제가 뭘 해야 하는지 아십니까? 엘리자베스 바너드를 알고 있으면서 그녀가 죽었다는 것을 모르고 있는 사람을 찾아내야 하는 겁니다. 그러면 아마도 도움이 되는 말, 곧 진실을 들을 수 있겠지요."

메건 바너드는 담배를 피우면서 잠시 동안 말없이 그를 바라보았다. 이윽고 그녀는 입을 열었다. 그녀의 말에 나는 깜짝 놀라지 않을 수 없었다.

"베티는 정말 멍청한 애였어요!"

메건 바너드가 아까의 그 말을 무척 차분하고도 사무적인 어조로 말하는 것을 보고 나는 깜짝 놀랐다. 하지만 푸아로는 심각하게 고개를 끄덕였을 뿐이었다.

"아 라 본 뇌르(좋군요). 당신은 머리가 좋군요, 마드무아젤."

메건 바너드는 여전히 초탈한 듯한 어조로 말했다.

"저는 정말이지 베티를 아꼈어요. 하지만 그렇다고 해서 그 애가 어리석은 계집애라는 사실을 모를 수는 없었죠. 그래서 때로는 말로 직접 표현하기도 했어요! 자매들은 그렇거든요."

"그래서 동생이 당신의 충고에 귀를 기울였나요?"

"그렇지 않았던 것 같아요."

메건이 빈정거리는 어조로 대답했다.

"마드무아젤, 정확히 말해 주시겠습니까?"

여자는 잠시 망설이는 듯했다.

푸아로는 엷은 미소를 띠며 말했다.

"당신을 도와드리죠. 저는 당신이 헤이스팅스에게 한 말을 들었습니다. 동생이 밝고 행복하고 남자 친구 하나 없었다는 이야기 말입니다. 그건 앵 푀(좀), 사실과 정반대 아닌가요?"

메건이 천천히 말했다.

"베티는 남에게 해를 끼치는 아이는 아니었어요. 그건 알아주셨으면 좋겠어요. 그 애는 언제나 착실한 편이었죠. 주말을 즐기는 유형은 아니었어요. 그런 타입과는 거리가 멀었죠. 하지만 외출과 춤추는 것, 그리고 싸구려 칭찬과 찬사 같은 것들을 좋아했지요."

"그리고 미인이었죠, 그렇죠?"

내가 이 질문을 들은 것은 이번으로 세 번째였다. 그리고 이번에는 도움이 될 만한 대답이 돌아왔다.

메건은 식탁에서 일어나 자신의 여행 가방을 열고 뭔가를 꺼내 푸아로에게 건넸다. 그것은 가죽 틀에 담긴, 웃고 있는 금발 머리 처녀의 상반신 사진이었다. 머리를 퍼머하고 얼마 되지 않아 찍은 사진임에 분명했다. 구불거리는 곱슬머리가 두상을 덮고 있었다. 미소는 어색하고 인공적이었다. 미인이라고는 할 수 없었지만 분명 값싼 예쁘장함 같은 것이 있었다.

푸아로가 그것을 돌려주며 말했다.

"당신과 동생은 서로 닮지 않았군요, 마드무아젤."

"아, 저는 우리 식구 중에서 가장 외모가 빠지는 편이에요. 그쪽은 알고 있답니다."

그녀는 그 사실을 대수롭지 않게 여기고 있는 듯했다.

"정확히 어떤 점에서 당신 동생이 어리석은 행동을 했다는 건가요? 도널드 프레이저 씨와의 관계를 두고 한 말 같습니다만?"

"바로 그래요. 돈은 아주 온순한 사람이에요. 하지만 그는 음……, 당연한 일이지만 몇 가지 일로 화가 났고, 그래서……."

"그래서 어쨌다는 거죠, 마드무아젤?"

푸아로의 두 눈이 메건을 지그시 응시했다.

내가 착각한 것일 수도 있지만 대답하기 전에 메건은 한순간 망설이는 것 같았다.

"전 그가 동생을 완전히 포기해 버릴까 봐 두려웠어요. 그랬다면 정말 안타까운 일이었을 거예요. 그는 무척 성실하고 부지런한 사람인 만큼 동생에게 좋은 남편이 되었을 거예요."

푸아로는 줄곧 그녀를 쏘아보고 있었다. 그의 시선에 그녀는 얼굴을 붉히는 대신 역시 지긋한 눈길로 맞받았다. 그 눈빛에는 다른 어떤 것이 깃들어 있었다. 그녀를 처음 보았을 때 받았던 도전적이고 오만한 태도를 생각하게 하는 것이었다.

"그런데 말입니다."

푸아로가 마침내 운을 뗐다.

"지금 하시는 말씀은 더 이상 진실 같지 않군요."

그녀는 어깨를 으쓱해 보이고는 문 쪽으로 몸을 돌렸다.

"음, 이제 도움이 될 만한 건 다 말씀드린 것 같네요."

그녀가 말했다.

푸아로의 말이 그녀를 붙잡았다.

"잠깐만요, 마드무아젤. 당신에게 드릴 말씀이 있습니다. 돌아오시지요."

그녀는 마지못해 그의 말에 따르는 것 같았다.

놀랍게도 푸아로는 ABC 편지와 앤도버 살인 사건, 그리고 시체 옆에 놓여 있던 철도 안내서 등 모든 이야기를 털어놓았다.

그녀가 흥미를 보이지 않아 실망하는 일은 발생하지 않았다. 그녀는 입술을 살짝 벌리고 눈을 반짝이면서 그의 말 한마디 한마디에 귀를 기울였다.

"이 모든 이야기가 사실인가요, 무슈 푸아로?"

"예, 사실입니다."

"정말로 제 동생이 무시무시한 살인광에게 살해되었다고 믿으시나요?"

"바로 그렇다면요?"

그녀는 깊은 숨을 토해 냈다.

"오! 베티! 베티, 이렇게, 이렇게 끔찍할 데가!"

"마드무아젤, 이런 이야기를 하는 이유는 혹시 범인을 배려하는 마음을 가질 필요는 없다는 말씀을 드리기 위해섭니다."

"예, 이제 알겠어요."

"그럼 대화를 계속합시다. 제 생각에 도널드 프레이저는 욱하기 쉽고 질투심이 많은 성격인 것 같다는 생각이 드는데, 맞습니까?"

메건 바너드는 차분히 대답했다.

"이제 선생님을 믿고 말하겠어요, 무슈 푸아로. 정말 진실을 말하겠어요. 아까 말한 대로 돈, 그러니까 도널드는 아주 온순한 사람이에요. 제 말뜻은 화를 잘 참는 사람이라고요. 자신이 느끼는 바를 말로 표현하는데 서투르죠. 마음속에 그런 것들을 꾹꾹 담아 두는 사람이에요. 그리고 질투심이 많았고요. 언제나 베티 주위의 남자들에게 질투를 했지요. 돈은 그 애에게 헌신적이었어요. 물론 베티도 그를 몹시 좋아했습니다. 하지만 베티는 한 사람만을 좋아하고 그 외의 사람에게는 관심을 쏟지 않는 그런 아이가 아니었어요. 그 애는 그렇게 태어나지를 않았거든요. 그 애는, 그러니까 누구든 잘생긴 남자라면 눈길을 주고 그들과 시간을 보내곤 했어요. 그리고 진저캣에서 일하면서는 말할 필요도 없이 줄곧 여러 남자들을 만났고요. 여름 휴가철이면 특히 그랬어요. 그 애는 언제나 말주변이 좋았어요. 남자들이 치근거리면 그 애는 기꺼이 받아 주었지요. 그런 다음에는 따로 만나서 영화를 보러 가거나 하면서요. 그 이상으로 심각하게 사귀지는 않았어요. 넘지 말아야 할 선은 절대 넘지 않았죠. 그 애는 그저 즐겁게 노는 걸 좋아했을 뿐이에요. 조만간 돈과 결혼하게 될 테니까 할 수 있을 때 즐기고 싶다고 말하곤 했지요."

메건이 잠시 말을 멈추자, 푸아로가 말했다.

"알 것 같습니다. 계속하십시오."

"돈은 바로 그런 베티의 마음을 이해하지 못했어요. 그 애가 자신을 정말로 사랑한다면 어째서 다른 남자들과 어울리는 것인지 이해하지 못했지요. 그래서 두 사람이 한두 차례 그 문제로 크게 다툰 모양이에요."

"무슈 돈이 더 이상 가만있지 않았겠네요?"

"원래 온순한 사람이 한번 이성을 잃으면 무섭잖아요. 돈이 몹시 폭력적으로 변하는 바람에 베티는 벌벌 떨었어요."

"그게 언제인가요?"

"약 1년 전에 한 번 다툰 적이 있었고, 또 한 번은 좀 더 심각했는데, 지금부터 겨우 한 달쯤 전에 그런 일이 있었지요. 저는 주말을 지내려고 집에 와 있었어요. 두 사람을 화해시키려고요. 바로 그때 베티에게 정신 좀 차리라고 말해 보았어요. 바보 같은 짓 말라면서요. 그 애는 자신의 행동이 누군가에게 피해를 주는 것은 아니지 않냐는 말만 되풀이했어요. 음, 그건 사실이지만 불필요한 행동이니까요. 1년 전의 그 싸움 이후로 그 애는 들키지만 않으면 만사형통이라면서 필요할 때마다 거짓말을 하곤 했어요. 마지막으로 있었던 소동은 동생이 돈에게는 여자 친구를 만나러 헤이스팅스에 간다고 말하고서 실제로는 어떤 남자와 함께 이스트본에 간 것이 발단이었죠. 당시 그 남자는 유부남이었던 데다 거짓말을 한 것이 겹쳐 사태가 더 악화되었지요. 둘이서 아주 지독하게 다퉜어요. 급기야 베티가 아직 당신과 결혼한 게 아니니 누구든 원하는 사람과 어울릴 권리가 있다고 하자, 돈은 얼굴이 창백하게 질리더니 온몸을 떨면서 말했지요. '언젠가는……. 언젠가는…….'"

"언젠가는요?"

"죽여 버리겠다고 했어요……."

메건이 낮아진 어조로 대답했다.

그녀는 말을 멈추고 푸아로를 응시했다.

푸아로는 심각하게 여러 차례 고개를 끄덕였다.

"그래서 자연히 당신은 혹시 도널드가……."

"그가 실제로 그런 일을 저질렀다고는 생각지 않아요. 맹세코 아니죠! 하지만 그 일이 문제가 될까 봐 걱정스러워요. 그 다툼과 그가 한 말 말이에요. 몇몇 사람은 알고 있거든요."

푸아로가 다시 심각하게 고개를 끄덕였다.

"그럴 겁니다, 마드무아젤. 그러니까 말입니다……. 살인범의 자기도취적 허영이 없었다면 바로 그런 일이 벌어졌을 겁니다. 도널드 프레이저가 혐의를 벗을 수 있었던 것은 ABC 살인광의 오만에 찬 행동 덕분일 겁니다."

그는 잠시 입을 다물었다가는 다시 말했다.

"동생이 최근 그 유부남이나 다른 남자를 만났는지 어떤지 아십니까?"

메건은 고개를 내저었다.

"모르겠어요. 요즘 저는 집을 떠나 있었으니까요."

"하지만 당신 생각은 어떻습니까?"

"그 애가 같은 사람을 다시 만나진 않았을 거예요. 소동이 일어날 수 있다는 걸 알았다면 상대 쪽에서 피했을 수도 있고요. 하지만 베티가……. 음, 돈에게 또다시 거짓말을 하고 놀러다녔다 해도 놀랄 일은 아니에요. 말씀드렸다시피 그 애는 영화나 춤을 너무 좋아하는데, 돈이 베티를 그런 곳에 그렇게 자주 데려가는 것은 무리니까요."

"그렇다면 혹시 누군가에게 속내 이야기를 털어놓진 않았을까요? 예를 들어 카페에서 일하는 아가씨라든가?"

"그렇지 않았을 거예요. 베티는 히글리라는 아이를 탐탁지 않게 생각했어요. 촌스럽다면서요. 그리고 다른 종업원들은 신입이었죠. 게다가 베티는 자기 일을 남에게 털어놓는 성격도 아니었고요."

메건의 머리 위에서 벨 소리가 날카롭게 울렸다.

그녀는 창문 쪽으로 가서 밖을 내다보았다. 그러고는 재빨리 고개를 뒤로 뺐다.

"도널드예요……."

"이리로 데려오십시오."

푸아로가 재빨리 말했다.

"우리의 훌륭한 경위와 만나기 전에 제가 먼저 그와 이야기를 나누고 싶습니다."

메건 바너드는 번개처럼 부엌을 나가더니 잠시 후 도널드 프레이저의 손을 잡고 돌아왔다.

## 도널드 프레이저

그 청년을 보는 순간 나는 마음이 아팠다. 하얗게 질린 청년의 얼굴과 멍해진 두 눈이 그가 얼마나 큰 충격을 받았는지 말해주고 있었다.

그는 180센티미터가 넘는 키에 호감을 주는 인상, 균형 잡힌 체격의 청년이었다. 미남은 아니었지만 주근깨 난 얼굴이 사람 좋아 보였고 살짝 튀어나온 광대뼈와 타오르는 듯한 붉은 머리를 가지고 있었다.

"이게 무슨 일이에요, 메건? 어딜 가는 거예요? 맙소사, 말해 줘요. 지금 막 소식을 들었어요. 베티가……."

그의 목소리가 잦아들었다.

푸아로가 의자를 끌어내자 그는 그 위에 털썩 주저앉았다.

내 친구는 주머니에서 작은 술병을 꺼내서는 찬장에 매달려 있던 다용도 컵에 내용물을 약간 따른 다음 말했다.

"이걸 좀 들어요, 프레이저 씨. 도움이 될 겁니다."

청년은 그의 말에 따랐다. 브랜디 때문에 그의 얼굴에 다시 화색이 돌았다. 그는 앉은 채 자세를 바로 하고는 또다시 메건을 바라보았다. 태도는 차분했고, 감정을 억누르고 있었다.

"그 이야기가 사실인 것 같군요? 베티가……. 죽었다고요……. 살해당했다고요?"

"사실이에요, 돈."

그는 거의 기계적으로 물었다.

"당신은 런던에서 오는 길인가요?"

"그래요, 아버지가 전화를 하셨더군요."

"9시 20분 차를 탔겠군요?"

도널드 프레이저가 물었다.

현실을 외면하려는 그의 마음은 전혀 중요치 않은 그런 사소한 문제를 신경쓰고 있었다.

"예."

잠시 침묵이 흘렀다. 이윽고 프레이저가 말했다.

"경찰은요? 그들은 뭘 하고 있나요?"

"그들은 지금 위층에 있어요. 베티의 물건을 살펴보고 있는 모양이에요."

"경찰도 누가 범인인지 전혀 모르나요? 그들도 모르고 있냐고요, 그러니까……?"

그는 말을 멈추었다.

그는 상스러운 말을 입 밖으로 꺼내지 않는 민감하고 수줍은 사람이었다.

푸아로가 조금 앞으로 나서서 질문을 던졌다. 그는 중요하지 않은 사실을 묻는 사람처럼 사무적이고 건조한 어조로 말했다.

"바너드 양이 어젯밤 어디에 간다고 당신에게 말하지 않던가요?"

프레이저가 입을 열었다. 그는 기계적으로 말하고 있는 듯했다.

"여자 친구와 함께 세인트 레너스에 간다고 했습니다."

"그녀의 말을 믿었나요?"

"그……."

기계적인 그의 목소리에 갑자기 감정이 실렸다.

"도대체 그게 무슨 뜻입니까?"

도널드 프레이저의 얼굴이 갑작스럽게 적대적인 빛을 띠었다. 여자라면 그의 화를 돋우는 것을 두려워하고도 남음이 있으리라는 것이 이해가 갔다.

푸아로가 건조하게 말했다.

"베티 바너드는 살인광에 의해 살해되었습니다. 진실을 말해 주셔야만 우리가 그자를 추적하는 데 도움이 됩니다."

프레이저의 시선이 한순간 메건에게 머물렀다.

"그 말씀이 맞아요, 돈. 개인의 감정이나 다른 사람의 감정을 헤아릴 때가 아니에요. 솔직히 말해야 해요."

메건이 말했다.

도널드 프레이저가 의심에 찬 눈길로 푸아로를 바라보았다.

"당신은 누구시죠? 경찰이 아니신 것 같은데요?"

"경찰보다 나은 사람입니다."

그렇게 말하는 푸아로의 어조에는 의식적인 오만함 같은 것은 찾아볼 수 없었다. 그에게 그것은 그저 사실을 말한 것뿐이었다.

"이분께 말하세요."

메건이 말했다.

도널드 프레이저는 체념한 기색이었다.

"글쎄요. 그녀가 그렇게 말했을 때는 의심하지 않았습니다. 딴 속셈이 있으리라고는 꿈에도 생각조차 하지 않았죠. 나중에는 그녀의 태도에서 뭔가 이상한 점을 느꼈습니다. 그러니까 음……. 의아한 생각이 들었다는 거죠."

"그래서요?"

푸아로가 물었다.

그는 도널드 프레이저의 맞은편에 앉았다. 상대를 쏘아보는 그의 눈빛은 최면이라도 걸고 있는 것 같았다.

"저는 그렇게 의심하는 저 자신이 수치스러웠습니다. 하지만, 하지만 의심을 그만둘 수가 없었습니다. 그녀가 카페를 나서면 뒤를 따르자고 생각했지요. 그러나 다음 순간 그럴 수는 없다는 느낌이 들었습니다. 저를 보면 베티가 몹시 화를 낼 테니까요. 제가 자기를 미행하고 있다는 걸 금세 알아차릴 것 같았습니다."

"그래서 어떻게 했습니까?"

"바로 세인트 레너스로 갔습니다. 8시에 그곳에 도착했습니다. 그런 다음 버스에서 내리는 사람들을 지켜보았습니다. 그녀가 있나 하고요. 하지만 그녀의 모습은 없더군요……."

"그래서요?"

"전, 전 이성을 잃었습니다. 그녀가 어떤 남자와 함께 있을 거라고 확신했습니다. 그 녀석이 그녀를 자기 차에 태우고 헤이스팅스로 데려갔다고 믿었습니다. 저는 그곳으로 가서 호텔과 식당을 찾아보고, 극장에도 가 보고, 부둣가에도 갔습니다. 모든 게 지독히도 어리석은 짓이었습니다. 설사 그녀가 그곳에 있다 해도 제가 그녀를 발견할 가능성은 거의 없었습니다. 그리고 어쨌거나 헤이스팅스 말고도 그자가 그녀를 데려갈 장소는 많으니까요."

그는 말을 멈추었다. 그의 어조는 여전히 또렷했지만, 목소리 속에서는 맹목적이고 당혹스러운 슬픔과 분노가 진하게 배어 나왔다.

"결국 저는 찾는 걸 포기하고 돌아왔습니다."

"그때가 몇 시였습니까?"

"모르겠습니다. 그저 걸었으니까요. 자정이나 그 조금 후에 집에 도착했을 겁니다."

"그렇다면……."

그 순간 부엌문에 열렸다.

"오, 여기 계셨군요."

켈시 경위가 말했다. 곧 크롬 경위가 뒤에서 걸어 나오며 푸아로를, 그리고 낯선 두 사람을 쏘아보았다.

"이분은 메건 바너드 양이고 저분은 도널드 프레이저 씨입니다."

푸아로가 그들을 소개했다.

"이쪽은 런던에서 온 크롬 경위입니다."

푸아로가 설명했다.

그는 크롬에게 몸을 돌리고는 말했다.

"당신이 위층에서 조사를 하시는 동안, 사건을 밝혀 줄 무엇인가를 찾아낼 수 있지 않을까 하고 바너드 양과 프레이저 씨와 이야기를 나누고 있었습니다."

"오, 그래요?"

크롬이 말했다. 그의 관심은 푸아로가 아니라 새로 나타난 두 사람에게 있었다.

푸아로는 현관을 향해 걸음을 옮겼다. 켈시 경위가 푸아로 옆을 지나가며 정중한 어조로 물었다.

"뭔가 알아내셨습니까?"

하지만 자기 동료에게 신경을 쓰고 있던 켈시 경위는 미처 푸아로의 대답을 듣지도 못하고 지나쳐 가버리고 말았다.

나는 푸아로를 따라 현관으로 갔다.

"뭔가 떠오르는 것이 있습니까, 푸아로?"

내가 물었다.

"살인범은 감탄이 나올 정도로 담대한 자라는 것뿐일세, 헤이스팅스."

나는 그가 무슨 뜻으로 그런 말을 하는 건지 몰랐지만, 차마 그 말을 입 밖에 낼 수가 없었다.

## 회의

회의!

ABC 사건 하면 내 머릿속에서 떠오르는 것은 대부분 회의인 것 같다. 런던 경시청에서의 회의, 푸아로의 방에서 열린 회의, 공식적인 회의, 비공식적인 회의 등 수없이 많은 회의가 있었다. 그리고 이번 회의는 익명의 편지에 대한 자세한 사실을 언론에 보도할 것인가 아닌가를 결정하기 위한 것이었다.

벡스힐 살인은 앤도버 사건보다 훨씬 사람들의 관심을 끌었다.

물론 이번 사건에는 대중의 인기를 끌 요소가 훨씬 많았다. 우선 희생자가 젊고 예쁜 여자였기 때문이었다. 또한 사건이 유명한 해변 행락지에서 일어났다는 사실도 있었다.

이 사건은 내용이 약간씩 바뀌어서 매일 자세히 보도되었다. 그중에서도 ABC 철도 안내서에 관한 이야기가 사람들의 관심을 끄는

데 한몫을 했다. 범인이 그것을 현지에서 구입했다면 신원을 밝히는 데 귀중한 실마리가 되리라는 추측이 지배적이었다. 또한 범인이 열차를 타고 사건 현장까지 왔다가 런던으로 떠났으리라는 추측도 나돌았다.

앤도버 살인 사건에 대한 부실한 기사 속에서는 문제의 철도 안내서에 관한 이야기가 전혀 나오지 않았으므로, 지금까지 보통 사람들의 눈에는 두 사건이 서로 연관되어 있을 가능성은 거의 없는 것처럼 보였다.

"우리는 이제 방침을 정해야 합니다. 문제는 어떤 방식이 최상의 결과를 가져오는가 하는 겁니다. 일반인들에게 사실을 밝히고, 그들의 협조를 구할 것인가. 결국 미친놈 하나를 잡는 데 수백만 명의 협조하게 되는 겁니다."

부국장이 말했다.

"범인은 정신병자 같지는 않습니다."

톰슨 박사가 끼어들었다.

"……ABC 철도 안내서를 판매한 곳 등을 조사해 봅시다. 비밀리에 수사를 진행하는 것이 도움이 될 것 같습니다. 우리가 무엇을 하고 있는지 이자가 모르도록 말입니다. 하지만 그렇다 해도 그자는 우리가 자신을 의식하고 있다는 걸 아주 잘 알고 있습니다. 편지를 보내 일부러 관심을 끌 정도니까요. 이보게, 크롬, 자네는 어떻게 생각하나?"

"저는 사태를 이렇게 봅니다. 우리가 사실을 일반에 공개한다면

ABC의 게임에 말려드는 겁니다. 그게 바로 그자가 원하는 거니까요. 알려지고 유명해지는 것 말입니다. 그게 바로 놈이 추구하는 거고요. 제 말이 맞지 않습니까, 박사님? 그는 세상을 깜짝 놀라게 하고 싶은 겁니다."

톰슨 박사가 고개를 끄덕였다.

부국장은 생각에 잠긴 어조로 말했다.

"그러니까 자네는 그자의 의도를 좌절시키자는 거군. 그자가 갈망하는 유명세를 얻지 못하게 하자는 거야. 어떻게 생각하십니까, 무슈 푸아로?"

푸아로는 잠시 동안 입을 열지 않았다. 이윽고 말을 시작한 그는 주의 깊게 단어 하나하나를 고르는 것 같았다.

"저로서는 결정하기 어려운 문제입니다, 라이어넬 부국장님. 부국장님이 말씀하신 대로 저는 편지의 수신인입니다. 이 도전은 저를 겨냥한 겁니다. 제가 만일 '사건을 은폐하고 공개하지 말자'고 결정한다면, 허영심에서 그런다고 여겨지지 않을까요? 제 평판을 위태롭게 할까 봐 두려워서 그런다고요. 정말 어려운 문제입니다! 사실을 밝히는 것, 모든 걸 공개하는 것에는 나름대로 장점이 있습니다. 적어도 그건 대중에게 하나의 경고가 될 겁니다……. 반면 크롬 경위의 말대로 그건 범인이 원하는 걸 해 주는 셈이지만요."

"흠!"

부국장이 턱을 문지르며 말했다. 그는 톰슨 박사를 건너다보았다.

"만일 우리가 이 미치광이가 갈망하는 유명세를 타지 못하게 한다고 합시다. 그자가 어떻게 나올 것 같습니까?"

"또 다른 범죄를 저지르겠지요. 수중의 패를 보여 줄 겁니다."

박사가 즉각 대답했다.

"그럼 우리가 이 사실을 크게 보도한다고 하면요?"

"결과는 마찬가지일 겁니다. 한쪽은 그자의 과대망상증을 만족시켜주고, 다른 한쪽은 그걸 좌절시키는 셈입니다. 결과는 같습니다. 또 다른 범죄를 저지르겠지요."

"어떻게 생각하십니까, 무슈 푸아로?"

"톰슨 박사의 말에 동의합니다."

"진퇴양난이군요, 그렇죠? 이…… 미치광이가 마음속으로 얼마나 더 많은 범죄를 계획하고 있다고 보십니까?"

톰슨 박사가 푸아로를 건너다보았다.

"A부터 Z까지 같은데요."

박사가 웃음 띤 어조로 말했다.

"물론 거기까지 가진 못하겠지요."

그는 말을 계속했다.

"그 근처에도 가지 못하겠죠. 선생님께서 그렇게 되기 훨씬 전에 그자를 붙잡아 넣으실 테니까요. X 차례가 되면 그자가 어떻게 처리할지 궁금하군요."

그는 자신의 그런 순수하게 오락적인 호기심에 죄의식을 느낀 모양이었다.

"하지만 선생님께서는 그보다 훨씬 전에 그자를 붙잡으실 게 분명합니다. 말하자면 G나 H 정도에서 말입니다."

부국장이 주먹으로 탁자를 내리쳤다.

"맙소사, 다섯 사람 정도가 더 죽어야 한다는 말씀입니까?"

"그렇게 많지는 않을 겁니다, 부국장님. 저를 믿으십시오."

크롬 경위가 말했다.

그의 어조에는 자신감이 깃들어 있었다.

"알파벳 어느 글자쯤에서 범인을 잡을 수 있다고 생각하십니까, 경위님?"

푸아로가 물었다.

그의 목소리에는 가볍게 비꼬는 기색이 섞여 있었다. 크롬은 푸아로를 쳐다보았는데, 그의 눈길에는 평소의 차분한 우월감과 함께 일말의 불쾌감이 섞여 있었다.

"다음 번에는 이자를 잡을 수 있을 것 같습니다, 무슈 푸아로. 최소한 F에 이르기 전까지는 잡겠다고 단언할 수 있습니다."

크롬이 부국장에게로 몸을 돌렸다.

"저는 살인범의 심리 상태를 꽤 명확하게 파악한 것 같습니다. 혹시 제 생각이 틀렸다면 톰슨 박사님이 수정해 주시겠지요. ABC 범죄가 벌어질 때마다 범인의 자만심은 하늘을 찌를 겁니다. 매번 그자는 '난 똑똑해. 그들은 날 잡을 수 없어!'라고 생각합니다. 그렇게 해서 스스로를 과신해 주의를 게을리하게 되는 겁니다. 자신의 영리함과 세상 사람들의 어리석음을 과신하게 되는 거죠. 그렇지 않습니까, 박사님?"

톰슨 박사가 고개를 끄덕였다.

"대개는 그렇습니다. 의학 용어가 아닌 말로 그 이상 정확하게 말할 수는 없을 겁니다. 당신은 이런 분야에 대해 조예가 있으시군요. 무슈 푸아로, 그렇게 생각하지 않으십니까?"

크롬은 톰슨이 푸아로에게 동의를 구하는 것이 못마땅한 것 같았다. 그는 자신과 박사만이 이 방면의 전문가라고 생각하고 있는 듯했다.

"크롬 경위의 말이 맞습니다."

푸아로가 동의했다.

"편집증이죠."

박사가 나직하게 말했다.

푸아로가 크롬에게 몸을 돌렸다.

"벡스힐 사건에서 관심을 끄는 구체적인 사항이 있습니까?"

"분명한 것은 없습니다. 이스트번에 있는 스플렌디드라는 식당의 웨이터가 죽은 처녀의 사진을 보고 24일 저녁 비슷한 모습의 젊은 여자가 안경을 낀 중년 사내와 함께 그곳에서 저녁 식사를 했다고 신고해 왔습니다. 또한 벡스힐과 런던 사이에 있는 스칼렛 러너라는 도로변 여관에서도 비슷한 사람이 목격되었지요. 그들 말로는 24일 밤 9시경 해군 장교처럼 보이는 남자와 그곳에 있었답니다. 이 두 건이 다 사실일 수는 없지만 그중 하나는 사실일 수도 있습니다. 물론 비슷한 사람을 보았다는 신고는 많았습니다만 대부분은 별로 도움 안 되는 것들이었죠. ABC 철도 안내서에 대해서는 아무것도 알아내지 못했습니다."

"음, 자네는 최선을 다하고 있는 것 같군, 크롬. 어떻게 보십니까, 무슈 푸아로? 수사 방향 같은 것이 떠오르시진 않습니까?"

부국장이 물었다.

푸아로가 천천히 대답했다.

"제가 보기에는 한 가지 아주 중요한 단서가 하나 있는 것 같습니다. 범죄의 동기를 밝혀내는 데 말입니다."

"그건 이미 나와 있지 않습니까? 알파벳 콤플렉스 말입니다. 그렇게 명명하셨죠, 박사님?"

"사, 위(그건 맞습니다). 알파벳 콤플렉스인 건 맞습니다. 하지만 어째서 범인은 알파벳 콤플렉스를 갖게 되었을까요? 미친 사람일수록 자신이 저지르는 범죄에 대해 언제나 분명한 이유를 갖고 있는 법입니다."

푸아로가 말했다.

"이런, 이런, 무슈 푸아로. 1929년의 스톤맨의 경우를 보십시오. 그자는 나중에 가서는 조금이라도 거슬리는 사람은 이유 불문하고 무조건 죽이려 들었단 말입니다."

크롬이 말했다.

푸아로는 그에게 몸을 돌렸다.

"그렇지요. 하지만 스스로를 훌륭하고 중요한 사람이라고 여기는 사람은 사소한 성가심도 참으려 들지 않습니다. 만약 파리 한 마리가 윙윙거리며 짜증스럽게도 자꾸 이마에 앉으려 든다면, 어떻게 하시겠습니까? 당신은 그 파리를 죽이고 그에 대해 아무런 가책도 느끼지 않을 겁니다. '당신'은 중요하지만, 파리는 그렇지 않으니까요. 당신은 파리를 죽이고 짜증은 사라집니다. 그 행동은 당신 자신에게는 당연하고 정당한 것으로 보입니다. 파리를 죽이는 또 다른 이유는, 위생상의 집착 때문입니다. 파리는 사회에 위험을 초래할 수 있습니다. 이리저리 날아다니잖습니까. 정신적으로 건강하지 못한 범인의 사고 체계 역시 이럴 수 있습니다. 그리고 이제 이 사건을 살펴봅시다. 만약 희생자를 알파벳순으로 선택한다면, 그들이 제거되는 것은 살인자에게 개인적으로 짜증을 유발해서가 아닙니다. 개인적인 감정과 알파벳이 일치한다는 건 지나친 우연일 테니까요."

"중요한 건 바로 그 점입니다. 어떤 여자의 남편이 사형 선고를 받은 사건이 기억나는군요. 여자는 사형 선고에 찬성한 배심원들을 하나씩 살해하기 시작했습니다. 각각의 살인 사건을 하나로 연결해서 생각하기까지는 시간이 걸렸습니다. 그 사건들은 전혀 공통점이 없는 것 같았으니까요. 하지만 무슈 푸아로가 말씀하신 것처럼 누군가 닥치는 대로 사람을 죽이는 일은 없습니다. 자기 앞길을 막은 사람들(별뜻없이 그랬다 해도)을 죽이거나 다른 이유가 있거나 간에 '확신'을 갖고 죽이는 겁니다. 성직자나 경찰이나 창녀를 죽이기도 합니다. 왜냐하면 그런 이들은 제거되어야 한다고 굳게 믿고 있기 때문이죠. 제가 아는 한 이번 사건에는 이런 원칙이 적용되지 않습니다. 애셔 부인과 바너드 양은 같은 무리로 묶을 수가 없습니다. 물론 둘 다 여자니까 여성 혐오증일 수는 있겠네요. 다음 사건이 일어나고 나면 좀 더 명확하게 알 수 있겠지요."

"톰슨 박사님, 제발 다음 사건에 대해 그렇게 아무렇지도 않게 이야기하지 마십시오. 다음 사건을 막는 데 우리는 최선을 다할 겁니다."

라이어넬 부국장이 발끈 해서 외쳤다.

톰슨 박사는 가만히 있다가 상당히 거칠게 코를 풀었다.

'마음대로 생각하십시오. 현실을 직시하려 들지 않는다면 말이지요…….' 라고 말하는 듯한 기세였다.

부국장이 푸아로에게로 몸을 돌렸다.

"선생님 말뜻은 알겠습니다만, 저로서는 아직 그 동기를 명확히 모르겠군요."

"저는 자문해 봅니다. 살인자는 정확히 무슨 생각을 하고 있는 것일까? 그의 편지로 미루어 보면, '푸르 르 스포르', 다시 말해서 재미로 사람을 죽이는 것일 수도 있습니다. 정말 그럴까요? 그리고 그것이 사실이라면 그자는 알파벳순이라는 것 외에 어떤 원칙에 입각해 희생자를 선택하는 것일까요? 그자가 단순히 자기만족을 위해 사람을 죽이는 것이라면 그 사실을 광고하지 않을 겁니다. 왜냐하면 알리지 않는다면 경계받지 않은 채 보다 쉽게 희생자들을 죽일 수 있을 테니까요. 하지만 사실은 그렇지 않죠. 우리 모두가 아는 것처럼 그는 대중의 관심을 불러일으켰습니다. 자신을 드러내고 싶어서 말입니다. 그자가 이제까지 선택한 두 사람의 희생자와 그의 억

압된 성격 사이에 어떤 관련이 있을까요? 마지막 의문은 이렇습니다. 그의 동기가 나, 그러니까 에르퀼 푸아로에 대한 증오에서 나온 것일까요? 내가 과거에 직업상 (나도 모르게) 그에게 패배를 안겨 주었기 때문에 공개적으로 나에게 도전장을 낸 것일까요? 아니면 '외국인' 전반에 대한 증오심을 갖고 있는 것일까요? 그렇다면 어떤 이유로 그렇게 되었을까요? 외국인에게 어떤 피해를 입은 것일까요?"

"모두가 무척 시사적인 의문들입니다."

톰슨 박사가 말했다.

크롬 경위가 목청을 가다듬었다.

"오, 그렇습니까? 어쨌든 지금으로서는 좀 대답하기 어려운 질문들이군요."

"그렇다 하더라도 말입니다, 친애하는 경위님."

푸아로가 크롬을 똑바로 응시하며 말했다.

"그 질문 속에 바로 사건의 해결책이 있습니다. 이 미치광이가 왜 이런 살인을 저지르는지 정확한 이유를 알아낸다면, 우리에게는 그저 정신 나간 것처럼 보이지만 그에게는 논리적인 그 무엇이 드러날 겁니다. 그렇다면 우리는 다음 번 희생자가 누가 될지 아마도 알 수 있겠지요."

크롬이 고개를 내저었다.

"이자는 닥치는 대로 죽이고 있습니다. 그게 제 생각입니다."

"상당히 그릇이 큰 살인범입니다."

푸아로가 말했다.

"무슨 뜻입니까?"

"제 말은 도량이 넓은 살인자라는 겁니다! 프란츠 애셔는 자기 아내 살해범으로 체포되었을지도 모릅니다. 도널드 프레이저는 베티 바너드의 살해범으로 체포되었을 테고요. ABC의 경고 편지가 없었다면 말입니다. 그러므로 이자는 마음이 약해서 무고한 사람이 고통을 당하는 것을 못 견디는 것 아닐까요?"

"제가 알기로 기묘한 일이 일어나기도 한답니다. 희생자 하나가 즉사하지 않고 고통스러워하다가 죽었다는 이유로 대여섯 명의 사람들을 따로따로 살해하는 사람도 있습니다. 하지만 이번 사건에서 이유가 그런 것이라고는 생각지 않습니다. 이자는 이런 범죄가 자신의 명성과 명예를 높여 주기를 바라고 있습니다. 이것이 가장 들어맞는 설명이지요."

톰슨 박사가 말했다.

"우리는 사실을 대외적으로 발표하느냐 하는 문제에 대해서는 아직 아무 결정도 내리지 못했군요."

부국장이 말했다.

"제안을 하나 해도 된다면 말인데요, 부국장님. 다음 번 편지를 받을 때까지 기다려보는 게 어떨까요? 그때 사실을 언론에 밝히는 겁니다. 호외 같은 것을 통해서 말입니다. 그렇게 되면 문제의 도시는 공황 상태에 빠지겠지만, C자로 시작하는 이름을 가진 사람은 조심을 할 것이고, 그렇게 되면 ABC는 분발하지 않을 수 없겠지요. 그자는 어떤 어려움이 있더라도 반드시 범행을 성공시키려 할 테니까요. 그럼 그때 그자를 붙잡는 겁니다."

크롬이 말했다.

앞으로 일어날 일에 대해 우리는 정말이지 너무나도 아는 것이 없었다.

## 세 번째 편지

ABC의 세 번째 편지가 도착했을 때를 나는 생생하게 기억하고 있다.

이미 우리는 ABC가 다시 편지를 보내왔을 때 불필요한 시간 지연을 피할 수 있도록 만반의 조치를 취해 놓았다. 런던 경시청의 젊은 경관 하나가 푸아로의 집에 배치되어 푸아로와 내가 외출했을 경우 도착하는 모든 편지들을 개봉해 지체 없이 본부에 연락하게 한 것도 그중 하나였다.

날이 갈수록 우리 모두는 점점 더 초조해졌다. 기대를 걸었던 단서들이 하나하나 쓸모없는 것으로 판명됨에 따라 크롬 경위의 초연하고 오만한 태도는 점점 더 심해져 갔다. 베티 바너드와 함께 있었다던 남자들에 대한 애매한 증언은 쓸모없는 것으로 드러났다. 벡스힐과 쿠든 부근에서 목격된 여러 종류의 자동차는 사건과 상관이 없거나 추적이 불가능했다. ABC 철도 안내서를 판매한 곳에 대한 수사는 사건과 상관없는 많은 이들을 번거롭고 불편하게 했을 뿐이었다.

푸아로와 나로 말하자면 문간에서 우편배달부가 내는 익숙한 소리만 들려도 걱정으로 가슴이 뛰었다. 적어도 나는 그러했고, 푸아로 역시 마찬가지였을 것이다.

그가 이번 사건으로 몹시 고통스러워한다는 걸 나는 알고 있었다. 그는 긴급 사태가 발생할 경우 현장에 있기 위해 런던을 떠나려 들지 않았다. 무더운 날씨 속에서 그의 콧수염마저 축 늘어져 있었다. 이번만큼은 그도 콧수염에 신경을 쓰지 않았던 것이다.

ABC의 세 번째 편지가 도착한 것은 금요일이었다. 밤 10시 저녁 우편물이 도착했다.

우편배달부의 낯익은 발소리와 가벼운 노크 소리를 듣고 나는 자리에서 일어나 우편함으로 갔다. 네다섯 통의 편지가 와 있었던 것 같다. 마지막 편지의 겉봉에 주소가 타자기로 찍혀 있었다.

"푸아로……!"

내가 소리쳤다. 내 목소리가 잦아들었다.

"왔나? 뜯어 보게, 헤이스팅스, 어서. 1초가 아까워. 우리는 계획을 세워야 한다네."

나는 봉투를 손으로 찢고는 (이번만큼은 푸아로도 나의 그런 단정치 못한 면을 비난하지 않았다.) 타자로 찍힌 내지를 꺼냈다.

"읽어 보게."

푸아로가 말했다.

나는 소리 내어 편지를 읽었다.

가련한 푸아로 씨. 이런 대단치 않은 사건들조차 뜻대로 해결하지 못하시네요, 그렇죠? 어쩌면 당신의 전성시대는 끝난 게 아닐까요? 이번에는 좀 잘 해낼 수 있는지 보십시다. 이번 건 쉬운 사건입니다. 30일 처스턴입니다. 노력해서 뭔가를 좀 보여 주시죠! 내 방식대로 밀고 나가도 거칠 것이 없으니 좀 지루합니다!

그럼 건투를 빕니다.

A B C

"처스턴, 거기가 어딘지 보죠."

내가 서둘러 편지의 전문을 베껴 쓰며 말했다.

"헤이스팅스!"

푸아로의 목소리가 날카롭게 나를 제지했다.

"그 편지가 언제 쓰였지? 날짜가 적혀 있나?"

나는 손에 든 편지를 힐긋 바라보았다.

"27일에 쓰인 겁니다."

"내가 제대로 들은 건가, 헤이스팅스? 그가 범행일자를 30일이라고 했지?"

"맞습니다. 보자, 그렇다면……."

"봉 디외(맙소사), 헤이스팅스……. 이제 알겠나? 오늘이 바로 30일이란 말일세."

그가 유감을 담은 손짓으로 벽에 걸린 달력을 가리켰다. 나는 일간 신문을 집어 들어 그 사실을 확인했다.

"하지만 왜……. 어째서 이리 늦게……."

내가 더듬거렸다.

푸아로는 바닥에서 찢어진 봉투를 집어 들었다. 나도 주소의 어떤 부분이 조금 이상하게 여겨지긴 했지만, 그런 것에 신경을 쓰기보다는 편지의 내용을 알아보는 게 급했던 것이다.

당시 푸아로는 화이트헤븐 맨션에 살고 있었다. 그런데 봉투에 찍힌 주소는, '화이트호스 맨션 에르퀼 푸아로'였고, 한구석에는, 'EC1* 화이트호스 맨션이나 화이트호스 저택은 존재하지 않음. 화이트헤븐 맨션에 가 볼 것.'이라는 우체부의 메모가 씌어 있었다.

"몽 디외(맙소사)!"

푸아로가 중얼거렸다.

"행운의 신까지 이 미친놈 편이란 말인가? 비트, 비트(어서, 서두르게)……. 런던 경시청에 알려야 해."

잠시 후 우리는 크롬 경위와 전화 통화를 하고 있었다. 그토록 침착하던 그도 이번만큼은 "오, 그렇습니까?"라고 대답하지 않았다. 그 대신 입 밖으로 튀어나오려는 욕설을 재빨리 억제했다. 그는 우리가 하는 말의 골자를 들은 다음 가능한 한 빨리 처스턴과 장거리

* 런던 제1동 중앙 우편구.

전화를 하기 위해 전화를 끊었다.

"세 트로 타르(너무 늦었어)."

푸아로가 중얼거렸다.

"아직 확실치는 않습니다."

나는 반박했지만 별다른 희망을 갖고 있는 것은 아니었다.

그가 벽시계를 힐긋 쳐다보았다.

"10시 20분이야. 오늘이 1시간 40분 남았군. ABC가 이렇게 오랫동안 손을 놓고 있을 것 같나?"

나는 선반에서 내려놓아 둔 철도 안내서를 펼쳤다.

"데번의 처스턴……"

나는 내용을 읽기 시작했다.

"패딩턴에서 328킬로미터. 인구 656명. 상당히 작은 곳인 것 같네요. 그곳에서 누군가 분명히 이자를 보았을 겁니다."

"설사 그렇다 해도 또 하나의 생명을 잃게 되지 않나. 열차는 몇 시에 있나? 자동차보다는 기차가 빠를 것 같은데."

푸아로가 나직하게 말했다.

"자정 열차가 있군요. 뉴턴 에보트행 침대차입니다. 아침 6시 8분에 종점 도착이고, 처스턴에는 7시 15분에 도착합니다."

"그 기차는 패딩턴에서 출발하나?"

"패딩턴, 맞습니다."

"그걸 타세나, 헤이스팅스."

"출발하기 전에 무슨 소식이 있는지 알아볼 시간 여유가 거의 없군요."

"좋지 않은 소식을 듣는 시각이 오늘밤이든 내일 아침이든 무슨 차이가 있겠나?"

"그래도 도움이 될 겁니다."

푸아로가 다시 한 번 런던 경시청에 전화를 거는 동안 나는 가방 속에 몇 가지 물건을 꾸렸다.

잠시 후 그는 자신의 침실로 들어와 물었다.

"메 케스크 부 페트 라(그런데 자네가 여기서 뭐하고 있나)?"

"당신 짐을 좀 쌌습니다. 그렇게 하면 시간을 절약할 수 있을 것 같아서요."

"부 제푸르베 트로 데모시옹(자네 몹시 충격을 받았군), 헤이스팅스. 그래서 손도 머리도 엉망이 된 거야. 코트를 이런 식으로 접나? 그리고 자네가 내 파자마를 어떻게 해 놓았는지 좀 보게. 샴푸 통이라도 깨지면 어떻게 되겠는가?"

"맙소사, 푸아로. 이건 지금 사람이 살고 죽는 문제입니다. 우리 옷 따위가 잘못된들 대수겠습니까?"

"자네는 균형 감각이란 게 없군, 헤이스팅스. 기차는 정해진 시간이 되어야 떠날 테고, 누군가의 옷을 망쳐 놓는 건 살인을 막는 데 전혀 도움이 되지 않는다네."

단호한 태도로 내게서 여행 가방을 받아들고 그는 다시 짐을 꾸리기 시작했다.

그는 문제의 편지와 봉투를 패딩턴으로 가져가야 한다고 설명했다. 런던 경시청의 누군가가 우리를 만나러 그곳에 와 있을 터였다.

플랫폼에 도착해서 우리가 처음 만난 사람은 크롬 경위였다. 그는 사태가 어떻게 되어 가는지 묻는 듯한 푸아로의 표정을 보고 입을 열었다.

"아직은 아무 소식도 없습니다. 동원 가능한 경찰 인력을 모두 동원해서 수사하고 있습니다. C자로 시작하는 이름을 가진 사람 중 전화 연락이 가능한 사람에겐 경고를 해 두었습니다. 혹시 도움이 될까 해서 말입니다. 편지는 어디 있습니까?"

푸아로가 편지를 그에게 건넸다.

크롬은 편지를 살펴보고는 나직하게 욕설을 내뱉었다.

"행운의 여신이 참 가혹하군요. 이번에는 이자에게 미소를 짓는 것 같습니다."

"혹시 이게 고의적이라고 생각하진 않습니까?"

내가 물었다.

크롬이 고개를 저었다.

"아뇨, 이자는 자기의 규칙, 그러니까 정신 나간 규칙을 갖고 있고, 그것에 따라 행동하고 있습니다. 정정당당하게 경고한다는 것 말입니다. 그는 그 점을 강조했습니다. 그 점에 대해 우쭐한 마음을 갖고 있고요. 지금 생각해 보니, 이자는 화이트호스 위스키를 즐겨 마시는 모양이군요."

"아, 세 탱제니외, 사(그것 참 탁월한 지적이군요). 술병을 앞에 놓고 이 편지를 썼단 말이지요?"

푸아로가 자신도 모르게 감탄을 발하며 말했다.

"그랬을 겁니다. 우리 모두 한두 번쯤은 그래 본 적이 있을 겁니다. 눈앞에 있는 것을 무의식적으로 베끼는 것 말입니다. 범인은 화이트라고 시작하고는 헤븐 대신에 호스라고 쓴 겁니다……."

크롬 역시 우리와 같은 열차의 좌석을 예매한 모양이었다.

"천우신조로 아무 일도 일어나지 않았다 해도, 처스턴에는 반드시 가야 합니다. 우리의 살인범이 지금 그곳에 있거나 오늘 그곳에 갔을 테니까요. 무슨 일이 일어날 경우에 대비해 기차가 떠나기 직전까지 제 부하가 전화로 연락을 하고 있습니다."

기차가 막 역을 떠나려는 순간, 한 남자가 플랫폼을 달려오는 것이 보였다. 그는 경위가 앉아 있는 자리의 유리창 앞으로 와서 무어라 외쳤다.

기차가 역을 빠져나온 다음 나와 푸아로는 통로를 걸어 크롬 경위가 있는 침대칸의 문을 두드렸다.

"무슨 소식이라도…… 있습니까?"

푸아로가 물었다.

크롬이 차분히 대답했다.

"지독히 나쁜 소식입니다. 카마이클 클라크 경이 머리를 맞은 채 발견되었답니다."

카마이클 클라크 경은 일반인에게는 그다지 널리 알려지지 않았지만 상당히 유명한 인물이었다. 그는 전성기 때 이비인후과 전문의로서 명성을 떨쳤다. 부유한 재력가로서 은퇴한 그는 인생의 주된 관심사 중 하나였던 중국 도자기 수집에 몰두할 수 있었다. 그 얼마 후에는 삼촌으로부터 상당한 재산을 상속받아 지금은 가장 유명한 중국 예술품 컬렉션을 소유하고 있었다. 그는 결혼은 했지만 자식이 없었고, 데번 해안 근처에 직접 지은 저택에서 살면서 중요한 거래가 있을 때면 드물게 런던 나들이를 했다.

젊고 예쁜 베티 바너드의 죽음에 이은 그의 죽음이 오랜만에 언론의 관심사가 되어 세상을 떠들썩하게 하리라는 것은 당연했다. 때는 8월이고 신문들이 기삿거리를 찾기 어렵다는 사실이 사태를 더욱 악화시킬 터였다.

"에 비엥(그렇다면)."

푸아로가 입을 열었다.

"비밀 수사가 해내지 못한 일을 공개 수사가 해낼 수도 있겠군요. 이제 영국 전체가 ABC를 찾게 될 겁니다."

"불행히도 그건 그자가 바라는 일이겠지요."

내가 말했다.

"사실일세. 하지만 그게 그자의 파멸이 될 수도 있어. 연이은 성공으로 자만에 빠진 그는 주의를 게을리하게 될 걸세……. 내가 바라는 건 그거라네……. 그자가 자기도취에 빠지는 것 말일세."

"이건 정말 이상하기 짝이 없군요, 푸아로!"

문득 한 가지 생각을 떠올리며 내가 소리쳤다.

"우리가 함께 일해 온 이래 이런 종류의 사건은 처음이라고요! 그러니까 그동안 우리가 다뤄 온 살인범들은 모두……. 음, 말하자면 사적인 동기에서 살인을 저지르는 자들이었습니다."

"자네 말이 맞고말고, 친구. 이제까지는 줄곧 '내부'로부터 수사하는 것이 우리가 할 일이었네. 중요한 것은 희생자의 개인사였단 말일세. 중요한 쟁점은, '그 죽음으로 누가 이익을 보는가? 피해자 주변에서 범죄를 저지를 만한 기회는 어떤 것인가?' 하는 것이었네. 언제나 '사적인 범죄'였지. 하지만 이번에는 우리가 함께 일한 후 최초로 냉혹한 범죄, 특정 개인과 상관이 없는 살인이 등장한 걸세. '외부'로부터의 살인 말일세."

내가 몸서리를 쳤다.

"정말 무시무시하군요……."

"그렇지. 나는 처음부터, 첫 번째 편지를 받았을 때부터 뭔가 잘못된 것, 기묘한 것이 있다는 느낌이 들었다네."

그는 초조한 듯 몸을 움직거렸다.

"신경이 날카로워져선 안 되지……. 일반적인 범죄보다 더 나쁠 것도 없으니까……."

"하지만…… 하지만……."

"하나든 여럿이든 모르는 사람의 생명을 빼앗는 것이 자기 주변 사람, 자신에게 잘해 주는 사람, 그러니까 자신을 믿고 신뢰하는 사람을 죽이는 것보다 더 나쁜 일일까?"

"이게 더 나쁘다는 건 광기 때문……."

"아닐세, 헤이스팅스. 그렇다고 더 나쁜 것은 아닐세. 다만 해결이 더 어려울 뿐이지."

"아뇨, 아뇨, 전 그렇게 생각하지 않습니다. 이건 정말이지 소름끼치는 일이에요."

에르퀼 푸아로가 생각에 잠긴 채 말했다.

"이게 미치광이의 짓이라면 범인을 찾아내기가 더 쉬웠어야 해. 약삭빠르고 정신이 멀쩡한 사람이 저지른 범죄라서 훨씬 더 복잡해지는 거거든. 이런, 아이디어가 떠오르면 좋으련만……. 이 알파벳 사건에는 모순이 있네. 일단 아이디어가 떠오르면……. 그러면 모든 게 명확하고 간단해질 텐데……."

그는 한숨을 쉬고는 고개를 내저었다.

"이 범죄는 계속되어서는 안 돼. 곧, 곧 진상을 밝혀내야해……. 가세, 헤이스팅스, 눈 좀 붙이자고. 내일은 할 일이 많을 걸세."

# 카마이클 클라크 경

한쪽은 브릭 섬, 다른 한쪽은 페인턴과 토키에 접한 처스턴은 토베이 만곡부 중간에 위치해 있었다. 10년 전까지 그곳은 일개 골프장에 불과했다고 한다. 그 골프장 아래로는 민가라고 해 봐야 한두 채의 농가가 전부였고 해변까지 푸른 초원이 펼쳐졌다. 하지만 최근 몇 년간 처스턴과 페인턴 사이에 대규모 개발이 이루어져서, 이제 해안에는 아담한 집들과 방갈로, 새로운 도로가 나 있었다.

과거 카마이클 클라크 경은 8000평방미터 상당의, 탁 트인 바다를 바라볼 수 있는 부지를 구입했다. 그가 지은 저택은 그런 대로 볼 만한 현대적 디자인의 하얀 장방형 건물이었다. 그의 수집품이 전시되어 있는 두 개의 커다란 화랑을 제외하면 저택 자체는 그리 큰 편이 아니었다.

우리는 다음 날 아침 8시에 그곳에 도착했다. 현지 경관 하나가 역에서 우리를 맞아 사건의 정황을 '오 쿠랑(보고)'했다.

카마이클 클라크 경은 매일 저녁 식사 후에 산책을 하는 습관이 있었던 모양이었다. 경찰이 전화를 걸었을 때, 그러니까 밤 11시가 조금 넘었을 때 그는 산책에서 돌아오지 않은 것으로 확인되었다. 그가 주로 산책했던 코스에서 수색대는 어렵지 않게 시신을 찾아냈다. 둔기로 뒷머리를 강타당한 것이 직접적인 사인이었다. 한편 ABC 철도 안내서가 표지가 위로 가게 펼쳐져 시체 위에 놓여 있었다.

우리는 8시경 클라크 경의 저택인 컴비사이드에 도착했다. 나이 많은 집사가 문을 열어 주었는데, 그의 떨리는 두 손과 혼란스러운 표정으로 미루어 이 비극에 얼마나 큰 충격을 받았는지 알 수 있었다.

"잘 있었습니까, 데브릴."

경찰이 말했다.

"안녕하십니까, 웰스 씨."

"데브릴, 이쪽은 런던에서 오신 두 분입니다."

"이쪽으로 오시지요."

그는 우리를 장방형의 식당으로 안내했다. 아침 식사가 차려져 있었다.

"프랭클린 나리를 모셔 오겠습니다."

잠시 후 햇빛에 그을린 얼굴을 한 키 큰 금발의 사내가 들어왔다. 그가 프랭클린 클라크로, 고인의 하나뿐인 남동생이었다. 그는 충격에 익숙한 듯 단호하고 침착한 태도를 보였다.

"안녕하십니까, 여러분."

웰스 경위가 우리를 소개했다.

"이쪽은 런던 경시청의 크롬 경위, 에르퀼 푸아로 씨, 그리고 음……. 헤이터 대위입니다."

"헤이스팅스입니다."

내가 냉랭한 어조로 정정했다.

프랭클린 클라크는 우리 한 사람 한 사람과 차례로 악수를 했는데, 손을 흔들 때마다 꿰뚫는 듯한 눈길로 상대를 응시했다.

"아침 식사를 드시죠. 식사를 하면서 상황을 이야기하는 게 좋겠습니다."

아무도 반대하지 않았고, 잠시 후 우리는 훌륭하게 요리된 달걀과 베이컨을 먹고 커피를 마시는 일에 몰두했다.

프랭클린 클라크가 입을 열었다.

"그런데 말입니다, 웰스 경위가 어젯밤 상황을 대충 알려 주더군요. 저는 일찍이 이렇게도 야만스러운 이야기를 들어본 적이 없습니다. 크롬 경위님, 제 형님이 가엾게도 살인광에게 희생당했다는 것, 그리고 이것이 자그마치 세 번째 살인이며, 매번 시체 옆에는 ABC 철도 안내서가 놓여 있었다는 이야기를 제가 믿어야 합니까?"

"실제로 그게 사건의 정황입니다, 클라크 씨."

"하지만 어째서죠? 이런 범죄로 도대체 무슨 이득이 있단 말입니까? 아무리 병적인 광인이라 해도 말입니다."

푸아로는 공감한다는 의미로 고개를 끄덕이며 말했다.

"핵심을 짚으셨군요, 프랭클린 씨."

크롬 경위가 말했다.

"다만 이 단계에서 범행 동기가 무엇이냐 하는 건 중요하지 않습니다, 클라크 씨. 사회에서 소외당했다고 생각하는 사람의 소행이겠죠. 정신병자의 범죄를 다뤄 본 경험이 있는 저로서는 그 동기가 대개 별거 아니라는 말씀을 드려야 할 것 같습니다. 자신의 존재를 알리고 싶은 욕망, 사람들의 눈에 띄고 싶은 욕망, 있으나마나 한 존재가 아니라 대단한 뭔가가 되고자 하는 욕망에서 나온 거지요."

"사실입니까, 무슈 푸아로?"

클라크는 그 말이 믿어지지 않는 모양이었다. 한편 크롬 경위는 프랭클린 클라크가 푸아로를 웃어른 대하듯이 하는 게 못마땅한지 미간을 찌푸렸다.

"사실이고말고요."

푸아로가 대답하자 클라크가 생각에 잠긴 태도로 말했다.

"어쨌든 그런 자는 머지않아 덜미를 잡힐 겁니다."

"부 크루아예(그렇게 생각하십니까)? 아, 하지만 교활하답니다……. 세 장라(그런 사람들은) 말입니다. 그리고 그런 작자들은 대개 겉으로는 전혀 눈에 띄지 않는다는 것을 명심하셔야 합니다. 범인은 필시 눈에 띄지 않고 무시되거나, 심지어는 비웃음을 당하는 그런 부류일 겁니다!"

그때 크롬이 두 사람의 대화에 끼어들며 말했다.

"몇 가지 사실을 말해 주셔야겠습니다, 클라크 씨."

"물론입니다."

"제가 듣기로 어제 당신 형님은 건강 상태나 기분이 평소와 다름이 없으셨다던데요? 혹시 정체불명의 편지 같은 것을 받지는 않으셨나요? 형님이 걱정하실 일 같은 건 없었습니까?"

"아뇨, 형님은 평상시와 전혀 다름이 없으셨습니다."

"어떤 식으로든 걱정스러워하거나 화가 나 있지는 않으셨다는 거군요."

"죄송합니다만, 경위님. 그런 말은 아닙니다. 걱정이 많고 화를 잘 내는 것은 안타깝지만 형님의 평상시의 모습이었답니다."

"왜 그러셨던 거죠?"

"아마 모르시겠지만 지금 제 형수님, 그러니까 레이디 클라크의 건강이 몹시 나쁘답니다. 우리끼리니까 솔직히 말하지만, 형수님은 불치의 암에 걸려서 얼마 살지 못하십니다. 그 때문에 형님은 몹시 괴로워하셨지요. 저는 아시아에 있다가 얼마 전에 이곳에 돌아왔는데, 형님이 그렇게 변한 것을 보고 충격을 받았습니다."

푸아로가 중간에 끼어들었다.

"만일 말입니다, 클라크 씨, 당신 형님이 총에 맞은 채 절벽 아래에서 발견되었다고 해 봅시다. 권총이 시신 옆에 놓여 있고 말입니다. 그랬다면 당신은 제일 처음으로 무슨 생각을 하시겠습니까?"

"아주 솔직하게 말씀 드리면 자살이라는 결론에 도달할 수밖에 없겠네요."

프랭클린이 말했다.

"앙코르(이번에도 역시)!"

푸아로가 말했다.

"무슨 뜻이죠?"

"한 가지 사실이 되풀이된다는 겁니다. 별로 중요하진 않습니다."

크롬이 무뚝뚝한 기색으로 말했다.

"어쨌든 이건 자살이 아닙니다. 자, 클라크 씨, 제가 알기로 매일 저녁 산책을 나가는 게 당신 형님의 습관인 것 같던데요?"

"그렇습니다. 형님은 언제나 산책을 나가셨습니다."

"매일 저녁 말인가요?"

"음, 물론 비가 퍼부을 때에는 나가지 않으셨죠."

"그럼 이 집안에 있는 모든 이들이 경의 그런 습관을 알고 있겠군요?"

"물론이지요."

"그럼 외부인은요?"

"외부인이라는 말씀이 어떤 의미인지 잘 모르겠군요. 정원사가 그 사실을 알고 있는지 어떤지 잘 모르겠습니다."

"그럼 마을 사람들은요?"

"엄밀히 말해서 이곳에는 마을이 없습니다. 처스턴 패러스에 우체국과 집 몇 채가 있긴 하죠. 하지만 마을이나 상점은 없습니다."

"낯선 사람이 이곳을 어슬렁거린다면 쉽게 눈에 띄겠네요?"

"그 반대입니다. 여긴 8월이면 세계 각지에서 온 낯선 사람들로 들끓는답니다. 브릭 섬과 토키와 페인턴에서 자동차나 버스를 타고, 혹은 걸어서 매일같이 사람들이 몰려듭니다. 저 아래에 보이는 브로드샌즈는 아주 인기 있는 해변이랍니다. 엘버리 코브도 그렇고요. 경치가 아름답기로 유명한 이곳으로 소풍을 오는 셈이죠. 저로서는 그러지 않기를 바라지만요! 6월과 7월초의 이곳이 얼마나 아름답고 평화로운지 모르실 겁니다."

"그러니까 낯선 사람이라 해도 특별히 눈에 띄지 않을 거라는 말씀인가요?"

"제 생각에는 겉모습이…… 그러니까 정신 나간 사람처럼 보이지 않는다면요."

크롬이 단호하게 말했다.

"이 남자는 정신 나간 사람으로 보이지 않을 겁니다. 제가 무슨 말을 하는지 아실 겁니다, 클라크 씨. 이 사내는 미리 이 지역을 살펴보고 당신 형님이 매일 저녁 산책을 나가는 습관이 있다는 것을 발견했을 겁니다. 그건 그렇고 어제 낯선 사람이 이 집에 와서 카마이클 경을 만나겠다고 한 적은 없습니까?"

"그런 건 제가 잘 모릅니다. 데브릴에게 물어보지요."

그는 벨을 울려 집사를 불러 물었다.

"아뇨, 나리. 카마이클 경을 찾아온 사람은 없었습니다. 집 주위를 서성거리는 사람도 보지 못했습니다. 제가 물어보았는데, 하녀들도 보지 못했답니다."

집사는 잠깐 기다렸다가 물었다.

"다 된 겁니까, 나리?"

"그렇다네, 데브릴. 가 보게."

문을 향해 걸어간 집사는 문간에서 뒷걸음질을 해 젊은 여자에게 길을 양보했다. 여자가 안으로 들어오는 것을 보고 프랭클린 클라크가 자리에서 일어났다.

"그레이 양입니다, 여러분. 형님의 비서지요."

그 여자의 빼어난 외모에 나는 즉각 관심이 끌렸다. 스칸디나비아 출신의 미인이었다. 거의 색깔이 없는 잿빛 머리카락과 연회색 눈동자, 그리고 노르웨이나 스웨덴 사람에게서 볼 수 있는 홍조 어린 투명하고 창백한 피부를 갖고 있었다. 나이는 스물일곱 살쯤 되어 보였고, 외모만큼이나 유능해 보였다.

"제가 어떤 식으로든 도울 수 있을까요?"

그렇게 말하며 그녀는 자리에 앉았다.

클라크가 그녀에게 커피를 가져다주었으나 그녀는 아무것도 먹고 싶지 않다며 거절했다.

"당신이 카마이클 경의 편지 업무를 보셨나요?"

크롬이 물었다.

"예, 모든 편지를 제가 관리했어요."

"ABC라고 서명된 편지를 받은 적 없습니까?"

그녀가 고개를 내저었다.

"ABC요? 아뇨, 없었던 게 분명해요."

"최근 경께서 저녁 산책 중에 주변을 어슬렁거리는 낯선 사람을 만났다는 말씀을 하시진 않았나요?"

"아뇨, 그런 종류의 말씀은 하신 적이 없어요."

"그럼 당신은 혹시 낯선 사람을 본 적 없습니까?"

"이 주변을 어슬렁거리는 사람은 본 적이 없어요. 물론 연중 이맘때에는 거리를 배회하는 사람들이 많지요. 특별한 목적이 없는 듯 골프장을 가로질러 어슬렁거리거나 해변의 오솔길까지 내려오는 이들을 종종 만난답니다. 그렇게 따지면 이맘때에는 실제로 만나는 모든 이들이 낯선 이들인 셈이죠."

푸아로가 생각에 잠긴 채 고개를 끄덕였다.

크롬 경위는 카마이클 경의 야간 산책 장소로 안내해 줄 것을 요구했다. 프랭클린 클라크가 프렌치 윈도*를 통해 밖으로 나가 앞장을 섰고, 그레이 양도 동행했다.

그레이 양과 나는 다른 사람들보다 조금 뒤처져 있었다.

"이 모든 일이 여러분 모두에게 커다란 충격이었겠군요."

내가 말했다.

"믿을 수가 없었어요. 어젯밤 경찰에게서 전화가 걸려왔을 때 저는 잠자리에 든 참이었죠. 아래층에서 여러 사람 목소리가 들려오길래 결국 밖으로 나가 무슨 일이냐고 물어 보았어요. 데브릴 씨와 클라크 씨가 손전등을 가지고 밖으로 나가려고 하더군요."

"카마이클 경은 산책에서 대개 몇 시에 돌아오십니까?"

"9시 45분쯤에요. 그분은 옆문으로 들어오셔서는 곧장 잠자리에 드시기도 하고, 수집품이 전시되어 있는 화랑으로 가시기도 하죠.

* 출입이 가능하게 좌우로 열리는 두 짝 유리창.

그렇기 때문에 경찰이 전화를 걸어오지 않았다면, 오늘 아침 그분을 깨우러 갈 때까지 실종 사실을 몰랐을 거예요."

"카마이클 경의 부인께도 커다란 충격이었겠군요?"

"레이디 클라크는 줄곧 다량의 모르핀을 맞고 계세요. 정신이 혼미하셔서 주위에서 무슨 일이 일어나는지 잘 모르실 걸요."

우리는 정원 문을 나와 골프장으로 들어섰다. 골프장의 한 모퉁이를 가로질러 울타리식 계단을 넘어 가파르고 꼬불거리는 길로 접어들었다.

"이 길이 엘버리 코브까지 통한답니다. 하지만 2년 전 브로드샌즈로 가는 간선 도로에서 엘버리까지 연결하는 새로운 도로가 건설되었지요. 그래서 이제 이 길은 사실상 이용하는 사람이 없답니다."

프랭클린 클라크가 설명했다.

우리는 그 길을 따라 줄곧 걸었다. 길 아래쪽에 이르자 가시나무와 고사리 숲 사이로 바다로 통하는 오솔길이 나 있었다. 그러더니 갑자기 수풀이 우거진 작은 언덕이 나왔다. 그곳에선 반짝이는 흰 돌이 깔린 해변과 넘실거리는 바닷물을 볼 수 있었다. 진녹색 나무들이 바닷가까지 이어졌다. 매혹적인 장소였다. 하얀 바위와 진녹색 녹음, 그리고 사파이어빛 바다가 어우러져 있었던 것이다.

"이렇게 아름다울 수가!"

내가 소리쳤다.

클라크가 열렬한 자부심이 담긴 눈으로 나를 돌아보았다.

"그렇지요? 이런 곳이 있는데 왜 굳이 리비에라 해안으로 가겠습니까! 저도 한창때에 세계 각지를 돌아다녔지만 이처럼 아름다운 곳을 본 적이 없습니다."

이윽고 흥분했던 자신이 부끄러운 듯 그가 한결 사무적인 어조로 덧붙였다.

"여기가 형님의 저녁 산책길입니다. 형님은 여기까지 걸어 온 후 다시 오솔길로 향하는데, 가는 길엔 왼쪽 대신 오른쪽으로 돌아 농장과 들판을 가로질러 집으로 돌아오시곤 했지요."

우리는 걸음을 계속해 시체가 발견된 들판 중간 울타리 근처에 이르렀다.

크롬이 고개를 끄덕였다.

"상당히 쉬웠겠군요. 그 사내는 여기 어두운 곳에 서 있었을 겁니다. 당신 형님은 흉기가 내리쳐질 때까지 아무것도 눈치 채지 못했을 테고요."

내 옆에 서 있던 그레이 양이 살짝 몸서리를 쳤다.

프랭클린 클라크가 말했다.

"진정해요, 도라. 정말 끔찍하지만 사실을 회피해 봤자 아무 소용도 없으니까요."

도라 그레이, 그 이름은 그녀에게 어울렸다.

우리는 저택으로 돌아왔다. 그곳에 있던 시신은 사진을 찍은 다음 이송되고 없었다. 우리가 널찍한 층계를 올랐을 때, 의사가 검은 가방을 손에 들고 방에서 나오고 있었다.

"뭔가 해 주실 말씀이 없습니까, 의사 선생님?"

클라크가 물었다.

의사는 고개를 저었다.

"너무나도 간단한 경우입니다. 전문적인 사항은 심리 때 말씀드리죠. 어쨌든 고통은 없었습니다. 즉사가 분명하니까요. 이제 전 안으로 들어가 레이디 클라크를 만나 봐야겠습니다."

의사가 자리를 떴다.

간호사가 복도 저쪽에 있는 방에서 나오자, 의사는 그녀에게 갔다. 우리는 의사가 나온 방으로 들어갔다.

나는 이내 그 방에서 나왔다. 도라 그레이가 층계 꼭대기에 서 있었다. 그녀의 얼굴에는 기묘하게도 겁에 질린 듯한 표정이 떠올라 있었다.

"그레이 양……."

나는 말을 멈추었다.

"무슨 문제라도 있나요?"

그녀가 나를 바라보았다.

"저는 D에 대해 생각하고 있었어요."

그녀가 대답했다.

"D에 대해서라뇨?"

내가 멍청하게 그녀를 바라보았다.

"그래요. 다음 번 살인 말이에요. 뭔가 조치가 취해져야 해요. 그것을 막아야 한다고요."

내 뒤에서 클라크가 방에서 나왔다.

"무엇을 막아야 한다는 겁니까, 도라?"

"이런 끔찍한 연쇄 살인 말이에요."

"맞아요."

그의 턱이 공격적으로 앞으로 내밀어졌다.

"무슈 푸아로와 잠시 이야기를 하고 싶습니다……. 크롬이란 사람은 유능한가요?"

그의 말투는 뜻밖에도 쏘아붙이듯 냉정했다.

나는 크롬이 무척 똑똑한 형사인 것 같다고 대답했다. 내 목소리엔 아마도 그렇게 힘이 실려 있지 않았으리라.

"그의 태도는 지독하게 공격적이더군요. 자신이 모든 것을 다 알고 있다는 듯이 말입니다. 그런데 그 사람 실제로 알고 있는 게 뭐죠? 내가 보기엔 아무것도 없는 것 같은데요."

그는 잠시 입을 다물었다. 그런 다음 이렇게 말했다.

"무슈 푸아로는 제게 꼭 필요한 분인 것 같습니다. 제게 한 가지 계획이 있습니다. 나중에 그걸 말씀드리도록 하지요."

그는 복도를 따라 걸어가 조금 전에 의사가 들어간 방문을 두드렸다.

나는 한순간 망설였다. 도라 그레이는 물끄러미 앞을 응시하고 있었다.

"무슨 생각을 하고 계십니까, 그레이 양?"

그녀의 시선이 내게 옮겨왔다.

"그는 지금 어디에 있을까를 생각하고 있답니다……. 그러니까,

살인범 말이죠. 사건이 일어난 지 열두 시간도 채 지나지 않았다는 게 실감이 안 나요. 그자가 지금 어디에 있는지, 무엇을 하고 있는지 알아낼 수 있는 진짜 혜안을 가진 사람이 있다면……."

"경찰이 찾고 있습니다만……."

내가 말을 시작했다. 내 평범한 말에 마법이 깨어진 모양이었다. 도라 그레이는 정신을 차렸다.

"그래요, 물론이죠."

그녀가 대답했다.

그녀는 몸을 돌려 층계를 내려갔다. 나는 조금 더 그곳에 서서 그녀가 한 말을 머릿속에서 곰곰이 생각했다.

ABC…….

그는 지금 어디 있을까……?

## 제삼자의 설명

알렉산더 보나파르트 커스트는 다른 관람객들과 함께 '토키 팔라디움'을 나왔다. 그는 그곳에서 몹시 감상적인 영화 『참새 한 마리도』를 관람한 참이었다.

그는 오후의 햇빛에 눈이 부신 듯 조금 눈을 깜박거린 다음 주위를 둘러보았다. 그런 그의 모습에는 길 잃은 개라는 표현이 꼭 들어맞았다.

그는 혼자서 중얼거렸다.

"그거 좋은 생각이군……."

신문팔이 소년들이 소리치며 지나갔다.

"최신 뉴스……. 살인광 처스턴에 출현……."

그들이 들고 있는 전단지에는 이렇게 씌어 있었다.

처스턴 살인 사건 최신 속보

그는 주머니를 뒤져 동전을 하나 찾아서는 신문을 한 부 샀다. 그는 그것을 즉시 펼쳐보지 않았다.

프린세스 가든으로 들어간 그는 토키 항이 내려다보이는 휴게소로 천천히 걸음을 옮겨 놓았다. 그는 자리에 앉아 신문을 펼쳤다.

커다란 글씨로 머리기사가 나 있었다.

카마이클 클라크 경 살해되다

처스턴에서 일어난 무시무시한 비극

살인광의 범행

그리고 그 밑에는 다음과 같은 기사가 게재되어 있었다.

불과 한 달 전 벡스힐에서 엘리자베스 바너드라는 젊은 아가씨가 살해된 사건으로 전 영국은 충격과 전율에 휩싸였다. 독자 여러분도 그때 범행 현장에서 ABC 철도 안내서가 발견되었던 것을 기억할 것이다. 카마이클 클라크 경의 시체 옆에서도 ABC 철도 안내서가 발견되었으며, 경찰은 이 두 사건을 동일범의 소행으로 보고 있는 듯하다. 살인광이 영국의 해변 휴양지를 활보한다는 것이 있을 수 있는 일인가……?

커스트 옆에 앉아 있던 플란넬 바지와 연푸른색 에어텍스 셔츠를 입은 청년이 말했다.

"지독한 사건이죠……. 그렇죠?"

커스트가 소스라치게 놀랐다.

"이런, 정말……. 정말이지……."

청년은 '이 사람, 손이 너무 떨려서 쥐고 있는 신문이 떨어질 것 같군.' 하고 생각했다.

"미치광이들은 겉으로는 알아볼 수가 없답니다."

청년이 수다스럽게 말을 시작했다.

"알다시피 미치광이들이 전부 겉으로도 그렇게 보이진 않거든요. 대개는 당신이나 나와 다를 바가 없는 모습이랍니다……."

"그렇겠네요."

커스트가 대답했다.

"사실이에요. 때로는 전쟁 때문에 미치광이가 되는 사람도 있답니다. 그 이후 정신이 돌아오질 않는 거죠."

"당…… 당신 말이 맞는 것 같군요."

"저는 전쟁에 반대합니다."

청년이 말했다.

커스트가 청년에게 몸을 돌렸다.

"나는 전염병, 수면병, 기근, 암에 반대합니다……. 그런데 그것은 줄곧 발생하고 있단 말입니다!"

"전쟁은 막을 수 있습니다."

청년이 확신에 차서 말했다.

커스트가 소리 내어 웃었다. 그는 꽤나 오랫동안 웃음을 그치지 않았다.

청년은 조금 겁이 났다.

'머리가 좀 이상한 것 같은데.'

청년은 생각했다.

그는 소리 내어 말했다.

"죄송합니다, 선생님. 참전 경험이 있으신가 보군요."

"그렇답니다. 그게…… 그게 나를 불안정하게 만들었지요. 그 이후 정신이 돌아오질 않아요. 그래서 머리가 아프답니다. 지독하게 아프다고요."

"이런! 죄송합니다."

청년이 어색하게 말했다.

"때로는 내가 무슨 일을 하는지 잘 모른답니다……."

"정말입니까? 음, 전 가 봐야겠네요."

그렇게 말한 다음 청년은 서둘러 자리를 떴다. 사람들이 일단 자기 건강에 대해 말하기 시작하면 걷잡을 수 없다는 것을 알고 있었던 것이다.

커스트는 신문을 든 채 다시 혼자가 되었다.

그는 그 기사를 읽고 또 읽었다.

사람들이 그의 앞을 이쪽저쪽으로 지나갔다. 그들 대부분은 문제의 살인 사건에 대해 이야기하고 있었다…….

"무서운 일이에요……. 혹시 중국인과 관련된 사건은 아닐까요?

희생된 여자가 중국식 카페의 종업원 아니었나요?"

"사실은 골프장에서……."

"난 바닷가라고 들었는데……."

"……하지만 여보, 어제 우리 바로 엘버리에서 차를 마셨었잖아……."

"……경찰은 그자의 신원을 파악했다던데……."

"……그렇다면 당장이라도 체포하겠군……."

"……그자는 지금 토키에 있을 가능성이 높아. 그 뭐라고 하는 사람을 죽인 건 다른 여자였어……."

커스트는 네 귀를 맞추어 신문을 접어 의자 위에 놓았다. 그런 다음 자리에서 일어나 시내 쪽으로 침착하게 걸음을 옮겼다.

흰색, 분홍색, 푸른색, 여름 원피스, 통바지, 반바지를 입은 여자들이 그를 지나갔다. 그들은 소리내어 웃고 킬킬거렸다. 그들은 지나가며 남자들을 눈으로 평가했다.

그들의 눈길은 커스트에게 일 초도 머무르지 않았다. 커스트는 작은 탁자에 앉아 데번셔 크림을 주문했다…….

## 제자리걸음

카마이클 클라크 경 살인 사건으로 ABC 사건은 일약 유명해졌다. 신문은 이 사건의 기사로 도배 되다시피 했다. 온갖 종류의 '단서들'이 발견되었다는 기사가 실렸다. 범인 체포가 임박했다는 것이다. 사건과 조금이라도 관련된 사람이나 장소는 빠짐없이 사진이 실렸다. 모든 관련자들의 인터뷰도 마찬가지였다. 국회에서는 청문회가 열렸다. 앤도버 사건도 이제 이후의 두 사건과 나란히 다루어지게 되었다.

그것은 시민들에게 사실을 자세하게 알리는 것이 범인을 잡을 수 있는 가능성을 극대화시켜 줄 것이라는 런던 경시청의 판단에서 나온 일이었다. 영국 국민 전체가 아마추어 탐정 대열에 합류했다. 《데일리 플리커》는 그런 제목을 뽑는 데 대단한 영감을 발휘했다.

그는 바로 당신 마을에 있는지도 모른다!

물론 푸아로는 사태의 핵심에 있었다. 그에게 보내진 ABC의 편지 내용이 공개되었고, 편지 사진 또한 게재되었다. 범죄를 막지 못했다고 덮어 놓고 그를 비난하는 이들도 있었고, 그가 살인범을 곧 밝혀낼 것이라고 두둔하는 이들도 있었다. 기자들은 끊임없이 그에게 인터뷰를 요청했다.

무슈 푸아로가 오늘 말한 것

이런 제목 다음에는 대개 말도 안 되는 기사가 이어졌다.

무슈 푸아로, 현 상황에 대해 중대 견해를 밝히다

무슈 푸아로, 성공을 눈앞에 두다

무슈 푸아로의 절친한 친구 헤이스팅스 대위와의 인터뷰, 본지《스페셜 리프리젠터티브》독점 게재……

"푸아로!"

내가 소리쳤다.

"제발 내 말을 믿어 주세요. 난 그런 식의 말을 한 적이 없어요."

그러면 내 친구는 친절하게 대답하는 것이다.

"알고 있네, 헤이스팅스……. 알고말고. 입에서 나온 말과 기사화

된 글에는 깜짝 놀랄 만큼 큰 차이가 있다네. 원래의 의미와 정반대가 되어 버린 경우도 있지."

"내가 그런 말을 했다고 생각하면 정말……."

"걱정 말게. 이 모든 건 전혀 중요하지 않다네. 이런 쓸데없는 기사들이 오히려 도움이 될 수도 있어."

"어떻게 말입니까?"

"에 비엥(그러니까 말일세), 우리의 살인광이 오늘자 《데일리 플리커》에서 내가 했다는 말을 읽으면, 적수로서 내게 가졌던 모든 존경심을 잃고 말지 않겠나!"

푸아로가 우울하게 말했다.

혹시 지금까지의 내 설명이 효과적인 수사 조치가 이루어지지 않고 있다는 인상을 주었는지 모르겠다. 실제로는 그 반대였다. 런던 경시청과 각 지방 현지 경찰은 아무리 사소한 단서라도 놓치지 않고 쉼 없는 수사를 계속했다. 호텔이나 여관, 하숙집을 운영하는 사람들을 포함, 범죄의 넓은 반경 안에 드는 모든 사람들이 철저한 조사를 받았다.

'몹시 수상한 외모를 하고 눈알을 굴려대는 사람을 보았다'라든가 '음산한 얼굴을 한 사람이 살금살금 걸어가는 것을 목격했다'는 상상력 풍부한 증언들 또한 세부까지 철저히 조사되었다. 아무리 설명이 애매한 신고라도 경찰은 무시하지 않았다. 기차, 버스, 트램,* 짐꾼, 운전수, 신문 판매소, 문방구에 대한 탐문과 확인이 이어

* 로프나 케이블 위를 다니는 도시 전차.

졌다. 상당수의 사람들이 구류되어 범죄가 일어난 날 밤에 한 행동에 대해 경찰을 만족시킬 때까지 심문을 받기까지 했다.

이 모든 것들이 전혀 소득이 없었던 것은 아니었다. 몇몇 증언은 가치 있는 것으로 간주되어 주목을 받았지만 증거를 찾지 못해 더 이상 수사를 진행시킬 수 없었다.

크롬 경위와 그의 동료들이 지치지도 않고 움직였다면, 내가 보기에 푸아로는 기묘할 정도로 아무 일도 하지 않았다. 우리는 가끔 논쟁을 벌였다.

"날보고 뭘 하라는 건가, 친구? 관례적인 조사는 경찰이 나보다 훨씬 잘하네. 언제나……. 언제나 자네는 내가 개처럼 여기저기 뛰어다니기를 바라는군."

"집에 앉아 있는 대신 말입니다, 이렇게 푹 퍼져서 말이죠."

"모범생 같으니라고! 내 힘은 말일세, 헤이스팅스, 다리에 있는 것이 아니라 두뇌 속에 있다고! 자네 눈에는 내가 줄곧 게으름을 피우고 있는 것처럼 보일지 몰라도 난 사실 생각을 하고 있다네."

"생각을 하고 있다고요? 지금이 생각할 때입니까?"

내가 소리쳤다.

"그렇다네. 천번만번 그렇고말고."

"하지만 생각만으로 뭘 얻을 수 있습니까? 이미 세 사건에 대해선 속속들이 알고 있잖아요."

"내가 생각하고 있는 것은 일어난 사실이 아닐세……. 살인범의 마음이란 말이네."

"미치광이의 마음에 대해 생각한다고요!"

"바로 그거야. 그래서 단숨에 알아낼 수가 없는 거지. 살인범의 마음이 어떤지를 알아낸다면 그가 누구인지 알 수 있네. 그리고 내 지식은 점점 더 늘어나고 있고. 앤도버 사건이 일어났을 때 우리가 범인에 대해 무엇을 알고 있었나? 거의 아무것도 몰랐지. 벡스힐 사건이 일어났을 때에는? 조금 더 알게 되었네. 처스턴 사건이 일어난 뒤에는 더 많은 것을 알게 되었어. 이제 내 눈엔 보이기 시작했네. 자네는 그런 걸 보려 들지 않겠지만 말일세. 어떤 얼굴과 외관, 어떤 마음의 윤곽이 떠오르는군. 다음 사건이 일어나면……."

"푸아로!"

내 친구는 흥분하지 않고 나를 바라보았다.

"하지만 사실일세, 헤이스팅스. 또 다른 범죄가 일어날 것이 거의 확실하네. 많은 것들이 라 샹스(운)에 달려 있어. 지금까지 우리의 앵코뉘(미지의 인물)는 운이 좋았네. 이번에는 행운이 그에게 등을 돌릴 수도 있다네. 어쨌든 또 다른 사건이 일어나고 나면 우리는 무수히 많은 것들을 알 수 있을 걸세. 범행은 무서울 정도로 많은 걸 드러낸다고. 범인이 취한 범행 방식에서 그의 취향과 버릇, 마음가짐, 영혼이 드러난다는 이야기네. 다만 현재로선 드러난 지표들이 무질서해. 일부는 두 사람이 관련되어 있는 것 같기도 하고 말야. 하지만 조만간 윤곽이 분명해질 것이고, 난 알게 될 걸세."

"그게 누굽니까?"

"아니, 헤이스팅스, 내가 아는 건 그자의 이름이나 주소가 아니야.

내가 알고자 하는 건 그가 어떤 종류의 인간인가 하는 걸세…….”

“그런 다음에는요……?”

“에 알로르, 주 베 아 라 페슈(그 다음에는 낚시질을 할 걸세).”

내가 좀 어리둥절한 것처럼 보이자 그는 말을 이었다.

“알다시피 말일세, 헤이스팅스, 숙련된 어부는 어떤 고기에 어떤 미끼를 던져야 하는지 정확히 알고 있다네. 나는 꼭 맞는 미끼를 던질 걸세.”

“그런 다음에는요?”

“그런 다음에는? 그런 다음에는? 자네 ‘오, 그렇습니까?’를 연발하는 크롬 경위만큼이나 고약한데? 에 비엥(그러니까) 그렇게 되면 그자는 미끼를 물테고 우리는 릴을 감아올리면 된다는 거야…….”

“그러는 동안 여기저기에서 사람들이 죽어 갈 겁니다.”

“세 사람일세. 매주 교통사고로 죽는 사람이 120명에 이르잖나?”

“그거와는 전혀 다른 문젭니다.”

“죽는 사람들에게는 똑같을 수도 있네. 하긴 다른 사람들, 친척들이나 친구들에게는……. 차이가 있을지도 몰라. 하지만 이 경우 적어도 한 가지 사실만큼은 나를 기쁘게 한다네.”

“그 기쁘게 한다는 게 도대체 뭔지 좀 들어봅시다.”

“그렇게 날카롭게 반응해 봤자 이뉘틸(소용없다네). 이 경우에 나는 죄 없는 이를 괴롭힌다는 죄책감을 갖지 않아도 된다는 사실이 참으로 기뻐.”

“그게 더 나쁘지 않습니까?”

"아니, 아니야. 천번만번 아니고말고! 의심 속에서 사는 것만큼 끔찍한 건 없다네. 자기와 가까운 사람을 의심하고, 그 의심 때문에 사랑을 두려움으로 바꿔야 하는 것만큼 끔찍한 상황도 없지. 그건 독약과도 같은 거랄까. 사람을 병들게 만들거든. 그렇지, ABC에게는 적어도 죄 없는 사람의 피를 말린다는 비난 같은 건 할 수 없을 거야."

"이러다가 조만간 이자를 변호하려 들겠네요!"

내가 신랄하게 비꼬았다.

"그래서 안 될 게 뭔가? 그는 자신의 행위가 정당하다고 생각하고 있을 거야. 우리도 결국에는 그의 관점에 공감하게 될지도 모를 일이지."

"세상에, 푸아로!"

"이런! 내가 자네에게 충격을 준 모양이군. 처음에는 나의 무기력한 태도로, 그리고 이제는 내 관점으로 말야."

나는 대답 없이 고개를 내저었다.

"하지만 말이야."

잠시 후 푸아로가 말했다.

"내게 자네가 기뻐할 만한 계획이 하나 있어. 수동적인 것이 아니라 능동적인 것이거든. 또한 실제로 생각 같은 건 필요 없고 이야기만 잔뜩 나누면 되는 계획이라네."

나는 그의 어조가 영 마음에 들지 않았다.

"뭔데요?"

내가 조심스럽게 물었다.

"희생자의 친구, 친척, 하인들에게서 그들이 알고 있는 걸 알아내는 거야."

"당신은 그들이 뭔가 숨기고 있다고 보십니까?"

"고의로 숨기는 건 아니겠지. 하지만 '모든 걸' 이야기한다는 것은 언제나 '선택'을 의미하지. 만약 내가 자네에게 어제 하루를 어떻게 지냈는지 말해 달라고 하면, 자네는 아마도 이렇게 대답하겠지. '9시에 일어나서 9시 30분에 아침 식사로 달걀과 베이컨과 커피를 먹고, 클럽에 갔다'고 말일세. 그러니까 자네는, '손톱이 찢어져서 잘라내야 했다, 벨을 울려서 면도할 물을 가져오라고 했다, 식탁보에 커피를 조금 흘렸다, 챙 모자의 먼지를 떨고 머리에 썼다.'는 등의 이야기는 하지 않는 걸세. 사람은 모든 걸 이야기할 수는 없어. 그러니까 선택을 하는 거지. 살인이 일어났을 때도 사람들은 자신이 중요하다고 생각하는 것을 선택해 이야기한다네. 하지만 그들의 생각이 틀린 경우가 허다하다고!"

"그렇다면 어떻게 필요한 사실을 집어낼 수 있죠?"

"간단해. 조금 전 내가 말한 대로 대화를 함으로써 가능하다네. 이야기를 함으로써 말이야! 어떤 사건이나 사람, 어떤 날에 대해 거듭해서 이야기하다 보면 수많은 세부사항이 드러날 걸세."

"어떤 세부 사항 말입니까?"

"그건 내가 모르는 게 당연하고, 알려고 애쓸 필요도 없어. 이제 평범한 사실들의 가치를 재평가하기에 충분한 시간이 흘렀어. 세

가지 살인 사건에서 진상을 파헤쳐 줄 공통된 사실이나 증언이 단 한 가지도 없다는 것은 수학적인 법칙에 위배되는 일이야. 하나의 방향을 가리키는 어떤 사소한 사건, 어떤 사소한 언급이 분명히 있을 거야! 짚더미 속에서 바늘 찾기나 마찬가지지만, 단언하건대 짚더미 속에는 바늘이 있는게 분명해. 나는 그걸 확신하네!"

그 말은 내게 몹시 막연하고 모호하게 들렸다.

"도통 모르겠다는 표정이잖나? 자네는 평범한 하녀보다도 눈치가 떨어지는구먼."

그는 나에게 편지 한 통을 건넸다. 편지의 글씨체는 한쪽으로 눕혀 쓴 교실 칠판 글씨처럼 단정했다.

친애하는 선생님, 이렇게 제멋대로 편지를 쓰는 것을 용서해 주시기 바랍니다. 이모의 사건과 비슷한 이 끔찍한 두 살인 사건 이후 저는 많은 생각을 했습니다. 우리는 모두 한 배를 탄 거잖아요? 저는 신문에서 젊은 숙녀의 사진을 보았습니다. 벡스힐에서 피살된 아가씨의 언니 말이죠. 저는 용기를 내어 그녀에게 편지를 써서 일자리를 구하러 런던에 가는데 그분이나 그분의 어머니를 만나러 가도 좋겠는지 여쭤봤어요. 두 사람의 지혜가 한 사람보다 나을 거라고 하면서 말입니다. 저는 대단한 응징을 원하지는 않지만, 이런 끔찍한 짓을 저지른 악마가 누구인지 알아내고 싶고, 우리가 알고 있는 것을 서로 이야기한다면 그 일을 보다 잘 해낼 수 있을 것이다, 그것으로부터 뭔가를 알아낼 수 있을 것이라고 썼지요.

그 젊은 숙녀는 친절하게도 답장에서 자신이 일하는 사무실이 어디인지, 어떤 호텔에 묵고 있는지를 알려주더군요. 그러면서 선생님께 편지를 쓰는 것이 좋겠다고 하면서, 자기도 그간 저와 똑같은 생각을 하고 있었다고 하지 않겠습니까. 우리는 같은 곤경에 처해 있으니 함께 이겨내야 한다고 하면서요. 그래서 선생님, 이렇게 편지를 써서 제가 런던으로 간다는 걸 알려 드립니다. 이것이 저의 주소입니다.

선생님을 번거롭게 해 드리지 않았기를 바라며, 이만 줄입니다.

메리 드로어

"메리 드로어 양은 아주 똑똑한 아가씨일세."

푸아로가 말했다.

그는 또 다른 편지를 집어 들었다.

"이걸 읽어 보게."

그것은 프랭클린 클라크에게서 온 것으로, 런던으로 오고 있는 중이고 폐가 되지 않는다면 다음 날 푸아로를 방문하겠다는 내용이었다.

"실망하지 말게, 몬 아미. 행동이 개시되었다네."

푸아로가 말했다.

## 푸아로, 연설하다

프랭클린 클라크는 다음 날 오후 3시경 도착해 뜸들이지 않고 곧장 본론으로 들어갔다.

"무슈 푸아로, 전 만족할 수 없습니다."

"만족할 수 없다뇨, 클라크 씨?"

"크롬이 경험 많은 경찰이라는 건 의심하지 않습니다만, 솔직히 말씀드려서 그는 제 신경을 건드립니다. 뭐든지 자기가 제일 잘났다는 듯이 행동하는 그 태도는 정말 못 참겠더군요. 처스턴에서 여기 계신 당신 친구 분께 이런 뜻을 살짝 비친 적이 있습니다만, 지금까지 돌아가신 형님의 뒤처리를 해야 했으므로 시간이 나지 않았답니다. 무슈 푸아로, 제 생각은 말이죠……. 우물거리다가 기회를 놓쳐서는 안 된다는 겁니다."

"헤이스팅스가 줄곧 하는 말이 바로 그거랍니다!"

"……행동에 착수해야 합니다. 우리는 다음 번 범죄에 대비해야 합니다."

"그럼 당신은 다음 번 범죄가 일어날 것이라고 보십니까?"

"선생님은 그렇게 생각하지 않으시고요?"

"저도 물론 그렇게 생각하죠."

"그렇다면 좋습니다. 하지만 전 좀 더 조직적으로 움직였으면 좋겠습니다."

"좀 더 구체적으로 말씀해 주시겠습니까?"

"저는 말입니다, 무슈 푸아로, 당신의 지휘 아래 움직이는 특별팀 같은 게 있었으면 합니다. 살해당한 이들의 친구나 친척으로 이루어진 팀 말입니다."

"윈 본 이데(좋은 생각이군요)!"

"인정해 주시니 기쁩니다. 우리가 지혜를 모음으로써 뭔가 소득을 얻을 수 있을 거라는 느낌이 드는데요. 아울러 다음 번 경고장이 오면 우리 중의 하나가 해당 장소에 가서…… 가능성이 높다는 얘기는 아닙니다만, 이전 범죄의 현장 근처에서 보았던 사람을 알아볼 수도 있을 것 같습니다."

"어떤 생각인지 알겠고 그 제안에 동의합니다. 하지만 클라크 씨, 다른 희생자들의 친지나 친구는 당신 같은 지위에 있지 않습니다. 그들은 직장에 매여 있지요. 짧게 휴가를 낼 수는 있겠지만……."

프랭클린 클라크가 그의 말허리를 잘랐다.

"제 말이 바로 그겁니다. 경제적인 지원을 할 수 있는 사람은 저뿐인 것 같습니다. 저 자신은 특별히 부자가 아니지만, 부자인 형님이 돌아가셨으므로 그 재산이 제게 올 겁니다. 조금 전 말씀드린 대로 특별팀을 구성하게 되면 제가 그 팀원들에게 현재 그들이 받고 있는 것과 같은 정도의 급료를 지불하겠습니다. 물론 부가 경비도 함께요."

"그 팀의 구성 인원은 누가 되어야 한다고 생각하십니까?"

"그 점을 생각해 두었지요. 실제로 저는 메건 바너드 양에게 편지를 썼습니다. 물론 이건 부분적으로 그녀의 아이디어이기도 합니다. 저 자신과 바너드 양, 죽은 아가씨와 약혼했던 도널드 프레이저 씨를 넣으면 어떨까 합니다. 그리고 앤도버에서 피살된 부인의 조카가 있지요. 바너드 양이 그녀의 주소를 알고 있습니다. 그 부인의 남편은 우리에게 아무런 도움이 되지 않을 것 같습니다. 듣자니 대개 술에 취해 있다는군요. 또한 그 아가씨 부모 되시는 바너드 씨 부부는 활동적으로 돌아다니기에는 좀 연로하신 것 같고요."

"그 외에는요?"

"음…… 그러니까…… 그레이 양을 넣었으면 합니다."

그 이름을 말하면서 그는 살짝 얼굴을 붉혔다.

"오! 그레이 양?"

이 세상에서 한두 마디 특정 단어로 살짝 비꼬는 듯한 눈치를 주는 데 푸아로보다 뛰어난 사람은 없을 것이다. 서른다섯인 프랭클린 클라크를 어린아이로 만들 정도였으니 말이다. 그는 갑자기 수줍은 어린 학생이 된 것 같았다.

"예, 알다시피 그레이 양은 2년 동안 제 형님과 함께 일했습니다. 그녀는 그곳과 그곳 사람들, 그밖에 모든 것들을 알고 있습니다. 저는 1년 반 동안 집을 떠나 있었지만요."

푸아로가 그를 딱하게 여긴 듯 화제를 바꾸었다.

"아시아에 계셨었다고요? 중국에요?"

"예, 형님을 위해 여기저기 돌아다니며 물건을 구매하는 일을 했지요."

"무척 흥미로운 일이었겠군요. 에 비엥(그건 그렇고) 클라크 씨, 전 당신의 아이디어를 높이 삽니다. 바로 어제 저도 관련된 사람들의 '라프로슈망(친교)'이 필요하다고 헤이스팅스에게 말했지요. 기억을 모으고, 여러 가지 사항을 비교하는 것, 요컨대 그런 것들에 관해 이야기하고 또 이야기하는 것이 필요합니다. 전혀 중요하지 않은 문장에서 퍼뜩 생각나는 것이 있을 수 있으니까요."

며칠 후 문제의 '특별팀'이 푸아로의 방에 모였다.

그들이 자리에 앉아 회의석의 의장처럼 탁자의 상석에 앉은 푸아로를 공손한 눈길로 바라보고 있는 동안, 나는 그들을 찬찬히 살펴보며 처음에 받았던 인상을 확인하거나 수정하기 시작했다.

그곳에 모인 세 여자들 모두 눈에 띄는 모습을 하고 있었다. 도라 그레이는 뛰어난 미모의 소유자였고, 메건 바너드는 가무잡잡한 피부에 홍인종 인디언처럼 특이하게 정적인 얼굴을 하고 있어 강렬한 인상을 주었으며, 검은 외투와 스커트를 말쑥하게 차려입은 메리 드로어에게서는 지적인 아름다움이 느껴졌다. 남자들을 보자면, 프랭클린 클라크는 몸집이 크고 그을린 피부에 말이 많은 편이었고, 도널드 프레이저는 자제력이 강하고 조용한 태도로 흥미로운 대조를 보이고 있었다.

이런 기회를 도저히 그냥 넘겨 버릴 수 없었던 푸아로가 간단하게 연설을 시작했다.

"마담 그리고 메시외(신사 숙녀 여러분), 여러분은 우리가 왜 이곳에 모였는지 알고 계실 겁니다. 경찰은 범인을 잡기 위해 최선을 다하고 있습니다. 저 역시 제 나름의 방법대로 노력하고 있고요. 하지만 제가 보기에 이 문제에 사적으로 관심을 가진 이들, 희생자들을 개인적으로 알고 있는 이들이 모임으로써 외부 수사를 통해선 얻을 수 없는 성과를 기대할 수 있을 것 같습니다.

이제 희생자는 셋입니다. 노부인과 젊은 아가씨, 노신사 말입니다. 이 세 사람을 하나로 연결할 수 있는 것은 오직 하나뿐입니다. 같은 사람에 의해 살해되었다는 거죠. 그것은 문제의 같은 인물이 각각 다른 세 장소에 갔었다는, 따라서 많은 이들에게 필연적으로 목격되었으리라는 뜻입니다. 그자가 중증의 미치광이라는 사실은 이야기할 필요도 없겠지요. 그의 외모나 행동으로는 그런 사실을 전혀 눈치 챌 수 없다는 것 역시 분명합니다. 제가 '그'라고 부르고 있긴 하지만 그 사람은 여자일 수도 있습니다. 그 사람은 정말이지 악마적인 교활함과 광기의 소유자입니다. 이제까지 자신의 흔적을 감추는 데 완벽하게 성공했습니다. 경찰은 막연한 짐작만 하고 있을 뿐 행동에 착수할 근거를 전혀 확보하지 못했습니다.

그렇지만 막연하지 않은, 명백한 사실들도 분명 존재합니다. 한 가지 사실을 보자면, 이 살인자는 한밤중에 벡스힐 해변으로 와서, 마침 이름이 B로 시작하는 젊은 숙녀를 우연히 만난 것이 아니라는 겁니다……."

"그 이야기를 꼭 해야 합니까?"

입을 연 사람은 도널드 프레이저였다. 내적 분노가 몸 속을 쥐어 짜낸 것 같은 한마디였다.

"모든 이야기를 해야 할 필요가 있습니다, 무슈."

푸아로가 그에게로 몸을 돌리며 말했다.

"당신이 이곳에 온 것은 세부사항을 접어 두어 감정을 다치지 않기 위해서가 아니라, 필요하다면 괴롭더라도 사태의 '오 퐁(핵심)'까지 파고들기 위해섭니다. 조금 전 말했듯이 베티 바너드가 ABC의 희생자가 된 것은 우연이 아니었습니다. 그자가 고의적으로 고른 겁니다. 그러니까 사전에 계획한 것이지요. 다시 말해서 그는 미리 그곳을 답사했을 게 분명합니다. 그가 알아낸 사실들이 있습니다. 앤도버에서는 범행을 저지르기에 가장 적당한 시간, 벡스힐에서는 미장센(배경), 처스턴에서는 카마이클 클라크 경의 습관 같은 것 말입니다. 저로서는 여기에 단서가, 그의 신원을 밝혀줄 수 있는 최소한의 암시가 있으리라고 생각합니다.

추측하건대 여러분 중의 하나, 혹은 여러분 모두에게는 스스로는 의식하지 못하지만 분명히 알고 있는 사실이 있을 겁니다.

서로 이야기를 나누다 보면 곧 그 어떤 사실이 드러나고, 이제까지는 생각지도 못했던 의미를 띠게 될 것입니다. 마치 조각 퍼즐 맞추기처럼, 여러분 각자가 가진 사실 한 가지는 표면적으로 보기에 의미가 없는 것 같지만, 서로 맞추어 보면 전체적인 그림의 모습이 명료하게 드러나게 되는 겁니다."

"말을 위한 말이군요!"

메건 바너드가 외쳤다.

"예?"

푸아로는 묻는 듯한 눈길로 그녀를 바라보았다.

"선생님이 하고 계신 말씀 말이에요. 말을 위한 말에 불과해요. 아무런 의미도 없다고요."

그녀의 목소리에는 절박한 강렬함 같은 것이 담겨 있었으므로 나는 그녀의 뚜렷한 개성을 느낄 수 있었다.

"말이란 건 말입니다, 마드무아젤, 생각이 걸치는 유일한 옷이랍니다."

"음, 제 생각엔 타당한 것 같아요. 납득이 가는 이야기예요, 아가씨. 이런저런 것들에 대해 이야기하게 되면 사태가 명확하게 보이는 경우가 종종 있거든요. 머리가 모르고 있는 것을 때때로 마음이 보충해주기도 하니까요. 이야기를 함으로써 이런 저런 방식으로 많은 것들이 떠오를 수 있답니다."

메리 드로어가 말했다.

"여기서 우리가 원하는 건, '말이 적으면 화근도 적다'는 것의 역인 셈이군요."

프랭클린 클라크가 말했다.

"어떻게 생각하십니까, 프레이저 씨?"

푸아로가 물었다.

"선생님 말씀이 실제적으로 효과가 있을지 의구심이 듭니다, 무슈 푸아로."

"당신 생각은 어때요, 도라?"

클라크가 물었다.

"사태에 대해 이야기하는 것이 나쁠 것은 없다고 생각해요."

"그럼 살인이 일어난 날에 대한 각자의 기억을 더듬어보는 것이 좋겠군요. 먼저 말씀해 주셨으면 합니다, 클라크 씨."

푸아로가 제안했다.

"글쎄요, 형님이 살해되던 날 아침 저는 배를 타고 나갔습니다. 고등어를 여덟 마리 잡았지요. 그곳의 아름다운 만까지 갔었습니다. 점심은 집에서 먹었고요. 아일랜드식 스튜였던 것 같습니다. 해먹에서 낮잠을 잤고, 차를 마셨고, 편지를 썼고……. 우편배달부를 놓치는 바람에 편지를 부치러 페인턴으로 차를 몰고 갔습니다. 그런 다음 저녁 식사를 했고, 부끄럽지만 어릴 때부터 좋아하던 E. 네스빗* 의 책을 다시 읽었습니다. 그런데 전화벨이 울려서는……."

"거기까지면 됐습니다. 이제 돌이켜 봅시다, 클라크 씨. 그날 아침 바다로 나가는 도중에 아무도 만나지 않았습니까?"

---

* 영국의 여류 소설가. 60권이 넘는 아동용 소설을 발표했다.

"많은 사람을 만났지요."

"그들에 관해 뭔가 기억나는 것이 있습니까?"

"이젠 아무것도 생각나지 않아요."

"아무것도요?"

"음……. 가만 있자……. 몹시 뚱뚱한 여자 하나가 기억나는군요. 그 여자는 줄무늬가 있는 실크 원피스를 입고 있었는데 왜 그런 걸 입고 있는지 궁금했습니다. 아이 둘을 데리고 있었어요. 그리고 해변에서 청년 둘이 돌을 던져 폭스테리어에게 물어오라고 하고 있었고요. 아, 그렇지. 노란 머리 소녀가 수영을 하면서 울고 있었습니다. 지난 일을 돌이켜 보는 것도 재미있군요. 마치 사진이 현상되는 것 같아요."

"당신은 훌륭한 피사체랍니다. 이제 그날 후반부에 대해 말씀해 주시죠. 정원에서나…… 우체국 가는 길에 대해서요……."

"정원사가 물을 주고 있더군요……. 우체국 가는 길에 대해서요? 자전거를 타고 가는 사람을 칠 뻔했지요. 그 여자가 멍청하게도 지그재그로 다니면서 친구에게 무어라 소리를 치고 있었습니다. 이뿐인 것 같습니다."

푸아로가 도라 그레이에게 몸을 돌렸다.

"그레이 양은 어떻습니까?"

도라 그레이는 평소처럼 또렷하고 자신 있는 목소리로 대답했다.

"전 오전에는 카마이클 경과 이야기를 나누었고, 가정부를 만났어요. 오후에는 몇 통의 편지를 쓰고 바느질을 한 것 같군요. 기억해

내기가 어렵네요. 보통 날과 똑같았어요. 일찍 잠자리에 들었죠."

놀랍게도 푸아로는 더 이상 묻지 않았다. 그가 말했다.

"바너드 양, 동생을 마지막으로 보았을 때의 기억을 돌이켜 주시겠습니까?"

"그 애가 죽기 2주일 전쯤이었어요. 저는 토요일과 일요일을 지내러 집에 와 있었죠. 날씨가 좋았고요. 그래서 동생과 저는 헤이스팅스의 수영장에 갔답니다."

"대부분 무슨 이야기를 했습니까?"

"제 마음속 생각을 그 애에게 좀 말해 주었지요."

메건이 대답했다.

"그 밖에는요? 동생은 무슨 이야기를 하던가요?"

그녀는 기억을 더듬느라 미간에 주름을 잡았다.

"그 애는 돈이 몹시 쪼들린다는 이야기를 했어요. 얼마 전에 챙 모자 하나와 여름 원피스를 두어 벌 샀다더군요. 궁핍한 형편에 대해서도 말했지요……. 또 밀리 히글리가 마음에 들지 않는다고도 했어요. 같이 카페에서 일하는 아가씨 말이에요. 그리고 그 카페를 운영하는 메리온이라는 여자에 대해 이야기하면서 웃음을 터뜨렸더랬죠……. 그밖에는 기억이 나지 않네요."

"동생이 다른 남자 이야기는 하지 않던가요? 용서하십시오, 프레이저 씨. 누구를 만나기로 했다든가 하는 이야기 말입니다."

"그 애는 제게 그런 말은 하지 않았어요."

메건이 건조한 어조로 대답했다.

그 다음 푸아로는 각진 턱에 붉은 머리카락을 한 청년에게로 몸을 돌렸다.

"프레이저 씨, 기억을 돌이켜 주셨으면 합니다. 사건이 벌어진 날 저녁 문제의 카페에 가셨다고 하셨는데요. 당신의 주된 의도는 그곳에서 기다리고 있다가 베티 바너드가 밖으로 나오는 것을 지켜보기 위해서였습니다. 그곳에서 기다리면서 본 사람들 중 기억나는 사람이 있습니까?"

"너무 많은 사람들이 그 앞을 지나갔습니다. 그들 중 아무도 기억나지 않는군요."

"죄송하지만 애써 봐 주시겠습니까? 머릿속은 다른 생각으로 꽉 차 있다 하더라도 두 눈은 기계적으로 눈앞의 장면을 주시하는 법입니다. 이성적이지는 않지만 정확하게요……."

청년은 완강하게 고개를 내저었다.

"아무도 기억나지 않습니다."

푸아로는 한숨을 내쉬고는 메리 드로어에게 몸을 돌렸다.

"당신은 이모에게서 편지를 받곤 했던 것 같은데요?"

"오, 그렇습니다, 선생님."

"마지막 편지를 받은 것이 언제였습니까?"

메리 드로어는 잠시 생각을 더듬었다.

"살인이 일어나기 이틀 전이었어요."

"내용은 어떤 것이었습니까?"

"악마 같은 이모부가 줄곧 주위를 맴돌기에 따끔하게 한마디 해서 쫓아 버리셨다더군요. 이런 표현을 써서 죄송합니다, 선생님. 그러고는 돌아오는 수요일에 찾아오라고 말씀하셨지요. 제 외출날이니 함께 영화 구경을 가자고 하시더군요. 그날이 제 생일이었거든요, 선생님."

그런 소소한 가족적 추억을 떠올린 메리 드로어의 눈에 갑자기 눈물이 고였다. 그녀는 흐느낌을 삼키고는 사과했다.

"용서하세요, 선생님. 바보같이 굴고 싶지는 않았는데. 울어 봤자 소용없잖아요. 이모와 저에 대해 생각하는 것, 우리의 외출에 대해 떠올리는 것이 좀 힘드네요, 선생님."

"당신의 기분을 알고도 남습니다. 우리를 슬프게 하는 건 언제나 작은 일이지요. 특히 어떤 대접이나 선물을 받은 일, 유쾌하고 자연스러운 일이 그렇답니다. 언젠가 자동차에 깔려 죽은 여자를 본 게 기억나는군요. 막 새 신발을 산 모양이었습니다. 여자는 거기 널부러져 있었는데, 찢어진 가방 사이로 우스꽝스럽게도 굽 높은 뮬*이 비어져 나와 있더군요. 그것을 보고 저는 질겁했습니다. 너무나도 가슴 아픈 장면이더군요."

프랭클린 클라크가 말했다.

메건이 갑자기 열띠고 따뜻한 어조로 말했다.

"맞아요. 정말 맞는 말씀이세요. 베티가…… 죽고 난 다음에도 똑같은 일이 일어났지요. 엄마가 그 애에게 주려고 스타킹을 몇 켤레

---

* 뒤축이 없는 슬리퍼식 구두.

사신 모양이에요. 사건이 일어난 바로 그날 사셨다고 하셨죠. 가엾은 우리 엄마, 마음이 아파서 어쩔 줄 모르시더군요. 그걸 쥐고 우시면서 거듭 이렇게 중얼거리시더군요. '베티를 주려고 저걸 샀는데……. 베티를 주려고……. 그런데 전해 주기도 전에…….'"

그녀의 목소리가 조금 떨렸다. 그녀는 몸을 앞으로 내밀면서 프랭클린 클라크를 지그시 응시했다. 그들 사이에 문득 공감이 생겨나 있었다. 같은 어려움을 당한 사람들 사이의 형제애 같은 것일까.

"압니다. 알고말고요. 돌이키기 정말 괴로운 그런 기억이지요."

프랭클린이 말했다.

도널드 프레이저가 불편한 듯 몸을 움직거렸다. 도라 그레이가 화제를 바꾸었다.

"뭔가 계획을 세워야 하지 않을까요? 앞으로의 일에 대비해서 말이에요."

그녀가 물었다.

"물론입니다."

프랭클린 클라크가 평소의 태도를 되찾으며 말했다.

"그 순간을 놓치지 말아야 합니다. 다시 말해 네 번째 편지가 올 때 말이죠. 우리는 힘을 합쳐야 합니다. 그때까지 우리는 나름대로 운을 시험해 볼 수 있을 겁니다. 무슈 푸아로께서는 다시 조사하고 싶으신 게 좀 있을 것 같은데요?"

"몇 가지 제안을 하겠습니다."

푸아로가 말했다.

"좋습니다. 제가 적도록 하지요."

프랭클린 클라크가 공책을 꺼냈다.

"말씀하십시오, 무슈. 첫 번째는……?"

"카페 종업원인 밀리 히글리가 뭔가 도움이 될 사실을 알고 있을 수도 있습니다."

"첫째……. 밀리 히글리."

프랭클린 클라크가 받아 적었다.

"두 가지 접근 방법을 제안합니다. 바너드 양 당신이, 소위 공격적으로 접근하시는 겁니다."

"그게 제 스타일에 맞을 거라고 생각하셨나 보죠?"

메건이 건조하게 물었다.

"그 아가씨와 말다툼을 벌이세요. 그 아가씨가 당신 동생을 좋아한 적이 없었다는 것, 그리고 당신 동생이 그녀를 두고 말한 모든 이야기를 전해 주는 겁니다. 내가 틀리지 않았다면, 그걸 시작으로 많은 비난이 쏟아져 나오겠지요. 그녀는 당신 동생에 대한 진짜 감정을 털어놓게 될 겁니다! 그러면 도움이 될 만한 사실을 건질 수 있습니다."

"두 번째 방법은요?"

"이런 제안을 하는 게 어떨지 모르지만, 프레이저 씨, 그 아가씨에게 관심을 보이시는 게 어떨까요?"

"꼭 그래야 한다면요."

"아뇨, 반드시 꼭 그래야 하는 건 아닙니다. 그저 조사 방법 중의 하나지요.”

“제가 하면 어떨까요?”

프랭클린이 물었다.

“전…… 그러니까…… 그런 경험이 좀 많습니다, 무슈 푸아로. 그 젊은 숙녀와의 일은 제게 맡겨 주십시오.”

“당신 할 일은 따로 있을 거예요.”

도라 그레이가 상당히 날카로운 어조로 말했다.

프랭클린은 살짝 고개를 떨어뜨렸다.

“예, 그렇겠군요.”

“투 드 멤(하지만) 지금으로서는 프랭클린 씨가 댁에서 할 일은 그리 많지 않은 것 같은데요. 지금 클라크 집안에는 마드무아젤 그레이 쪽이 훨씬 필요한 시점일 것 같습니다만…….”

그때 도라 그레이가 푸아로의 말허리를 잘랐다.

“하지만 무슈 푸아로, 저는 데번을 영영 떠나왔답니다.”

“예? 무슨 말씀인지 알 수가 없군요.”

프랭클린이 말했다.

“그동안 그레이 양은 친절하게도 남아서 저를 도와 일처리를 해 주었습니다. 하지만 이제 런던에서 일자리를 찾고 싶어 하는 게 당연하지요.”

푸아로가 그들 두 사람을 날카로운 눈길로 차례로 쏘아보았다.

“레이디 클라크는 요즘 어떻습니까?”

푸아로가 물었다.

나는 도라 그레이 양의 얼굴이 살짝 붉어지는 것을 감탄의 눈길로 바라보느라 클라크의 대답을 하마터면 듣지 못할 뻔했다.

“상당히 나쁩니다. 그건 그렇고 무슈 푸아로, 혹시 데번에 오셔서 형수님을 만나 봐 주실 수 없으신지요? 제가 떠나오기 전 형수님은 선생님을 만나 보고 싶다는 뜻을 밝히셨어요. 물론 며칠 연달아 사람을 만나는 것은 형수님의 건강상 무리가 있습니다만, 그래도 와 주실 수 있다면……. 물론 비용은 제가 부담하지요.”

“당연히 그렇게 하겠습니다, 클라크 씨. 모레쯤이 어떨까요?”

“좋습니다. 간호사에게 일러두면 약의 양을 조절할 겁니다.”

푸아로가 메리에게 몸을 돌리며 말했다.

“아가씨는 말입니다, 앤도버에서 할 일이 좀 있을 것 같습니다. 아이들을 좀 만나 보세요.”

“아이들을요?”

“그렇답니다. 아이들은 낯선 사람에게 쉽게 이야기를 하려 들지 않지요. 하지만 그 거리에서 아가씨는 낯익은 사람일 겁니다. 그곳에는 밖에 나와 노는 아이들이 많더군요. 그들 중 누군가가 이모의 상점에 들어갔다 나오는 것을 본 사람이 있을 수도 있답니다.”

“그레이 양과 저는요? 그러니까 벡스힐에 갈 필요가 없다면요.”

클라크가 물었다.

“무슈 푸아로, 세 번째 편지에는 어디 우체국의 소인이 찍혀 있었나요?”

도라 그레이가 물었다.

"퍼트니였습니다, 마드무아젤."

그녀가 생각에 잠긴 표정으로 물었다.

"SW15*, 맞죠?"

"신문이 그런 부분을 틀리지 않고 정확히 보도하다니 저도 의외였습니다."

"그걸 보면 ABC는 런던 사람인 것 같아요."

"표면적으로는 그렇지요."

그때 클라크가 말했다.

"우리가 그자를 끌어낼 수 있어야 해요. 무슈 푸아로, 제가 광고를 내면 어떨까요? 'ABC, 긴급사항, 정체가 노출될 우려가 있음. 비밀을 지키는 데 100파운드. XYZ.'라고 말입니다. 무척 조악하긴 하지만 무슨 뜻인지는 알아듣겠죠. 이렇게 하면 그자를 유인할 수 있을지도 몰라요."

"그럴 수도 있습니다……. 맞아요."

"그자를 유인해 저를 제거하려 들게 할 수도 있고요."

클라크의 말에 도라 그레이가 날카롭게 말했다.

"그건 매우 위험하고 어리석은 생각이에요. 무슈 푸아로, 선생님 생각은 어떠세요?"

"해 보는 거야 나쁠 것 없지요. 하지만 ABC는 워낙 교활해서 말려들지 않을 겁니다."

---

* 런던 제15 남서 우편구.

푸아로가 살짝 미소를 지었다.

"클라크 씨, 나쁜 뜻으로 드리는 말은 아니지만 당신은 아직도 소년다운 데가 있군요."

프랭클린 클라크는 조금 당황한 기색이었다.

"음, 시작해 봅시다."

그가 공책을 바라보며 말했다.

A — 바너드 양과 밀리 히글리.

B — 프레이저 씨와 히글리 양.

C — 앤도버의 아이들.

D — 광고.

"이것들 중에 크게 도움이 될 만한 게 있을 것 같진 않군요. 하지만 기다리는 동안 해 볼 가치는 있지요."

그는 자리에서 일어섰고, 잠시 뒤 모임은 해산되었다.

## 스웨덴을 거쳐

푸아로는 자기 자리로 돌아와 앉으며 혼자 나직하게 콧노래를 불렀다.

"그 아가씨는 너무 영리해서 탈이야."

그가 중얼거렸다.

"누구 말입니까?"

"메건 바너드. 마드무아젤 메건 말일세. '말을 위한 말이에요.' 하고 단언하지 않던가. 그녀는 내가 하는 이야기가 무의미하다는 걸 즉각 간파했네. 다른 사람들은 모두 속아 넘어갔는데 말이야."

"난 당신 말이 무척 그럴 듯하다고 생각했는데요."

"그럴 듯하다, 그렇지. 그녀는 바로 그걸 눈치 챈 거야."

"그럼 그 말은 진지한 뜻에서 한 게 아니란 건가요?"

"내가 한 말은 결국 단 한 문장을 되풀이한 것뿐이라네. 나는 애드리브로만 일관했는데, 그 사실을 알아챈 사람은 마드무아젤 메건 뿐이었다네."

"하지만 왜 그랬던 거죠?"

"에 비엥(그러니까) 사태가 굴러가도록 하기 위해서였지! 모든 이들에게 해야 할 일이 있다는 인상을 불어넣어 주기 위해서! 대화를 시작하기 위해서 말일세!"

"당신은 아까의 방법들이 모두 소용이 없을 거라고 생각한다는 겁니까?"

"오, 가능성은 언제나 있지."

푸아로가 킬킬거렸다.

"비극 한가운데서 우리는 희극을 시작한 셈이야, 그렇지 않나?"

"무슨 뜻이죠?"

"휴먼 드라마 말일세, 헤이스팅스! 잠깐만 생각해 보라고. 지금 여기에는 공통의 비극을 당한 세 부류의 사람들이 있어. 이제 곧 두 번째 드라마가 시작될 거야. 투 타 페 아 파르(완전히 별도로 말이지). 내가 영국에서 처음으로 맡았던 사건 기억나는가? 오, 벌써 여러 해 전이군. 나는 서로 사랑하고 있던 두 사람을 맺어 주었지. 그들 중 하나를 살인자로 체포하는 간단한 방법을 동원해서 말이야!* 다른 어떤 방법으로도 그보다 더 쉽게 그 일을 해내진 못했을 거야! 우리는 죽음 한가운데서 살고 있다네, 헤이스팅스……. 내가 종종 말했

* 푸아로가 데뷔한 『스타일스 저택의 괴사건』에 대한 언급이다.

듯이 살인이라는 건 참으로 위대한 중매쟁이거든."

내가 발끈해서 외쳤다.

"정말이지, 푸아로, 확신하건대 그 사람들 중 누구도 죽음에 대해서 그런 생각 같은 건 하지……."

"오! 친애하는 친구, 그럼 자네 자신은 어떤가?"

"나요?"

"메 위(그래). 그들이 떠나고 나서 자네는 콧노래를 부르며 집 안으로 들어오지 않았나?"

"목석이 아니니까 그럴 수 있지요."

"물론이지, 하지만 그 곡조가 자네의 생각을 말해 주던걸."

"그랬나요?"

"그렇다네. 콧노래를 부르는 것은 극도로 위험한 일이야. 그건 잠재의식을 드러내거든. 자네가 부른 콧노래는 전시에 불리던 노래 같더군. 콤 싸(그런 걸 거야)."

푸아로가 지독한 가성으로 노래를 부르기 시작했다.

> 언젠가 갈색 머리 여인을 사랑하리,
> 언젠가 금발 머리 여인을 사랑하리,
> (에덴에서 스웨덴을 거쳐 내게 온 그 여인을).

"무엇이 이보다 더 시사적일 수 있겠나? 메 주 크루아 크 라 블롱드 랑포르트 쉬르 라 브뤼네트(그런데 내가 보기에는 금발 머리가 갈색 머리보다 높은 점수를 얻은 것 같더군)!"

"정말이지, 푸아로!"

내가 살짝 얼굴을 붉히며 소리쳤다.

"세 투 나튀렐(그건 아주 자연스러운 거라네). 프랭클린 클라크가 마드무아젤 메건의 말에 문득 공감을 표하는 걸 보았나? 그가 몸을 앞으로 기울이고 그녀를 바라보는 모습을 보았나? 그리고 마드무아젤 도라 그레이가 그것을 얼마나 짜증스러워했는지 눈치 챘나? 그리고 도널드 프레이저는……."

"푸아로, 당신은 구제불능의 감상주의자예요."

내가 말했다.

"감상적이라는 건 내 마음에서는 가장 꽁무니에 있는 감정인데. 자네가 감상적인 부류이지, 헤이스팅스."

내가 그 점을 따지고 들려는 순간 문이 열렸다.

놀랍게도 문을 열고 들어온 사람은 도라 그레이였다.

"이렇게 돌아와서 죄송합니다. 하지만 말씀드리고 싶은 것이 있어서요, 무슈 푸아로."

그녀가 침착하게 말했다.

"그러시겠죠, 마드무아젤. 앉으시겠습니까?"

그녀는 자리에 앉아서는 할 말을 고르는 듯 잠시 망설였다.

"다름이 아니라요, 무슈 푸아로. 조금 전 클라크 씨는 너그럽게도 제가 원해서 컴비사이드를 떠나왔노라고 하셨지요. 그분은 무척 친절하고 성실한 분이세요. 하지만 속사정은 상당히 다르답니다. 저는 그곳에 머물러 있을 준비가 되어 있었어요. 수집품과 관련해 할 일이 많거든요. 그렇지만 제가 떠나기를 바란 건 레이디 클라크였어요! 저는 이해할 수 있어요. 그분은 병이 중한 사람이고, 복용하는 약 때문에 정신이 좀 흐릿하세요. 그래서 의심도 많아지고 쓸데없는 상상도 하시는 거죠. 결국 어이없게도 제게 반감을 갖고 저를 그 집에서 내보내야 한다고 고집을 부리셨답니다."

나는 그녀의 용기에 감탄하지 않을 수 없었다. 그녀는 대부분의 사람들처럼 사실을 감추려 하는 대신 감탄할 만한 솔직성으로 요점을 짚어 말했다. 나는 감탄과 공감으로 그녀에게 호감을 느꼈다.

"이렇게 오셔서 말씀해 주시니 정말 멋지군요."

내가 말했다.

"진실이 언제나 최선이니까요."

그녀가 살짝 미소를 지으며 말했다.

"저는 클라크 씨의 관용 뒤에 숨고 싶진 않아요. 그분은 무척 아량이 넓으신 분이에요."

그녀의 말 속에는 따뜻함이 담겨 있었다. 프랭클린 클라크를 무척 존경하고 있음이 분명했다.

"당신은 무척 정직한 분입니다, 마드무아젤."

푸아로가 말했다.

"제게는 좀 충격이에요. 사실 저는 클라크 경의 부인이 저를 그렇게까지 미워하시는 줄 몰랐거든요. 저는 줄곧 부인이 저를 좋아하는 줄 알았답니다."

도라가 안타깝다는 듯 말하더니 얼굴을 찡그렸다.

"그래서 죽을 때까지 배워야 한다고 했나 봐요."

그녀가 자리에서 일어섰다.

"이 말을 하려고 온 거였어요. 그럼 안녕히 계세요."

나는 그녀를 아래층까지 바래다주었다.

"무척 정정당당한 성격인 것 같군요. 용기가 있어요, 저 아가씨 말입니다."

방으로 돌아와서 내가 말했다.

"그리고 계산도 밝지."

"무슨 뜻으로 하시는 말씀입니까? 계산이라뇨?"

"저 아가씨에게는 선견지명이 있단 말일세."

내가 의아한 눈길로 푸아로를 바라보았다.

"정말이지 사랑스러운 아가씨에요."

내가 말했다.

"그리고 무척 사랑스러운 옷을 입고 있지. 고급 크레이프에 은빛 여우털 깃이 달려 있는 데르니에 크리(최신 유행) 옷 말이야."

"여자 옷 디자이너라도 되는 것 같군요, 푸아로. 난 사람들이 뭘 입고 있는가 하는 것을 눈여겨 본 적이 없어요."

"자네는 나체촌으로 가야 할 사람일세."

내가 발끈 해서 무어라 반박하려는 순간, 그가 갑자기 화제를 바꾸었다.

"혹시 아나, 헤이스팅스? 오늘 오후 우리가 한 대화 속에 이미 무엇인가 중요한 이야기가 나온 건 아닌지. 기묘하게도 그런 느낌이 드는구먼. 그게 무엇인지 꼭 짚어 말하진 못하겠네……. 그저 마음을 스쳐간 인상일 뿐이야. 내가 이미 듣거나 봤던, 혹은 개입했던 무엇인가를 떠오르게 하는 것이었는데……."

"처스턴에서 들은 일입니까?"

"아니, 처스턴은 아닐세……. 그 전이었어. 상관없네, 곧 머릿속에 떠오를 거야……."

그는 나를 바라보고는 (아마도 내가 그의 말을 건성으로 듣고 있었던 모양이었다.) 웃음을 터뜨리더니 또다시 콧노래를 부르기 시작했다.

"그 여잔 천사 같지 않나? 에덴에서 스웨덴을 거쳐 온……."

"푸아로! 그만하라니까요!"

# 레이디 클라크

우리가 두 번째로 컴비사이드를 찾아갔을 때, 그곳에는 만성적인 울적함이 속속들이 깃들어 있었다. 그건 대기에 가을 기운이 감도는 축축한 9월 날씨 때문이었을 수도 있고, 또 한편으로는 그 저택의 절반 정도에 빗장이 걸려 있었기 때문이었을 수도 있다. 아래층 방들은 굳게 닫힌 채 덧문이 내려져 있었으며, 우리가 안내된 작은 방에서도 축축하고 정체된 느낌이 감돌았다.

유능해 보이는 간호사가 빳빳한 소매 단을 끌어내리며 우리가 앉아 있는 방으로 들어왔다.

그녀가 쾌활한 어조로 물었다.

"무슈 푸아로신가요? 진 캡스틱 간호사입니다. 클라크 씨가 편지로 선생님이 오실 거라고 하더군요."

푸아로는 레이디 클라크의 건강 상태를 물었다.

"모든 것을 고려해 볼 때 그렇게 나쁜 편은 아니에요."

'모든 것을 고려해 볼 때'란 부인이 불치병 판정을 받았다는 뜻이리라고 나는 추측했다.

"물론 크게 호전될 희망은 없지만, 새로운 치료법이 부인을 한결 편안하게 해 드리고 있어요. 로건 박사님은 부인의 상태에 무척 만족하고 계세요."

"하지만 부인이 회복될 수 없다는 건 사실 아닌가요?"

"오, 우리는 그런 말은 하지 않는답니다."

간호사는 그런 노골적인 표현이 상스럽다는 투로 말했다.

"남편의 죽음으로 부인의 충격이 크셨겠습니다."

"음, 무슈 푸아로, 제 말의 의미를 이해하실지 모르지만 현재 부인 같은 상태에 놓이게 되면 정신적으로나 신체적으로 건강한 이들만큼 충격을 받지 않는답니다. 현재의 클라크 부인에게는 만사가 몽롱하게 느껴지지요."

"이런 질문을 해서 죄송합니다만 클라크 경 부부는 서로 사이가 좋았나요?"

"오, 그럼요. 두 분은 몹시 행복한 부부였어요. 클라크 경은 부인을 몹시 염려하고 괴로워하셨어요, 가엾은 어른. 그럴땐 경 같은 의사들이 제일 힘들죠. 헛된 희망을 품는 것조차 불가능하니까요. 그래서 초기엔 마음 고생이 매우 심하셨던 것 같아요."

"초기라고요? 나중에는 그 정도는 아니었다는 건가요?"

"사람은 어떤 일에든 적응하게 되는 것 아닌가요? 그리고 카마이클 경에겐 수집품이 있었어요. 취미 생활은 사람에게 커다란 위안이 되죠. 이따금 경매에 다녀오시는 한편 그레이 양과 함께 목록을 정리하고 새 시스템으로 화랑을 재정비하느라 분주하셨지요."

"오, 예. 그레이 양과 함께 말이죠. 그녀는 이곳을 그만두지 않았나요?"

"예, 그렇게 되어 정말 유감이에요. 하지만 여자들은 몸이 아프면 종종 지나친 생각을 하기 마련이랍니다. 그런 상태에 있는 사람들과는 토론을 벌여 봤자 소용없어요. 그냥 포기하는 편이 낫죠. 그레이 양은 그 문제에 대해 아주 지각 있게 행동했어요."

"레이디 클라크는 줄곧 그녀를 싫어했나요?"

"아뇨, 그러니까 싫어한 건 아니었어요. 실제로 부인은 처음에 그녀를 마음에 들어 하신걸요. 이런, 이런 얘기는 그만 해야겠네요. 환자분이 우리가 뭘 하고 있나 궁금해 하실 거예요."

그녀는 우리를 위층 첫 번째 방으로 안내했다. 원래 침실이었던 그곳은 이제 쾌적해 보이는 응접실로 바뀌어 있었다.

레이디 클라크는 창가에 놓인 큰 팔걸이의자에 앉아 있었다. 그녀는 보기 딱할 정도로 여위었고, 얼굴에는 지독한 고통을 겪고 있는 이들이 보이는 생기 없고 초췌한 표정이 떠올라 있었다. 약간 멍한 그녀의 눈빛은 꿈꾸는 듯했으며 눈동자에는 초점이 없었다.

"이분이 마님이 만나 보고 싶어 하시던 무슈 푸아로예요."

캡스틱 간호사가 높고 명랑한 목소리로 말했다.

"오, 그렇군요, 무슈 푸아로."

부인이 모호한 어조로 말했다.

그녀가 한 손을 내밀었다.

"제 친구 헤이스팅스 대위입니다, 레이디 클라크."

"안녕하세요. 두 분이 와주셔서 정말 기뻐요."

우리는 부인이 애매한 손짓으로 가리키는 의자에 앉았다. 잠시 침묵이 흘렀다. 부인은 한동안 백일몽에 빠져든 것 같더니 살짝 애를 쓰면서 정신을 차리는 것 같았다.

"두 분은 그이 일로 오셨겠죠? 그의 죽음에 대한 일 말이에요. 오, 그렇지요."

그녀는 한숨을 내쉬었지만, 여전히 멍한 태도로 고개를 내저었다.

"이렇게 되리라고는 전혀 생각지 못했는데……. 틀림없이 제가 먼저 죽을 줄 알았어요……."

그녀는 잠시 생각에 잠겼다.

"그이는 아주 강한 사람이었어요. 나이에 비해 무척 건강했지요. 앓아 본 적도 없어요. 60세가 다 되었지만 50세처럼 보였는데……. 그래요, 무척 건강했어요……."

그녀는 또다시 백일몽 속으로 빠져들었다. 푸아로는 가만히 기다렸다. 어떤 약은 먹으면 시간이 무한히 늘어나는 듯한 착각을 느끼게 한다는 사실을 그는 잘 알고 있었다.

레이디 클라크가 갑자기 말했다.

"그래요……. 와 주셔서 좋군요. 제가 프랭클린 도련님에게 얘기를 했죠. 도련님은 잊지 않고 선생님을 찾아 뵙겠다고 하더군요. 도런님이 어리석게 군 건 아니겠지요……. 그렇게 세계 곳곳을 돌아다녔으면서도 너무 순진하답니다. 남자들은 정말이지, 영원히 어른이 되지 못하는 것 같아요……. 특히 프랭클린은요."

"그는 충동적인 성격을 가졌더군요."

푸아로가 말했다.

"예, 그래요……. 그리고 여자들에게 무척 관대하죠. 남자들은 그 점에서 너무 어리석어요. 심지어는 그이도……."

레이디 클라크의 말꼬리가 흐려졌다. 그녀가 살짝 흥분한 듯 조바심을 내며 고개를 저었다.

"모든 게 너무 희미해요……. 몸이란 성가신 거랍니다, 무슈 푸아로. 특히 육체가 정신보다 우세한 위치에 있을 땐 말이죠. 그 밖의 다른 것에는 신경을 쓸 수 없어요. 그 외에는 중요하게 여겨지질 않는답니다."

"압니다, 레이디 클라크. 그게 삶의 비극 중의 하나지요."

"병은 저를 너무나도 멍청하게 만든답니다. 선생님께 하고 싶었던 말이 무엇이었는지 기억할 수조차 없군요."

"클라크 경의 죽음에 관한 말씀인가요?"

"그이의 죽음요? 예, 그런 것 같아요……. 가엾은 미치광이 같으니라고. 살인범 말이에요. 요즘 세상은 소음과 속도로 꽉 차 있어요. 사람들은 그것을 견딜 수 없는 거예요. 저는 늘 미친 사람들이 딱하게 여겨졌어요. 그런 이들은 기분이 정말 이상할 거예요. 또 격리되어 갇혀 있는 건 너무나 끔찍할 거예요. 하지만 달리 어쩌겠어요?

다른 사람을 해칠 수 있으니 말이에요…….”

그녀는 고개를 내저었다. 약하게 통증이 밀려오는 모양이었다.

“아직 범인을 못 잡았죠?”

그녀가 물었다.

“예, 아직 못 잡았습니다.”

“그자는 그날 이 주위를 어슬렁거렸을 거예요.”

“낯선 이들이 무척 많았답니다, 레이디 클라크. 휴가 때거든요.”

“그렇군요. 잊고 있었어요……. 하지만 사람들은 바닷가에 머물러 있지 저희 집 근처까지 올라오진 않아요.”

“그날 여기엔 낯선 사람이 오지 않았다던데요.”

“누가 그러던가요?”

레이디 클라크가 갑자기 힘차게 물었다.

푸아로는 약간 주춤한 기색이었다.

“하인들이 그러더군요. 그레이 양이요.”

그가 대답했다.

“그 여잔 거짓말쟁이에요!”

레이디 클라크가 분명하게 말했다.

나는 의자에 앉은 채 몸을 움직거렸다. 푸아로가 나를 힐긋 쳐다보았다.

레이디 클라크는 이제 상당히 열띤 어조로 말을 계속했다.

“저는 그 여자가 싫었어요. 한 번도 좋았던 적이 없어요. 그이는 그 여잘 높이 평가했죠. 혈혈단신 고아인데도 능력이 대단하다면서요. 고아라는 건 언뜻 불행해 보이지만 사실은 행복일 수도 있어요. 아무짝에도 쓸모없는 아버지와 술주정뱅이 어머니가 있다면 그게 오히려 한탄해야 할 일이죠. 남편은 그 여자가 무척 소신 있고 일을 잘한다고 했어요. 아무렴 그 여자는 자기 일은 잘 해냈겠죠! 그 대담성이 어디로 가겠어요!"

"지금 흥분하시면 안 돼요, 마님."

캡스틱 간호사가 끼어들었다.

"부인을 피곤하게 만들면 안 됩니다."

"저는 즉각 그 여자에게 짐을 싸게 했어요. 프랭클린 도련님은 어이없게도 그녀가 있으면 제게도 위안이 되지 않겠느냐고 하더군요. 세상에 저에게 위안이 된다니! 그 여자가 한시라도 빨리 떠났으면 하고 바라고 있건만! 저는 바로 그렇게 말했답니다. 도련님은 바보예요! 저는 프랭클린 도련님이 그 여자랑 가까워지는 게 싫었어요. 도련님은 어린아이라니까요! 분별력이 없다고요! 전 '원한다면 그 여자에게 석 달치 월급을 주세요. 하지만 이 집에서 내보내야 해요. 그 여자가 이 집 안에 하루라도 더 있는 게 싫어요.'라고 말했지요. 병석에 있으면 한 가지 좋은 게 있어요. 사람들이 제 말을 거스르려 들지 않지요. 도련님은 제 말대로 했고, 그 여잔 여길 나갔어요. 순교자 같은 표정을 지었겠죠. 평소보다 더 상냥하고 용감한 표정 말이에요!"

"자, 부인, 너무 흥분하지 마세요. 몸에 나빠요."

레이디 클라크는 손짓으로 캡스틱 간호사를 물리쳤다.

"당신도 그 여자에 대해서는 다른 사람들만큼이나 바보예요."

"오! 레이디 클라크, 그렇게 말씀하시면 안 되죠. 전 그레이 양이 아주 괜찮은 여자라고 생각해요. 소설 속 등장인물처럼 너무나 낭만적인 외모를 갖고 있지요."

"저는 그런 당신들 모두를 참을 수가 없어요."

레이디 클라크가 기운 없이 말했다.

"어쨌든 이제 그 여잔 떠났어요, 부인. 가고 없다고요."

레이디 클라크는 약간 조바심을 내며 고개를 저었을 뿐 아무 대답도 하지 않았다.

푸아로가 말했다.

"어째서 그레이 양이 거짓말쟁이라고 하신 거죠?"

"사실이 그러니까요. 그녀가 선생님께 이 집에 낯선 사람이 오지 않았다고 했다면서요?"

"예."

"그렇다면 좋아요. 전 그 여자를 봤어요. 내 두 눈으로요. 이 창문을 통해서 말이죠. 현관 앞 층계에서 처음 보는 낯선 남자와 이야기를 하고 있더군요."

"그것이 언젠가요?"

"그이가 죽던 날 오전이에요. 11시쯤 되었을 거예요."

"그 남자는 어떻게 생겼던가요?"

"평범한 사람이었어요. 특별한 점이 없었지요."

"신사처럼 보이던가요, 아니면 장사꾼 같던가요?"

"장사꾼 같지는 않았어요. 헙수룩한 차림의 사람이었어요. 잘 기억이 나지 않는군요."

갑작스런 고통으로 그녀의 얼굴이 일그러졌다.

"부디…… 그만 가 주세요……. 제가 좀 피곤해서요……. 간호사."

우리는 그녀의 말을 좇아 그 집을 나섰다.

"정말 이상한 이야기군요……. 그레이 양이 낯선 남자를 만났다니요."

런던으로 돌아오면서 내가 푸아로에게 말했다.

"알겠나, 헤이스팅스? 내가 자네에게 늘 말하는 대로라네. 언제나 새로운 사실이 발견된다네."

"어째서 그 아가씨는 그 일을 숨기고 아무도 보지 못했다고 말했을까요?"

"여러 가지 이유를 생각할 수 있지. 그중 하나는 아주 단순한 것이고 말일세."

"내 말에 대답을 안 하겠다는 거군요?"

내가 물었다.

"자네의 독창성을 가동시켜 보라고 말해 두지. 하지만 굳이 우리끼리 골치를 썩일 필요가 없다네. 가장 쉬운 방법은 직접 그녀에게 물어보는 거니까."

"그런데 그 아가씨가 우리에게 또다시 거짓말을 한다면요."

"그러면 당연히 재미있어지겠지. 의미심장한 일이고 말일세."

"그런 아가씨가 미치광이와 연관이 있다면 정말 무시무시한 일이겠군요."

"물론 그렇지. 그래서 난 그렇게 생각하지 않는다네."

나는 잠시 동안 더 생각에 잠겼다.

이윽고 내가 한숨을 쉬며 말했다.

"외모가 아름다운 여자는 한편으론 힘들겠어요."

"뒤 투(천만에). 그런 생각으로 자네 머리를 어지럽히지 말게."

"사실이잖아요. 그녀가 아름답다는 이유만으로 모두들 반감을 품게 되니 원."

"베티즈(어리석은 소리) 말게, 친구. 컴비사이드에서 누가 그녀에게 반감을 갖고 있단 말인가? 카마이클 경? 프랭클린 클라크? 캡스틱 간호사인가?"

"레이디 클라크는 그녀에게 편견을 갖고 있는 게 분명해요."

"몬 아미, 자네는 아름다운 젊은 여성들에게 자비심이 넘치지. 하지만 나는 늙고 병든 부인들이 가엾다네. 레이디 클라크가 그녀를 꿰뚫어 본 것일 수도 있네. 클라크 경, 프랭클린 클라크, 캡스틱 간호사, 그리고 헤이스팅스 대위 모두 눈뜬 장님인 상황에서 말일세."

"당신은 그 아가씨에게 악의를 갖고 있어요, 푸아로."

놀랍게도 푸아로의 눈빛이 갑자기 반짝거렸다.

"어쩌면 나는 자네의 낭만적인 성향을 한껏 부추기고 싶은지도 모르겠어. 헤이스팅스, 자네는 언제나 기사도 정신을 잃지 않지. 젊은 아가씨들을 곤경에서 구해 낼 만반의 준비가 되어 있단 말이야. 비엥 앙탕뒤(물론) 미모의 아가씨들이지만."

나는 웃지 않을 수 없었다.

"정말 어이가 없군요, 푸아로."

"아, 그러니까 우리는 무작정 우울해 하고 있을 수만은 없네. 비극에서 촉발된 이 인간관계가 점점 더 내 관심을 끄는군. 여기 세 일가를 둘러싼 세 가지 드라마가 있어. 첫째 앤도버 드라마일세. 애셔 부인의 비극적인 일생, 투쟁으로 가득 찬 그녀의 삶, 독일인 남편을 부양하고 조카를 헌신적으로 사랑한 부인의 생애 말이야. 그것만으로도 소설 한 편을 쓸 수 있겠구먼. 그 다음에는 벡스힐이 있네. 유쾌하고 너그러운 부모, 서로 완전히 딴판인 두 자매, 한쪽은 예쁘장하지만 경박하고 어리석고, 또 한쪽은 뚜렷한 지성과 진실에 대한 매서운 열정을 지니고 의지력과 개성이 강하지. 메건 양 이야기라네. 그리고 죽은 아가씨에 대해 슬픔과 질투를 동시에 느끼는 자제력 강한 스코틀랜드 청년이 있지.

마지막으로 처스턴 일가를 보세. 죽어가는 아내를 두고, 수집품에 푹 빠져 있으면서, 자신을 충심으로 도와주는 아름다운 아가씨에게 애정과 공감을 키워 가는 남자. 그리고 오랜 여행 생활을 통해 낭만적인 매력을 갖게 된, 기운차고 매력적이고 흥미로운 남동생이 있다네.

잊지 말게나, 헤이스팅스. 일반적인 사건이라면 이 세 개의 드라마는 서로 아무런 접점도 없을 걸세. 서로에게 영향을 미치지 않은 채 각자의 길을 갔겠지. 삶의 변천과 조합, 내가 줄곧 매혹되는 건 그 점이라네, 헤이스팅스."

"이번 역이 패딩턴입니다."

나는 그렇게 대답했을 뿐이었다.

누군가 거품을 터뜨려야 할 때라고 생각했던 것이다.

화이트헤븐 맨션에 도착한 우리는 어떤 신사가 푸아로를 기다리고 있다는 말을 들었다. 나는 그 사람이 프랭클린이나 재프 경감일 거라고 생각했지만, 뜻밖에도 도널드 프레이저였다.

그는 몹시 당황한 듯했고, 불분명하게 발음하는 버릇이 그 어느 때보다도 눈에 띄었다. 푸아로는 찾아온 용건을 말하라고 그를 압박하는 대신 샌드위치와 포도주 한 잔을 권했다.

음식이 나올 때까지 푸아로는 우리가 그동안 어디에 가 있었는지 설명하고 아파서 거동이 어려운 부인에 대한 느낌을 친절하게 이야기했다.

샌드위치를 먹고 포도주를 홀짝거린 다음에야 푸아로는 화제를 개인적인 데로 돌렸다.

"벡스힐에서 오는 길이시죠, 프레이저 씨?"

"예."

"밀리 히글리 양과의 일은 성과가 있나요?"

"밀리 히글리? 밀리 히글리?"

프레이저는 영문을 모르겠다는 듯 그 이름을 되풀이했다.

"오, 그 아가씨 말씀이시군요! 아뇨, 아직 아무것도 하지 않았습니다. 그건……."

그는 말을 멈추었다. 마주 잡은 그의 두 손이 신경질적으로 뒤틀렸다.

"제가 왜 당신을 찾아왔는지 모르겠습니다."

그가 불쑥 말했다.

"저는 압니다."

푸아로가 말했다.

"그럴 리가요. 선생님이 어떻게 알겠습니까?"

"당신은 누군가에게 털어 놓고 싶어서 저를 찾아온 겁니다. 당신의 판단은 옳았습니다. 전 그 말을 듣기에 적당한 사람입니다. 말해 보세요!"

푸아로의 확신에 찬 태도가 효과를 발휘했다. 프레이저는 그 말을 따르게 되어서 감사하다는 듯한 기묘한 태도로 푸아로를 바라보았다.

"그렇게 생각하십니까?"

"파르블뢰(물론이지요). 확신합니다."

"무슈 푸아로, 꿈에 대해 좀 아십니까?"

그 말은 내가 꿈에도 예상하지 못했던 말이었다. 하지만 푸아로는 현명하게도 전혀 놀란 기색이 아니었다.

"알지요. 꿈을 꾸셨나 보군요……?"

"예. 선생님께서는 제가 그러니까…… 그 일에 관한 꿈을 꾸는 것이 자연스러운 일이라고 말씀하시겠지요. 하지만 그건 흔한 꿈이 아닙니다."

"아니라니요?"

"이제까지 사흘 밤을 내리 그 꿈을 꾸었답니다, 선생님……. 제가 미친 게 아닐까 싶습니다."

"내용을 말해 보세요……."

청년의 얼굴은 납빛이었다. 두 눈에는 초점이 없었다. 실제로 그는 미친 사람처럼 보였다.

"언제나 똑같은 꿈이에요. 저는 해변에 있습니다. 베티를 찾고 있지요. 그녀는 길을 잃었습니다……. 단지 길을 잃었을 뿐입니다. 전 그녀를 찾아야 합니다. 그녀에게 허리띠를 주어야 합니다. 저는 그것을 손에 쥐고 있습니다. 그러다가……."

"그러다가?"

"장면이 바뀝니다……. 저는 더 이상 찾지 않습니다. 그녀가 거기 제 앞에 있습니다……. 해변에 앉아 있죠. 그녀는 제가 다가가는 것을 보지 못합니다……. 그건……. 오, 그럴 순 없어……."

"계속하세요."

푸아로의 목소리는 권위적이었고 단호했다.

"저는 그녀 뒤로 다가갑니다……. 그녀는 제가 다가가는 소리를 듣지 못합니다……. 저는 허리띠를 살며시 그녀의 목에 걸고는 잡아당깁니다……. 오……. 잡아당깁니다……."

그의 목소리에 담긴 고통은 듣는 이를 소스라치게 했다……. 나는 의자의 팔걸이를 움켜쥐었다. 그 장면이 너무나도 생생했다.

"그녀는 숨이 막힙니다……. 그녀가 죽습니다……. 제가 그녀의 목을 졸라 죽인 겁니다……. 이윽고 그녀의 고개가 뒤로 젖혀지고 얼굴이 보입니다……. 그런데 그건 메건의 얼굴입니다……. 베티가 아니라요!"

그는 하얗게 질린 얼굴을 뒤로 젖히며 부들부들 떨었다. 푸아로는 포도주를 새로 따라 그에게 건넸다.

"이 꿈의 의미가 뭘까요, 무슈 푸아로? 어째서 제가 이런 꿈을 꾸는 걸까요? 매일 밤 말입니다……!"

"쭉 마셔요."

푸아로가 명령조로 말했다.

청년은 그렇게 한 다음 한결 차분해진 목소리로 물었다.

"이게 도대체 무슨 의미일까요? 전…… 전 그녀를 죽이지 않았잖습니까?"

푸아로가 무어라 대답했는지 나는 듣지 못했다. 왜냐하면 그 순간 우체부의 노크 소리를 듣고 반사적으로 밖으로 나갔던 것이다.

우편함에서 편지를 꺼내 드는 순간 도널드 프레이저의 이상한 꿈 이야기는 내 머릿속에서 완전히 사라져버렸다. 나는 급히 응접실로 달려갔다.

"푸아로! 왔어요, 네 번째 편지예요."

내가 외쳤다.

푸아로는 자리에서 튕겨지듯 일어나서는 내게서 편지를 낚아채 종이칼을 집어 들고 봉투를 갈랐다. 그가 편지를 탁자 위에 펼쳤다. 우리 세 사람은 함께 그 내용을 읽었다.

아직도 찾아내지 못했나요? 쯧쯧! 당신과 경찰 모두 뭘 하고 있는 겁니까? 이런, 이런……. 재미있지 않나요? 그럼 다음에는 어디로 꿀을 따러 갈까요?

가엾은 푸아로 씨, 정말 딱하시군요.

처음에 성공하지 못했다 해도 다시 또다시 시도해 보세요.

아직 가야 할 길은 멀답니다.

다음은 티퍼러리가 어떨까요? 아뇨……. 거긴 좀 나중에 가야겠지요. T자 차례에 말입니다.

다음 번 작은 사건은 9월 11일 돈캐스터에서 일어날 겁니다.

그럼 이만.

A B C

바로 이 순간부터 푸아로가 인간적인 요소라고 불렀던 것이 다시 사라지기 시작한 것 같다. 다른 요소가 섞이지 않은 순수한 공포를 견뎌 낼 수 없어서 그동안 잠시 일반적인 인간사에 관심을 기울였던 게 아닌가 싶기도 했다.

네 번째 편지가 도착해 D자로 시작하는 살인에 대한 계획이 드러나기 전까지 우리 모두는 아무것도 할 수 없었다. 그렇게 기다리면서 긴장을 풀 수 있었지만, 이제 빳빳한 흰 종이에 타이핑된 조롱조의 말과 더불어 사냥이 다시 시작된 셈이었다.

크롬 경위가 런던 경시청에서 찾아왔고, 이어 프랭클린 클라크와 메건 바너드가 방 안으로 들어왔다. 메건은 자신 역시 벡스힐에서 오는 길이라고 설명했다.

"클라크 씨에게 뭘 좀 물어보고 싶어서요."

좌중의 이해를 구하는 걸로 보아 그녀는 자신이 맡은 일의 진행 상황을 설명하고 싶어서 조바심이 나는 것 같았다. 나는 그 사실을 눈치 챘으나 당시엔 그런 것이 전혀 중요하게 여겨지지 않았다. 당연한 일이지만 내 마음은 그 편지 생각으로 꽉 차 있어서 다른 것은 생각할 수 없었던 것이다.

크롬은 이 사건에 너무 많은 이들이 참여하는 것이 달갑지 않은 듯했다. 그의 태도는 극도로 사무적이고 단호했다.

"이건 제가 가져가겠습니다, 무슈 푸아로. 혹시 복사본이 필요하시면……."

"아뇨, 아닙니다, 필요 없습니다."

"어떤 계획을 갖고 계십니까, 경위님?"

클라크가 물었다.

"상당히 종합적이랍니다, 클라크 씨."

"이번에는 그자를 잡아야 합니다. 이런 말씀을 드려서 어떨지 모르지만 말입니다, 경위님, 우리는 나름대로 이 문제를 해결하기 위해 팀을 하나 만들었습니다. 사건에 관련된 사람의 모임 말입니다."

크롬 경위가 정중하게 말했다.

"오, 그렇습니까?"

"전문가가 아닌 사람을 그다지 신뢰하시지 않는 모양이군요, 경위님?"

"아마추어들에겐 동원할 수 있는 정보원이 거의 없지 않습니까. 그렇지 않나요, 클라크 씨?"

"우리에겐 사적인 이해관계가 있습니다……. 그건 중요한 거죠."

"오, 그렇습니까?"

"일이 그리 쉽게 풀리지 않을 것 같군요, 경위님. 이 노련한 ABC가 또다시 경위님의 약을 올릴 것 같습니다."

내가 눈치 챈 바에 따르면, 크롬은 다른 방법이 통하지 않을 때면 연설을 하려들곤 했다.

"이번에는 시민들도 우리의 대비 태세에 불평하지 않을 겁니다. 이 어리석은 작자가 우리에게 여유 있게 경고를 해 주었으니까요. 11일이라면 다음 주 수요일입니다. 언론에 공표할 충분한 시간 여유가 있습니다. 돈캐스터 전체에 경고가 내려질 겁니다. 당연히 D자로 시작하는 이름을 가진 사람들은 극히 조심할 거고요. 그러니까 불여튼튼입니다. 그리고 우리는 상당 규모의 경찰을 그곳에 배치할 겁니다. 이미 영국 내 모든 경찰서장의 동의를 받아놓았습니다. 돈캐스터 지방 전체, 경찰과 시민 모두가 한 사람을 잡으려고 신경을 곤두세우게 되겠죠. 약간의 운만 더해진다면 우리는 그자를 잡을 겁니다."

클라크가 조용히 말했다.

"당신은 스포츠를 좋아하지 않으시는 것 같군요, 경위님."

크롬이 물끄러미 그를 응시했다.

"무슨 뜻으로 하시는 말씀입니까, 클라크 씨?"

"맙소사, 다음 주 수요일 돈캐스터에서 세인트 레저 경마 대회가 열린다는 것을 모르십니까?"

크롬의 턱이 아래로 떨어졌다. 평생 처음으로 그는 즐겨 쓰던 '아, 그렇습니까?'를 말할 수 없었다. 대신 그는 이렇게 말했다.

"그렇군요. 예, 그렇다면 문제가 복잡해지는데……."

"ABC는 미치광이일지는 몰라도 바보는 아닙니다."

우리는 잠시 침묵을 지키며 상황을 그려보았다. 경마 대회의 인파……. 열광적으로 스포츠를 좋아하는 영국인들……. 정말이지 보통 복잡한 문제가 아니었다.

푸아로가 중얼거렸다.

"세 탱죄니외. 투 드 멤 세 비엥 이마지네(천재적이군. 분명 훌륭한 생각이야, 이건)."

"제 생각은 이렇습니다. 살인은 틀림없이 경마장에서 일어날 것입니다. 어쩌면 세인트 레저 경마 대회가 열리고 있는 그 현장에서 일어날지도 모릅니다."

클라크가 말했다.

경마 대회를 떠올리자 스포츠를 좋아하는 그는 본능적으로 잠깐 짜릿함을 느끼는 모양이었다.

크롬 경위가 편지를 들고 자리에서 일어서며 말했다.

"세인트 레저 경마 대회가 말씽이군. 정말 운이 나쁜걸."

그가 밖으로 나갔다. 복도에서 사람들이 나직하게 말하는 소리가 들려왔다. 잠시 후 도라 그레이가 들어왔다.

그녀가 걱정스러운 목소리로 말했다.

"경위님 말씀이 또 다른 편지가 왔다더군요. 이번에는 어디죠?"

밖에는 비가 오고 있었다. 도라 그레이는 검은 코트와 치마에 검은 모피를 두르고 있었다. 그녀의 금발머리 한쪽에는 검은 색 작은 모자가 얹혀져 있었다.

그녀가 그 말을 건넨 사람은 프랭클린 클라크였다. 그녀는 곧장 그에게 다가가 그의 팔에 한 손을 얹고 그의 대답을 기다렸다.

"돈캐스터입니다. 그런데 그날 그곳에서 세인트 레저 경마 대회가 열린답니다."

우리는 그 문제를 토론하기 위해 자리에 앉았다. 우리 모두 그곳에 갈 것임은 두말할 필요도 없었지만, 문제의 경마 대회는 우리가 임시로 세워 놓은 계획을 복잡하게 만들 터였다.

열패감이 나를 휩쓸고 지나갔다. 이 사건에 대한 개인적인 관심이 아무리 크다 해도 일반인인 우리 여섯 명이 과연 무엇을 할 수 있을까? 기민하고 예리한 눈을 가진 수많은 경찰들이 가능성 있는 모든 장소를 살펴볼 터였다. 거기에 여섯 사람의 눈이 보태진들 무슨 차이가 있을 것인가?

내 생각을 읽기라도 한 듯 푸아로가 목소리를 높였다. 그는 꼭 교사나 목사 같은 말투로 말했다.

"메 장팡(여러분), 우리는 힘을 분산시켜선 안 됩니다. 우리는 우리가 생각한 방식과 순서대로 이 문제에 접근해야 합니다. 진실을 찾기 위해 우리는 밖이 아니라 안을 살펴야 합니다. 우리 자신에게 물어보아야 합니다. 내가 살인범에 대해서 무엇을 알고 있는가 하고 말입니다. 그렇게 해서 우리가 찾고 있는 사람의 종합적인 모습을 구축해야 합니다."

"우리는 그자에 대해 아는 게 아무것도 없는걸요."

도라 그레이가 기운 없이 한숨을 내쉬었다.

"아뇨, 아뇨, 마드무아젤. 그렇지 않습니다. 우리 각자는 그자에 대해 무엇인가 알고 있습니다. 우리가 알고 있는 것이 무엇인지 우리가 의식할 수만 있다면요. 우리가 의식하기만 한다면 알고 있는 게 드러나리라고 전 확신합니다."

클라크가 고개를 내저었다.

"우리는 아무것도 모릅니다. 그자가 노인인지 청년인지, 금발인지 검은 머리인지 말입니다! 우리 중 아무도 그자를 보지도 못했고 이야기해 본 적도 없습니다! 우리가 알고 있는 것은 모조리 거듭해서 이야기했지 않습니까."

"모두 이야기한 건 아닙니다! 예를 들어 여기 그레이 양은 우리에게 말하기를 카마이클 클라크 경이 살해되던 날 낯선 사람을 보거나 이야기한 적이 없다고 했지요."

도라 그레이가 고개를 끄덕였다.

"그건 사실이에요."

"그런가요? 레이디 클라크가 우리에게 한 말에 따르면, 부인은 창을 통해 당신이 현관 앞 계단에 서서 어떤 남자와 이야기하는 것을 보셨다더군요."

"제가 낯선 남자와 이야기하는 것을 보셨다고요?"

그녀는 정말이지 깜짝 놀란 것 같았다. 순수하고 맑은 그녀의 표정은 정직 그 자체였다.

그녀는 고개를 저었다.

"레이디 클라크가 잘못 보신 걸 거예요. 저는 결코……. 이런!"

그녀의 입에서 비명이 갑자기 터져 나왔다. 붉은 기운이 그녀의 두 뺨을 물들였다.

"이제 생각나는군요! 이렇게 어리석을 수가! 그 일은 까맣게 잊고 있었어요. 하지만 대수롭지 않은 거였어요. 돌아다니면서 스타킹을 파는 그런 사람들 중 하나가 찾아왔더랬지요. 퇴역 군인 같은 사람들 말이에요. 그런 이들은 몹시 끈질기지요. 저는 그 사람을 떼어버리려 했어요. 제가 현관을 가로질러 걸어가는데 그가 문 앞에 이르렀더군요. 그는 초인종을 누르는 대신 제게 말을 걸었고요. 하지만 남에게 나쁜 짓을 할 사람은 전혀 아니었어요. 그래서 그 사람에 대해 잊어버렸던 것 같아요."

푸아로는 두 손으로 머리를 움켜쥐고 몸을 앞뒤로 흔들었다. 그가 어찌나 격렬하게 혼잣말을 했던지 아무도 말을 꺼내지 못하고 그를 응시했다.

"스타킹, 스타킹……. 스타킹이라……. 스타킹이라……. 사 비엥(그래)……. 스타킹……. 스타킹……. 이건 새로운 주제야……. 그래……. 석 달 전에도…… 그리고 저번 날……. 그리고 지금. 봉 디외(맙소사), 이거야!"

그는 의자에 앉은 채 몸을 똑바로 하고는 오만한 눈길로 나를 쏘아보았다.

"기억나나, 헤이스팅스! 앤도버, 그 상점 말일세. 우리는 위층으로 올라갔었지. 침실 의자 위에 새 실크 스타킹 한 켤레가 놓여 있었네. 그리고 이틀 전 무엇에 신경이 쓰였는지 이제 알겠군. 당신이었어요, 마드무아젤……."

그는 메건에게 몸을 돌렸다.

"당신이 어머니 이야기를 했지요. 살인이 일어났던 날 어머니께서 동생에게 주려고 새 스타킹 몇 켤레를 사셨고 그것 때문에 우셨다고 말이에요……."

푸아로가 우리 모두를 둘러보았다.

"아시겠습니까? 세 번이나 같은 주제가 되풀이된 겁니다. 이것은 우연의 일치일 수 없습니다. 마드무아젤의 이야기를 들었을 때 나는 그 말이 무엇을 가리키는 듯한 느낌을 받았습니다. 이제 그게 무엇인지 알겠군요. 애셔 부인의 바로 옆집에 사는 파울러 부인이 한 말이었습니다. 줄곧 물건을 팔려고 드는 사람들 이야기였지요. 그 부인 역시 스타킹을 언급했습니다. 말해 주십시오, 마드무아젤, 당신 어머니가 동생을 위해 그 스타킹을 산 곳이 상점이 아니라 행상인에게서가 아닌가요?"

"예, 그래요……. 어머니는 그걸 행상인에게서 사셨어요. 이제 기억나는군요. 어머니는 그렇게 여기저기 다니면서 물건을 팔려고 애쓰는 남루한 사람들이 가엾다고 하셨어요."

"하지만 그게 다 무슨 관련이 있습니까? 한 남자가 와서 스타킹을 팔았다는 것으로는 아무것도 증명되지 않는단 말입니다!"

프랭클린이 외쳤다.

"단언하건대, 친애하는 여러분, 이건 우연의 일치일 수가 없습니다. 세 건의 범죄……. 그리고 매번 어떤 남자가 스타킹을 팔러 와서 현장을 엿봤다는 건 말입니다."

그는 도라 그레이 쪽으로 몸을 돌렸다.

"아 부 라 파롤(당신이 말할 차례입니다)! 그 사람의 인상착의를 설명해 보십시오."

그녀는 멍하니 푸아로를 응시했다.

"저는……. 잘 모르겠어요……. 안경을 쓰고 있었던 것 같아요……. 그리고 초라한 외투에……."

"미외 크 사, 마드무아젤(좀 더 자세히 말해 보세요, 아가씨)."

"등이 좀 굽어 있었고……. 잘 모르겠어요. 전 그 사람을 쳐다 보지조차 않았는걸요. 그는 남들의 눈에 띌 만한 사람이 아니었어요……."

푸아로가 심각하게 말했다.

"당신 말이 맞습니다, 마드무아젤. 이 모든 살인의 비밀이 당신이 말한 살인범의 인상착의에 담겨 있습니다……. 그러니까 의심할 여지없이 그자가 바로 살인범입니다! '그는 남들 눈에 띌 만한 사람이 아니었어요'라고 하셨지요. 그렇습니다. 틀림없습니다……. 당신은 바로 살인범의 인상착의를 제대로 말한 겁니다!"

# 제삼자의 설명

알렉산더 보나파르트 커스트는 꼼짝도 하지 않고 앉아 있었다. 아침 식사가 담긴 접시가 손도 대지 않은 채 차갑게 식어 있었다. 신문 한 장이 찻주전자에 기대 세워져 있었다. 커스트가 몹시 관심을 갖고 읽고 있던 그 신문이었다.

그는 갑자기 자리에서 일어나 잠시 동안 방 안을 서성거리다가는 창가에 놓인 의자에 주저앉았다. 그러고는 나직하게 끙 소리를 내며 두 손으로 머리를 감싸 쥐었다.

그는 문이 열리는 소리도 듣지 못했다. 집주인인 마버리 부인이 문간에 서 있었다.

"커스트 씨, 괜찮으시다면……. 이런, 무슨 일이세요? 어디 편찮으세요?"

커스트는 머리를 감쌌던 손을 풀고 고개를 들었다.

"아무것도 아닙니다, 아무것도 아니에요, 마버리 부인. 오늘 아침 기분이 그다지 좋지 않네요."

마버리 부인은 아침 식사 접시를 살펴보았다.

"그러신 것 같군요. 아침 식사에 손도 대지 않으셨네요. 머리가 다시 아프신 모양이죠?"

"아니, 아닙니다. 그러니까, 그렇습니다……. 기, 기분이 좀 좋질 않아서요."

"이런, 딱하셔라, 알겠어요. 그러면 오늘은 나가지 못하시겠네요?"

커스트는 갑자기 튕겨지듯 자리에서 일어섰다.

"아뇨, 아뇨. 가야 합니다. 일이 있습니다. 중요한 일이죠. 아주 중요합니다."

그의 두 손이 떨리고 있었다. 그렇게 흥분한 그를 보고 마버리 부인은 그를 진정시키려고 애썼다.

"음, 꼭 가셔야 한다면…… 그러셔야죠. 이번엔 멀리 가시나요?"

"아뇨. 오늘은……."

그는 잠시 주저하다가 말했다.

"첼튼엄으로 갑니다."

그 단어를 주저하며 발음하는 태도가 무척 이상했으므로 마버리 부인은 놀라서 그를 바라보았다.

"첼튼엄은 멋진 곳이지요."

부인이 스스럼없이 말했다.

"저도 1년 전 브리스톨에서 거기 갔었지요. 상점들이 아주 멋지더군요."

"그렇겠지요……. 그렇습니다."

마버리 부인은 좀 뻣뻣한 동작으로 허리를 굽혀 (허리를 굽히는 것이 그녀에겐 쉽지 않았다.) 바닥에 떨어져 있는 구겨진 신문을 집어 들었다.

"요즘 신문에는 온통 그 살인 사건 기사뿐이에요."

그녀는 머리기사에 힐긋 눈길을 준 다음 신문을 다시 탁자 위에 올려놓으며 말했다.

"소름 끼치는 소식이에요. 전 저 기사엔 눈길도 주지 않는답니다. 마치 '살인마 잭'이 돌아온 것 같아요."

커스트의 입술이 움직였으나 아무 말도 나오지 않았다.

"돈캐스터……. 그자가 다음 번 살인을 저지를 장소가 바로 그곳이래요. 그리고 날짜는 바로 내일이네요! 소름끼치지 않으세요? 제가 만일 돈캐스터에 살고 있고 D자로 시작하는 이름을 갖고 있다면, 즉각 아무 기차나 타고 떠날 거예요. 위험을 무릅쓸 필요는 없잖아요. 뭐라고 하셨죠, 커스트 씨?"

마버리 부인이 말했다.

"아무것도 아닙니다. 마버리 부인……. 아무것도 아니에요."

"거긴 경마가 열리는 곳이죠. 틀림없이 그자는 경마장에서 기회를 노릴 거예요. 수백 명의 경찰이 출동했다더군요. 그리고……. 이런, 커스트 씨, 안색이 나쁘시군요. 뭐라도 좀 마시는 게 좋지 않을까요? 정말이지 오늘은 여행을 떠나시지 않는 게 좋겠어요."

커스트가 몸을 일으켰다.

"가 봐야 합니다, 마버리 부인. 저는 항상 지켜왔습니다. 제…… 약속을요. 신용이…… 신용이 있어야 하거든요! 그게 업무에서 필요한 유일한 요건이지요."

"하지만 몸이 아프시잖아요?"

"전 병이 난 건 아닙니다. 걱정거리가 좀 있었을 뿐입니다……. 개인적인 문제로요. 잠을 제대로 자지 못했지요. 정말 괜찮습니다."

그의 태도가 너무나도 단호했으므로 마버리 부인은 하는 수 없이 아침 식사 접시를 챙겨들고 방을 나갔다.

커스트는 침대 밑에서 여행 가방을 꺼내 짐을 싸기 시작했다. 파자마, 목욕 도구, 여분의 칼라, 가죽 슬리퍼를 챙겼다. 그러고는 찬장을 열고 선반에서 가로 25, 세로 18센티미터 정도 되는 약간 납작한 상자를 한 다스 정도 꺼내 넣었다.

그는 탁자 위에 있는 철도 안내서를 힐긋 바라본 다음 여행 가방을 들고 방을 나갔다.

현관에 내려온 그는 모자를 쓰고 외투를 입었다. 그러면서 그는 깊은 한숨을 내쉬었다. 땅이 꺼질 것 같은 깊은 한숨에 옆방에서 나온 아가씨가 그를 관심 깊게 바라보았다.

"무슨 일이라도 있으세요, 커스트 씨?"

"아무 일도 없어요, 릴리 양."

"그렇게 한숨을 쉬셨잖아요!"

커스트가 불쑥 말했다.

"전조라는 걸 믿나요, 릴리 양?"

"음, 사실은 잘 모르겠어요……. 물론 모든 게 엉망이 될 것 같은 느낌이 드는 날이 있고, 또 모든 게 잘 풀릴 것 같은 기분이 드는 날이 있긴 하죠."

"바로 그렇지요."

커스트가 말했다.

그는 다시 한숨을 내쉬었다.

"음, 잘 있어요, 릴리 양. 당신은 여기서 언제나 내게 친절하게 대해 줬어요."

"음. 마치 영영 떠나시는 것 같은 그런 말씀은 하지 마세요."

릴리가 웃음을 터뜨렸다.

"아뇨, 아닙니다. 물론 아니죠."

"그럼 금요일에 뵈요. 그런데 이번에는 어디로 가세요? 또 바닷가인가요?"

아가씨가 웃음을 터뜨렸다.

"아뇨, 아뇨……. 그러니까…… 첼튼엄입니다."

"음, 그곳 역시 멋지겠군요. 하지만 토키보다는 못할 거예요. 토키는 틀림없이 아름다웠겠죠. 내년 휴가 때에는 저도 그곳에 가고 싶어요. 그건 그렇고, 커스트 씬 살인 현장에서 아주 가까운 곳에 계셨던 셈이네요……. ABC 살인 말이에요. 커스트 씨가 거기 계실 동안 그 사건이 일어나지 않았나요?"

"음……. 그렇습니다. 하지만 처스턴은 그곳에서 10킬로미터 이상 떨어져 있는걸요."

"여하튼 정말 흥미진진했겠네요! 세상에, 커스트 씨는 거리에서 살인범과 스치고 지나갔을 수도 있어요! 그와 아주 가까운 데 있었을지도 모른다고요!"

"예, 물론 그럴 수도 있었겠지요."

그렇게 말하는 커스트가 너무나도 겁에 질린 듯 일그러진 미소를 띠었으므로 릴리 마버리는 유심히 보지 않을 수 없었다.

"오, 커스트 씨, 안색이 좋지 않으시네요."

"난 괜찮습니다, 괜찮아요. 그럼 잘 있어요, 마버리 양."

그는 모자를 더듬어 찾아 쓰고 가방을 들고는 서둘러 현관문을 통해 밖으로 나갔다.

"이상한 아저씨란 말이야. 내가 보기엔 머리가 좀 이상해지신 것 같은데."

릴리 마버리가 순한 얼굴로 중얼거렸다.

크롬 경위가 부하에게 말했다.

"모든 스타킹 제조회사의 명단을 작성해 내게 가져오고 그곳에 회람을 돌리게. 판매원 명단 전체도 필요해……. 그러니까 일정 지분을 받고 물건을 팔면서 끈질기게 구매를 권하는 사람들 말일세."

"ABC 사건에 관계된 겁니까, 경위님?"

"그래, 에르퀼 푸아로 씨의 아이디어 중 하나일세."

경위의 어조에는 경멸이 서려 있었다.

"아마 아무 소득도 없을 테지만 아무리 작은 거라도 소홀히 할 수는 없으니까."

"맞습니다, 경위님. 푸아로 씨는 전성기 땐 수많은 사건을 해결해 냈다지만 이제는 좀 노망이 든 게 아닐까요, 경위님."

"그는 돌팔이야. 언제나 폼만 잡지. 사람들을 현혹시킨다니까. 하지만 나를 속일 수는 없어. 자 그럼, 돈캐스터 지방의 경계 업무에 관해서는……."

톰 하티건이 릴리 마버리에게 말했다.

"오늘 아침에 너희 집에 사는 퇴역 군인 할배를 봤어."

"누구? 커스트 씨?"

"커스트, 맞아. 유스턴 역이었어. 언제나처럼 길 잃은 닭 같은 모습이더라고. 그 사람에겐 보호자가 필요할 것 같던데……. 처음에는 신문을 떨어뜨리더니 그 다음에는 차표를 떨어뜨리더라고. 내가 주워 주는데도 자기가 뭘 떨어뜨렸는지도 모르고 있던데. 정신없이 고맙다는 말을 늘어 놓긴 했지만 나를 알아본 것 같진 않아."

"뭘, 당연하지. 현관을 지나가는 모습을 스치듯 본 것 외엔 그분이 널 만나신 적이 없으니까. 그것도 몇 번 안 된다고."

릴리가 말했다.

그들은 춤을 추며 다시 한 바퀴를 돌았다.

"네가 춤추는 모습은 정말 아름다워."

톰이 말했다.

“쓸데없는 소리는.”

그렇게 말하면서도 릴리는 톰에게 좀 더 몸을 밀착시켰다.

그들은 다시 한 바퀴를 돌았다.

“좀 전에 유스턴 역이라고 했어, 패딩턴 역이라고 했어? 내 말은, 커스트 아저씨를 어디에서 봤냐는 소리야.”

릴리가 불쑥 물었다.

“유스턴 역.”

“확실해?”

“물론 확실하지. 왜 그러는데?”

“이상해. 첼튼엄행 기차는 패딩턴 역에서 타는 줄 알았는데.”

“맞아. 하지만 커스트 노인은 첼튼엄에 가는 게 아니었어. 그는 돈캐스터로 가고 있었어.”

“첼튼엄이야.”

“돈캐스터라니까. 내가 알아요, 아가씨! 차표를 주워 준 사람은 나라고!”

“음, 그분은 내게 첼튼엄으로 간다고 하셨어. 틀림없이 그렇게 말하셨다고.”

“허허, 네가 잘못 들었을 거야. 그 사람은 돈캐스터로 가고 있었어. 재수 좋은 사람들이 있다니까. 난 파이어플라이에게 좀 걸었는데. 레저 경마 대회에서 그 말이 달리는 것을 보고 싶어.”

“커스트 씨가 경마장에 가실 리가 없어. 도박 같은 걸 좋아하는 분이 아니야. 오, 톰, 그분이 무사하셔야 할 텐데. ABC 살인이 일어날 곳이 돈캐스터잖아."

"커스트 씨는 괜찮을 거야. 그 사람 이름은 D로 시작되지 않잖아."

"지난 번에는 살해당할 수도 있었겠네. 지난 번 살인이 일어났을 때 처스턴에서 가까운 토키에 있었다고 했거든."

"그 사람이? 그것 참 우연의 일치치고는 좀 심하지 않아?"

그가 웃음을 터뜨렸다.

"그 전에는 벡스힐에 있었던 거 아냐?"

릴리가 눈살을 찌푸렸다.

"그때도 여행을 떠났었지……. 그래, 그분이 집을 비우셨던 게 기억나……. 커스트 씨가 수영복을 잊고 가셨었거든. 어머니가 그 수영복을 수선해 주셨어. 그러다 이렇게 말씀하셨지. '이런……. 커스트 씨가 어제 수영복을 잊어버리고 그냥 떠나셨구나.' 그래서 내가 말했지. '오, 낡은 수영복 같은 건 신경 쓰지 마세요. 너무나도 끔찍한 살인이 일어났어요. 벡스힐에서 어떤 아가씨가 목졸려 죽었대요.'"

"음, 수영복을 챙겼다면 분명히 바닷가로 가려고 했을 거야. 혹시 말이야, 릴리……."

그가 장난스럽게 얼굴에 주름을 잡았다.

"네 집에 사는 그 늙은 퇴역군인이 살인범이라면 어떨까?"

"가엾은 커스트 씨가? 그분은 파리 한 마리도 못 죽일 거야."

릴리가 웃음을 터뜨렸다. 그들은 행복하게 춤을 추었다. 그들의 의식 속에는 함께 있다는 기쁨뿐 다른 것은 끼어들 여지가 없었다.

하지만 그들의 무의식 속에서는 뭔가가 움직이고 있었다.

# 9월 11일 돈캐스터

돈캐스터!

나는 그해의 9월 11일을 평생 잊을 수 없을 것 같다.

실제로 세인트 레저 경마 대회가 언급될 때마다 나는 경마 대회가 아니라 살인 사건을 자동적으로 연상하게 된다.

나 자신의 감정을 돌아볼 때 가장 두드러진 것은 턱없이 힘이 모자란다는 지긋지긋한 무력감이었다. 우리, 그러니까 푸아로, 나, 클라크, 프레이저, 메건 바너드, 도라 그레이, 메리 드로어는 그곳 현장에 가 있었다. 하지만 우리 중의 누가 무엇을 할 수 있단 말인가?

우리는 덧없는 희망에 기대를 걸고 있었다. 수천 명의 군중 가운데에서 이삼 개월 전 얼핏 본 하나의 얼굴을 알아볼 희망 말이다.

실제로 사태는 그보다 더 형편없었다. 우리 모두 중에서 그 사람을 알아볼 가능성이 있는 사람은 도라 그레이뿐이었던 것이다.

긴장 때문에 그녀의 차분함도 얼마간 손상되어 있었다. 그녀에게서 평소의 조용하고 유능해 보이는 태도는 사라지고 없었다. 그녀는 마주잡은 두 손을 비틀며 거의 울먹이면서 푸아로에게 두서 없는 호소를 늘어놓았다.

"저는 그 사람을 제대로 쳐다보지조차 않았어요……. 왜 그랬을까요? 정말 바보였어요. 이렇게 저에게 기대를 걸고 계시는데, 여러분 모두가……. 그런데 전 여러분을 실망시킬 거예요. 원래 사람 얼굴을 잘 기억하지 못하거든요."

전엔 비록 그녀를 냉정하게 비판하는 것처럼 보였지만, 지금의 푸아로는 그녀에게 더없는 친절함을 보였다. 예전에 그녀를 두고 어떤 말을 했건 상관없었다. 실제로 푸아로는 곤경에 빠진 미인에게 나 이상으로 다정한 것이 아닐까 하는 생각이 머릿속을 스쳤다.

그는 다정하게 그녀의 어깨를 토닥였다.

"자, 프티트(아가씨), 신경 날카로워질 것 없어요. 그래서는 안 됩니다. 그 사람이 나타난다면 아가씨는 그를 틀림없이 알아볼 수 있을 겁니다."

"어떻게 아세요?"

"오, 여러 가지 훌륭한 이유가 있지요. 그중의 하나로 까망 다음에는 빨강이 오기 때문입니다."

"그게 무슨 뜻이에요, 푸아로?"

내가 물었다.

"게임 용어일세. 룰렛에서 행운은 한동안 까만색 칸 위에 머물러 있을 수 있네……. 하지만 결국에는 빨강이 나타나지. 이건 수학적 법칙일세."

"당신 말은 운이 돌고 돈다는 거죠?"

"바로 그렇다네, 헤이스팅스. 도박하는 사람은 종종 그 시점에서 합리적 사고력을 잃고 만다네. (살인자도 마찬가지일세. 또 그는 돈 대신에 생명을 걸고 있다는 점에서 한층 고단수의 도박꾼인 셈이지.) 여태까지 성공해 왔기 때문에 그는 그 성공이 이어질 거라고 생각할 걸세! 호주머니가 두둑할 때 단호하게 자리를 뜨지 못하는 셈이야. 마찬가지로 범죄에 있어 승승장구하는 살인자는 실패할 가능성을 염두에 둘 줄 모른다네! 그는 자신이 완벽하게 성공할 거라고 굳게 믿고 있지. 하지만 친애하는 여러분, 장담하건대 아무리 주의 깊게 계획을 세운다 해도 범죄는 행운의 도움 없이는 성공할 수 없답니다."

"그건 너무 지나친 단언이 아닐까요?"

프랭클린 클라크가 이의를 제기했다.

푸아로가 흥분해서 두 손을 내저었다.

"아뇨, 그렇지 않습니다. 가능성이 반반이라고 말하고 싶겠지만 반드시 행운이 함께 해야만 합니다. 생각해 보세요! 살인자가 애셔 부인의 상점을 나서는 순간, 누군가가 들어설 수도 있었습니다. 그 사람이 계산대 뒤를 살펴볼 생각을 해서 죽은 부인을 발견했을 수도 있지요. 또한 그가 직접 살인자를 붙잡거나 경찰에 살인자의 모습을 정확하게 묘사해 그를 체포하게 할 수도 있었습니다."

"예, 물론 그럴 수도 있겠네요. 결국 살인자에게 행운이 따랐다는 거군요."

클라크가 인정했다.

"바로 그렇습니다. 살인자는 언제나 도박꾼과 같습니다. 그래서 많은 도박꾼이 그렇듯 살인자도 살인을 그만두어야 할 때를 모를 때가 많지요. 범죄를 저지를 때마다 자신의 능력에 대한 믿음이 커집니다. 균형 감각이 왜곡되는 거죠. 그는 '난 그동안 영리하고 운도 좋았어!'라고 말하지 않습니다. 그렇죠, 그는 그저 '그동안 난 영리했어!'라고 말할 뿐입니다. 그리고 자신의 영리함에 대한 자신감이 점점 자라납니다. 그러다가 말입니다, 메 자미(친애하는 여러분), 공이 굴러가고 돌아가던 색판이 멈춥니다. 공은 새로운 숫자 위에 떨어지고, 도박판의 사회자가 '빨강'이라고 소리치죠."

"이 사건에서도 그런 일이 일어나리라고 생각하세요?"

메건이 미간에 주름을 잡으며 물었다.

"조만간 반드시 그렇게 될 겁니다! 지금까지 행운은 범인 편이었습니다. 조만간 우리에게 올 것이 분명합니다. 행운이 돌고 돌 거라고 나는 확신합니다. 스타킹이라는 단서를 잡은 것이 그 시작입니다. 이제 모든 것이 그에게 유리하게가 아니라 불리하게 돌아갈 겁니다! 그리고 그 역시 실수를 하기 시작하겠지요……."

"용기를 북돋워주시는군요. 우리들에겐 위안이 필요합니다. 오늘 아침 잠이 깬 이후 전 줄곧 몸이 마비될 것 같은 무력감을 느끼고 있었습니다."

프랭클린 클라크가 말했다.

"저는 우리 팀이 실제로 쓸모가 있는지 몹시 의문입니다."

도널드 프레이저가 말했다.

"패배자처럼 생각하지 말아요, 돈."

메건이 내뱉듯이 말했다.

메리 드로어는 살짝 얼굴을 붉히며 이렇게 말했다.

"제가 하고 싶은 말은 사람 일은 결코 알 수가 없다는 거예요. 그 사악하고 잔인한 자가 이곳에 있고, 우리도 이곳에 있어요……. 그러니까 사람 일이 그렇듯 누군가를 정말 어이없이 마주칠 수도 있을 거예요."

내가 분통을 터뜨렸다.

"우리가 좀 더 능동적으로 움직일 수 있다면 얼마나 좋을까요."

"잊어서는 안 돼, 헤이스팅스. 경찰이 할 수 있는 모든 조치를 취하고 있다는 걸 말일세. 특별 수사팀이 구성되었다네. 크롬 경위는 태도가 좀 짜증스럽긴 하지만 아주 유능한 경찰이고, 경찰서장인 앤더슨 대령은 그야말로 행동의 화신일세. 그들은 이 도시 전체와 경마장을 감시하고 순찰하기 위해 모든 조치를 취해 놓았네. 사복 형사들도 도처에 배치되었지. 언론에서도 크게 보도하고 있고. 사람들 모두 충분한 경계를 하고 있을 걸세."

도널드 프레이저는 고개를 내저었다.

"그자는 범행을 시도하지 않을지도 모릅니다."

그가 희망에 찬 어조로 말을 이었다.

"이래도 시도한다면 정말 미친놈일 겁니다!"

클라크가 건조하게 말을 받았다.

"불행히도, 그자는 미치광이란 말입니다! 어떻게 생각하십니까, 무슈 푸아로? 그자가 범행을 포기할까요, 아니면 계획대로 실행할까요?"

"제 생각으로는 강박관념 때문에라도 그자는 자신이 한 약속을 지키려 들 것 같습니다! 범행을 포기한다는 것은 실패를 인정하는 것이 될 테고, 그의 병적인 자부심은 그걸 결코 허락하지 않을 테니까요. 이것은 톰슨 박사의 견해이기도 합니다. 우리가 바라는 바는 그자가 범행을 시도하다가 잡히는 겁니다."

도널드가 또다시 고개를 내저었다.

"그는 몹시 교활하게 행동할 겁니다."

푸아로는 흘끗 손목시계를 보았다. 우리는 그 몸짓이 암시하는 바를 알아차렸다. 우리는 오전에 가능한 한 여러 곳을 돌아다니며 살피고, 그 다음에는 경마장에서 범행 가능성이 높은 여러 장소에 흩어져 있기로 했던 것이다.

'우리'라고 말하기는 했지만, 내 경우에는 ABC를 알아볼 가능성이 전혀 없었으므로 나의 순찰은 거의 쓸모가 없었다. 하지만 가능한 한 넓은 범위를 살펴보기 위해 개별적으로 행동하자는 약속이 있었기 때문에, 나는 숙녀들 중 하나를 경호하겠노라고 제안했다.

푸아로도 내 의견에 동의했다. 다만 그의 눈빛이 번쩍 하고 번득인 것 같았다.

여자들이 모자를 가지러 자리를 떴다. 도널드 프레이저는 창가에

서서 생각에 잠긴 표정으로 밖을 내다보고 있었다.

그런 그를 힐긋 쳐다보던 프랭클린 클라크는 그가 혼자 생각에 정신이 팔려 있어 자신이 하는 이야기를 듣지 못하리라고 판단한 듯, 목소리를 조금 낮추어 푸아로에게 물었다.

"잠깐만요, 무슈 푸아로, 처스턴에 가서 제 형수님을 만나신 걸로 아는데요. 형수님이 무슨 말씀…… 그러니까 제 말은…… 무슨 암시나 제안 같은 걸 하시던가요……?"

그는 곤란한 표정으로 말을 멈추었다.

그 말을 들은 푸아로의 표정이 묘하게 순진하고 바보같아서 나는 강한 호기심을 느꼈다.

"코망(뭐라고요)? 레이디 클라크가 도대체 뭘 말하고 암시하고 제안하셨다는 건가요?"

프랭클린 클라크의 얼굴이 붉어졌다.

"지금은 사적인 일로 번거롭게 할 때가 아니라고 여기실지도 모르겠습니다만……"

"뒤 투(천만에요)!"

"하지만 사태를 명확히 해 두고 싶어서요."

"훌륭한 생각입니다."

이번에는 클라크도 무표정하지만 재미있다는 표정을 한 푸아로의 얼굴을 보고 의구심을 품기 시작한 것 같았다. 그는 무거운 어조로 힘들여 말했다.

"형수님은 정말이지 훌륭한 여성이십니다. 저는 형수님을 언제나 좋아했지요. 그런데 그분은 한동안 병석에 계셨습니다……. 그리고 그런 종류의 병을 앓게 되면…… 약이나 다른 것들로 인해 환자는…… 그러니까 사람들에 대해 엉뚱한 상상을 하게 된답니다."

"아?"

이제까지 푸아로의 눈이 쓸데없이 번득인 적은 없었다.

하지만 프랭클린 클라크는 한껏 예의를 차려 말하는 데 몰두해 그것을 눈치 채지 못했다.

"이건 도라, 그러니까 그레이 양에 대한 이야기입니다."

"오, 지금 하는 말이 그레이 양에 관한 건가요?"

푸아로의 목소리에는 생각지도 못했던 말이라는 듯한 놀라움이 담겨 있었다.

"예, 레이디 클라크는 머릿속으로 어떤 상상을 하신 것 같습니다. 알다시피 도라, 그러니까 그레이 양은 상당한 미인입니다……."

"아마도요……. 그렇지요."

푸아로가 동의했다.

"그리고 여자들이란 아무리 훌륭해도 다른 여자에게 약간 심술궂기 마련이죠. 물론 도라는 형님에게 아주 소중한 존재였습니다. 형님은 언제나 그녀가 자신이 만난 비서 중 가장 뛰어나다고 말씀하셨지요. 그리고 실제로 그녀를 매우 아끼기도 하셨습니다. 하지만 그건 완벽하게 공적이고 사심 없는 감정이었습니다. 제 말은 도라가 그런 종류의 여자가 아니라는 겁니다……."

"그렇겠죠?"

푸아로가 추임새라도 넣듯 말했다.

"하지만 형수님 생각은 달랐습니다……. 그건 아마…… 질투였던 것 같습니다. 그동안 형수님은 아무런 내색도 하시지 않았습니다. 하지만 형님이 돌아가신 후 그레이 양의 거취에 대한 문제가 불거지자……. 음, 샬럿 형수님은 크게 화를 내셨죠. 물론 그것은 부분적으로 병과 진통제 때문일 겁니다. 캡스틱 간호사가 그렇게 말하더군요. 그런 형수님을 탓해서는 안 된다고요……."

그가 잠시 말을 멈추었다.

"그래서요?"

"제가 이해해 주셨으면 하는 건 말입니다, 무슈 푸아로, 샬럿 형수님의 그런 말이 전혀 근거 없는 이야기란 겁니다. 그저 병든 여자의 상상에 불과합니다. 이걸 보세요."

그는 주머니를 더듬었다.

"여기 제가 말레이 연방에 있을 때 형님에게서 받은 편지가 있습니다. 두 사람이 어떤 관계였는지를 정확하게 보여 주고 있으니 한 번 읽어 보셨으면 합니다."

푸아로가 그것을 받았다. 프랭클린은 그의 곁으로 다가가 몇몇 부분을 손가락으로 가리키며 소리 내어 읽었다.

……이곳의 상황은 여전하다. 샬럿은 그런 대로 고통에서 벗어난 것 같다. 혹시 도라 그레이 기억나니? 사랑스러운 아가씨지. 그녀는 내게 말로 표현할 수 없을 만큼 커다란 위안이 되고 있다. 그녀가 없다

면 이 힘든 때에 어떻게 해야 할지 몰랐을 거다. 그녀의 친절함과 관심이 큰 위안이 된다. 그녀는 미술품에 대해 섬세한 취향과 예민한 직감을 갖고 있고, 나처럼 중국 미술에 대한 열정을 갖고 있단다. 그녀와 함께 일하게 된 건 정말이지 행운이다. 딸이라 해도 이보다 더 가깝고 잘 통할 수 없을 거다. 지금까지 그녀의 삶은 힘들었고, 또 늘 행복한 건 아니었지만, 이곳을 집처럼 여기고 진심으로 좋아하는 것 같아 기쁘다.

"보시다시피 이게 바로 그녀에 대한 형님의 감정이었습니다. 형님은 그녀를 딸처럼 생각하셨습니다. 제가 부당하다고 느끼는 건, 형님이 돌아가시자마자 형수님이 그녀를 집에서 내보냈다는 겁니다! 여자들은 정말 잔인하답니다, 무슈 푸아로."

"당신 형수님이 병중이고 고통받고 있다는 걸 기억하십시오."

"저도 압니다. 그 점을 저도 스스로에게 거듭 이야기했지요. 형수님을 비난해선 안 됩니다. 어쨌든 이 편지를 선생님께 보여 드려야겠다고 생각했습니다. 레이디 클라크가 한 말 때문에 선생님께서 도라에 대해 잘못된 인상을 갖게 하고 싶지 않아서요."

푸아로는 그 편지를 그에게 돌려주었다.

"안심하셔도 됩니다. 저는 누가 어떤 말을 하든 간에 그것으로 잘못된 인상 같은 건 갖지 않습니다. 제 자신의 판단을 믿지요."

푸아로는 웃으며 말했다.

"음……."

클라크는 편지를 집어넣었다.

"어쨌든 이걸 보여 드려서 기쁩니다. 저기 여자분들이 오는군요. 우리도 떠나는 게 좋겠습니다."

방을 나서기 전에 푸아로가 나를 불러 세웠다.

"자네도 원정대에 합류하기로 마음먹었나, 헤이스팅스?"

"오, 그럼요. 꼼짝 않고 여기에 머물러 있는 쪽이 훨씬 더 괴로울 거예요."

"움직임이란 몸뿐 아니라 머리에도 해당되는 거야, 헤이스팅스."

"흠, 그 점에선 당신이 나보다 훨씬 나은 것 같네요."

내가 대답했다.

"당연하지. 헤이스팅스, 자넨 숙녀들 중 하나를 경호할 생각인 것 같은데 맞나?"

"그렇습니다."

"그럼 같이 가도 좋은지 어떤 숙녀에게 물어보았나?"

"음……. 전……. 어……. 아직 생각해 보지 않았는데요."

"바너드 양이 어떻겠나?"

"그녀는 좀 독립심이 강해 보여서요."

내가 이의를 제기했다.

"그레이 양은?"

"예, 그녀가 낫겠습니다."

"헤이스팅스. 자네는 속이 뻔히 들여다보이는 거짓말쟁이군그래! 자네가 좋아하는 금발의 천사와 오늘 하루를 보내기로 이미 마음을 정한 것 아닌가!"

"오, 정말이지, 푸아로!"

"자네의 계획을 엉망으로 만들어서 미안하네만 다른 사람을 호위해 달라고 요청해야겠네."

"오, 좋습니다. 당신은 네덜란드 인형 같은 아가씨에게 약한 것 같군요."

"자네가 호위해야 할 사람은 메리 드로어일세. 결코 그녀 곁을 떠나서는 안 되네."

"하지만, 푸아로, 이유가 뭡니까?"

"그건 말일세, 친애하는 친구, 그녀의 성이 D자로 시작되기 때문일세. 우리는 모든 가능성에 대비해야 한다네."

그의 말은 타당했다. 처음에 그 말은 억지로 갖다 붙인 것 같았지만, 이윽고 나는 ABC가 푸아로를 광적으로 증오하고 있다면 그의 움직임을 줄곧 주시하고 있으리라는 것을 깨달았다. 그럴 경우 메리 드로어를 제거하는 것은 그야말로 굴욕적인 네 번째 공격이 될 터였다.

나는 그의 말대로 하겠다고 약속한 다음 창가의 의자에 앉아 있는 푸아로를 내버려두고 방을 나왔다.

푸아로 앞에는 작은 룰렛 원반이 놓여 있었다. 내가 문을 나서는 순간 그는 구슬을 던지더니 내 뒤에서 소리쳤다.

"루즈(빨강)야……. 좋은 징조네, 헤이스팅스. 운이 돌아온다고!"

리드베터는 조바심을 내며 나직하게 불평을 했다. 옆 좌석에 앉아 있던 남자가 일어서서는 서투르게도 뭔가에 걸려 비틀거렸다. 그러고서 그의 앞을 지나며 앞 좌석 위로 챙 모자를 떨어뜨리고는 그걸 주우려고 좌석 앞으로 몸을 기울였던 것이다.

이 모든 일이 영화 「참새 한 마리도」의 절정의 순간에 벌어지고 있었다. 그는 비애와 아름다움과 스릴이 넘치는, 스타들이 총출동한 이 영화를 보기 위해 한 주 내내 조바심을 내며 기다리지 않았던가.

캐서린 로열(리드베터의 견해로는 세계 최고의 여배우)이 연기하는 금발의 여주인공이 몹시 화가 나서 쉰 목소리로 고함을 지르고 있었다.

"절대로 안 돼. 나는 곧 굶어 죽을 거야. 하지만 그럴 순 없어. 이 구절을 잊지 마. 참새 한 마리도 허락 없이는 떨어지지 않는다는 것을…….”

리드베터는 짜증을 내며 고개를 오른쪽에서 왼쪽으로 돌렸다. 이런 한심한 사람들! 도대체 왜 영화가 끝날 때까지 기다릴 줄 모른단 말인가……. 꼭 지금처럼 영혼을 울리는 순간에 자리를 떠야 한단 말인가.

그를 짜증나게 하던 신사가 통로를 빠져나가 밖으로 나갔다.

'아, 이젠 좀 낫군.'

이제 리드베터는 화면 전체를, 뉴욕 밴 슈라이너 맨션의 창가에 서 있는 캐서린 로열의 모습을 편안하게 볼 수 있었다.

다음 순간 그녀는 기차에 오르고 있었다……. 아기를 품에 안은 채……. 미국 사람들이 타는 기차는 희한하기도 하지……. 영국 기차와는 아주 딴판이잖아. 산 속 오두막집에 있는 스티브의 모습이 다시 등장하는군……. 바야흐로 영화는 감상적이고 반쯤 종교적인 대단원을 향해 치닫고 있었다.

불이 켜지자 리드베터는 만족의 한숨을 내쉬었다. 그는 눈을 깜빡거리며 천천히 몸을 일으켰다.

그는 영화가 끝나자마자 냉큼 자리를 뜬 적이 없었다. 산문적인 일상의 현실로 돌아오기 위해서 그에게는 언제나 시간이 좀 필요했다.

그는 주위를 둘러보았다. 오늘 오후에는 관람객이 그리 많지 않았다. 당연한 일이었다. 사람들은 모두 경마장에 가 있었다. 리드베터는 경마나 카드 게임, 음주, 흡연 같은 것엔 관심이 없었다. 그래서 영화를 즐기는 데 더 많은 에너지를 기울일 수 있었다.

모든 사람들이 서둘러 출구를 향해 걸어 나갔다. 리드베터도 그들을 따라 나갈 준비가 되어 있었다. 앞좌석에 앉은 사람은 잠이 든 듯 의자에 푹 파묻혀 있었다. 「참새 한 마리도」 같은 영화를 보면서 잠을 잘 수 있다는 것에 리드베터는 분개했다.

어떤 신사가 화난 목소리로 잠자는 그 남자에게 말하는 소리가 들려왔다. 그의 쭉 뻗은 다리가 통로를 막고 있었던 것이다.

"실례합니다, 선생님."

리드베터는 출구에 이르렀다. 그는 뒤를 돌아보았다.

무슨 소동이 일어난 모양이었다. 제복을 입은 수위……. 한 무리의 사람들……. 그렇다면 그의 앞에 앉아 있던 남자는 몹시 취해 잠든 것이 아니라 혹시…….

그는 망설이다가 밖으로 나왔다. 그렇게 함으로써 그는 그날의 놀라운 사건을 놓친 셈이었다. 세인트 레저 경마 대회에서 '낫 하프'가 85대 1로 이긴 것보다도 더 놀라운 사건을 말이다.

수위가 소리쳤다.

"선생님 말씀이 맞는 것 같습니다……. 이분은 몸이 아프신 것 같네요……. 이런 무슨 일입니까, 선생님?"

또 한 사람이 비명을 지르며 손을 떼고는 끈적끈적한 붉은 얼룩을 들여다보았다.

"피잖아……."

수위는 억눌린 듯한 비명을 내질렀다.

좌석 밑으로 튀어 나와 있는 노란색 물건의 귀퉁이가 그의 눈에 띄었다.

"아뿔싸! 저건 AB…… ABC 철도 안내서야!"

# 제삼자의 설명

커스트는 리걸 극장을 나와 하늘을 올려다보았다.

아름다운 저녁……. 정말이지 아름다운 저녁이었다…….

브라우닝의 시 구절이 그의 머릿속에 떠올랐다.

"신은 하늘에 있고, 세상은 안녕하도다."

그는 그 구절이 언제나 좋았다. 다만 그 말이 사실이 아니라고 느껴질 때가 종종 있었다…….

그는 빙그레 미소를 지으면서 거리를 따라 걸어 묵고 있는 블랙스완 여관으로 돌아왔다. 그는 포석이 깔린 안뜰과 창고에 면해 있는 2층의 답답한 작은 방으로 통하는 층계를 올랐다.

방으로 들어선 순간 그의 얼굴에서 갑자기 미소가 사라졌다. 외투 소매 끝부분에 얼룩이 묻어 있었던 것이다. 그는 그것을 만져 보았다. 붉은 색의 축축한 액체……. 바로 피였다…….

그의 손이 주머니 속으로 들어가 뭔가를 꺼냈다. 그것은 길고 가느다란 칼이었다. 그 칼의 날에도 역시 끈적한 붉은 색의 액체가 묻어 있었다…….

커스트는 한동안 자리에 앉아 움직이지 않았다.

그의 두 눈이 사로잡힌 동물처럼 한 차례 방 안을 둘러보았다. 그의 혀가 발작적으로 입술을 핥았다.

"내 잘못이 아니야."

커스트가 중얼거렸다. 다른 누군가와 논쟁을 벌이고 있는 것 같은 말투였다. 교장 선생님께 사정하고 있는 어린 학생 같았다.

그는 다시 한 번 혀로 입술을 핥았다…….

또다시 그는 소맷자락을 만져 보았다. 그의 눈길이 방을 가로질러 세면기로 향했다. 잠시 후 그는 구식 물병에 담긴 물을 세면기에 부었다. 외투를 벗은 그는 소매에 묻은 얼룩을 씻어내고 조심스럽게 물기를 짜냈다.

아차! 어느새 물이 새빨갛게 물들고 말았다……. 그리고 노크 소리가 들려왔다. 그는 얼어붙은 듯 그 자리에 서서 물끄러미 문 쪽을 바라보았다.

문이 열렸다. 통통한 젊은 여자가 손에 물병을 들고 서 있었다.

"오, 실례합니다, 선생님. 더운 물입니다, 선생님."

이윽고 그는 애써 입을 열었다.

"고맙습니다……. 이미 찬물로 씻었는데요……."

왜 그런 말을 한 것일까? 여자의 시선은 즉각 세면대로 향했다.

그가 허둥지둥 말했다.

"제가…… 제가 손을 좀 베여서……."

잠시 침묵이 흐른 다음……. 그랬다. 아주 긴 침묵이었다……. 여자가 말했다.

"예, 선생님."

여자는 나가서 문을 닫았다. 커스트는 돌이 되어 버린 듯 그 자리에 꼼짝도 하지 않고 서 있었다.

그는 귀를 기울였다.

이렇게 되다니……. 결국…….

사람들의 말소리……. 비명 소리……. 층계를 올라오는 발소리가 들려오지 않는가?

그의 귀에 들리는 것이라고는 자신의 심장 고동 소리뿐이었다…….

얼어붙은 듯 꼼짝도 하지 않던 그는 이윽고 움직이기 시작했다.

그는 외투를 걸쳐 입고 발끝으로 문까지 걸어가서는 살그머니 문을 열었다. 바에서 올라오는 익숙한 두런거림 외에 아직은 별다른 소리가 들리지 않았다. 그는 살그머니 층계를 내려갔다…….

역시 아무도 없었다. 운이 좋았다. 그는 층계 발치에서 걸음을 멈추었다. 이제 어느 쪽으로 간다?

그는 마음을 정하고 재빨리 통로를 따라 걸어서는 뜰로 통하는 문을 통해 밖으로 나왔다. 운전수 둘이 차를 수리하면서 누가 이겼고 누가 졌느니 하며 토론을 벌이고 있었다.

커스트는 서둘러 마당을 가로질러 거리로 나왔다.

첫 번째 모퉁이에서 오른쪽으로……. 그런 다음 왼쪽으로……. 다시 오른쪽으로…….

대담하게 역으로 가도 괜찮을까?

그래, 그곳에는 사람들이 많을 것이다……. 임시 열차……. 행운이 함께한다면 무사히 탈 수 있겠지…….

행운이 함께한다면…….

# 제삼자의 설명

크롬 경위는 리드베터가 흥분해서 떠들어 대는 이야기에 귀를 기울였다.

"경위님, 그때 일을 생각하면 심장이 멎는다니까요. 실제로 그자는 영화가 상영되는 동안 내내 제 옆에 앉아 있었다고요!"

크롬 경위는 리드베터의 심장에는 전혀 관심을 보이지 않은 채 말했다.

"분명히 좀 말해 주시겠습니까? 그 사람이 그 영화가 끝날 무렵 나갔는데……."

"「참새 한 마리도」라는 영화죠……. 캐서린 로열이 나오고요."

리드베터가 반사적으로 중얼거렸다.

"그자가 당신 앞을 지나면서 비틀거렸고……."

"그저 비틀거리는 체한 겁니다. 이제 알겠네요. 그런 다음 모자를 주우려고 좌석 앞으로 몸을 기울였습니다. 틀림없이 그때 가엾은 희생자를 칼로 찔렀을 겁니다."

"당신은 아무 소리도 듣지 못했습니까? 비명은요? 아니면 신음 소리는?"

리드베터가 그때 들은 것이라고는 캐서린 로열의 쉰 듯한 외침 소리뿐이었지만, 생생한 상상력으로 그는 끙 하는 신음 소리를 생각해 냈다.

크롬 경위는 신음 소리를 들었다는 그의 말을 그대로 믿고 진술을 계속하게 했다.

"그런 다음 그는 밖으로 나갔습니다……."

"그 사람의 인상착의를 묘사할 수 있습니까?"

"키가 몹시 큰 사람이었습니다. 적어도 180센티미터는 넘을 겁니다. 거인 같았지요."

"금발이었습니까, 검은 머리였습니까?"

"그러니까…… 음……. 확신할 수는 없습니다. 대머리였던 것 같던데요. 으스스해 보이는 사내였습니다."

"다리를 절진 않던가요?"

크롬 경위가 물었다.

"예……. 맞아요, 그 말씀을 듣고 보니 다리를 절었던 것 같습니다. 피부빛이 몹시 가무잡잡했죠. 인도인과의 혼혈이었는지도 모르겠습니다."

"그 사람은 영화가 시작되기 전 불이 켜 있을 때 자리에 앉아 있었습니까?"

"아뇨, 그는 영화가 시작한 뒤에 들어왔습니다."

크롬 경위는 고개를 끄덕이고는 리드베터에게 진술서에 서명하게 한 다음 돌려보냈다.

"저 사람은 증인으로서는 최악이군."

그가 비관적으로 한마디했다.

"조금만 추임새를 넣어 주면 무슨 말이든 할 거야. 저 사람은 범인이 어떻게 생겼는지 전혀 모르고 있는 게 분명해. 그 극장의 수위를 불러오게."

군인처럼 몹시 뻣뻣한 태도를 한 수위가 안으로 들어와서는 앤더슨 대령에게 시선을 고정시킨 채 차렷 자세를 취했다.

"자, 그럼 제임슨, 자네가 목격한 이야기를 해 보게."

제임슨이 경례를 했다.

"예, 서장님. 영화가 끝난 후였습니다. 아픈 사람이 있다는 이야기를 들었습니다, 서장님. 그 신사는 2실링 4펜스짜리 좌석*에 푹 파묻혀 앉아 있었습니다. 주위에 사람들이 모여 있었고요. 문제의 신사는 몹시 안 좋아 보이더군요. 곁에 서 있던 신사 한 분이 아픈 사람의 외투를 잡았는데, 그 손을 보고 사태를 알아챘습니다. 피가 묻었더군요, 서장님. 그 신사는 죽은 게 분명했습니다. 칼에 찔려서요, 서장님. 그 다음에는 ABC 철도 안내서가 눈길을 끌었습니다, 서장

---

* 1971년 1월 이전 1파운드는 20실링, 240펜스에 해당한다.

님. 좌석 밑에 떨어져 있더군요. 저는 적절히 행동해야겠다고 생각해 정신을 차리고 그런 것들에 손을 대지 않은 채 즉각 경찰에 비극이 일어났다는 것을 신고했습니다."

"잘했네, 제임슨. 자네는 아주 적절하게 행동했어."

"감사합니다, 서장님."

"영화가 끝나기 5분 전에 2실링 4펜스짜리 좌석에서 한 사내가 일어나 나가는 걸 보지 못했나?"

"몇 사람 있었습니다, 서장님."

"그 사람들의 인상착의를 기억할 수 있나?"

"제대로 기억해 내지 못할 것 같습니다, 서장님. 한 사람은 재프리 파넬 씨였습니다. 그리고 샘 베이커라는 청년이 여자 친구와 함께 나갔습니다. 그 밖의 사람들에게는 특별히 신경을 쓰지 않았습니다."

"안타깝군, 이제 됐네, 제임슨."

"예, 서장님."

수위는 인사를 하고 방을 나갔다.

"의사의 보고를 들어 봐야겠군. 다음에는 피해자를 처음 발견한 사람을 만나 보는 게 좋겠네."

앤더슨 대령이 말했다.

경관 하나가 들어와 경례를 했다.

"에르퀼 푸아로 씨가 와 계십니다, 서장님. 또 다른 신사 분도요."

크롬 경위가 미간을 찌푸렸다.

"오, 음, 들어오라고 해야겠지."

## 돈캐스터 살인

푸아로의 뒤를 따라 안으로 들어간 내 귀에 크롬 경위가 한 말의 뒷부분이 들려왔다.

크롬과 경찰서장은 걱정스럽고 의기소침해 보였다.

앤더슨 대령이 우리에게 목례를 했다.

"이렇게 와 주셔서 기쁩니다, 무슈 푸아로."

그가 예의바르게 말했다. 그는 크롬의 말이 우리 귀에 들렸으리라는 것을 짐작한 모양이었다.

"아시다시피 또 호되게 당했습니다."

"이번에도 ABC 살인입니까?"

"그렇습니다. 대담하기 짝이 없는 범죄입니다. 앞으로 몸을 기울여 등을 칼로 찔렀습니다."

"이번에는 칼로 찔렀다고요?"

"예, 범행 방식이 꽤나 다양하지 않습니까? 머리를 강타하고, 목을 조르고, 이제는 칼입니다. 다재다능한 악마라고나 할까요? 원하신다면 여기 의사의 보고서가 있습니다."

그는 서류를 푸아로 쪽으로 밀어놓았다.

"ABC 철도 안내서가 피살자의 다리 사이의 바닥에 떨어져 있었습니다."

그가 덧붙였다.

"피살자의 신원은 확인되었습니까?"

푸아로가 물었다.

"예. ABC가 이번에는 실수를 했더군요. 그나마 위로가 되는 일이죠. 죽은 사람의 이름은 얼스필드, 조지 얼스필드입니다. 직업은 이발사고요."

"흥미롭군요."

푸아로가 말했다.

"의도적으로 한 글자를 뛰어넘은 것일 수도 있습니다."

대령이 말했다. 내 친구는 믿기 어렵다는 듯 고개를 내저었다.

"다음 목격자를 만나 볼까요? 빨리 집으로 돌아가고 싶어 한다던데요."

크롬이 말했다.

"예, 예……. 들어오라고 하죠."

『이상한 나라의 앨리스』에 나오는 개구리 하인과 몹시 닮은 중년 신사가 안내를 받아 들어왔다. 그는 몹시 흥분해 있었고, 목소리는 복받치는 감정으로 떨리고 있었다.

"제 인생에서 가장 충격적인 경험입니다."

그가 끽끽대는 목소리로 말했다.

"제 심장이 좀 약합니다, 서장님……. 아주 약하죠. 죽을 수도 있었지요."

"성함을 알려 주십시오."

경위가 물었다.

"다운스입니다. 로저 아마누엘 다운스."

"직업은요?"

"하이필드 중학교의 교사입니다."

"자, 다운스 선생님. 무슨 일이 있었는지 말씀해 주시겠습니까?"

"아주 간단하게 말씀드릴 수 있습니다, 여러분. 영화가 끝나고 저는 자리에서 일어났습니다. 왼쪽 좌석은 비어 있었지만 하나 건너에는 어떤 남자가 잠들어 있는 것 같았습니다. 그가 두 다리를 앞으로 뻗고 있어서 지나갈 수가 없겠더군요. 그래서 그에게 지나가게 해달라고 말했지요. 그가 움직이지 않아서 저는…… 그러니까…… 조금 어조를 크게 해서 다시 말했습니다. 여전히 아무런 반응도 없었습니다. 그래서 저는 그를 깨우려고 어깨를 잡았습니다. 그의 몸이 더 깊숙이 의자에 파묻히더군요. 저는 그가 의식이 없거나 몸이 몹시 아픈 것 같다는 생각이 들었습니다. 저는 큰 소리로 외쳤습니다. '이 신사가 아픈 모양입니다. 수위를 불러 주세요.' 수위가 왔더군요. 그 사람 어깨에서 손을 뗀 저는 제 손에 축축하고 빨간 것이 묻어 있는 것을 보았습니다……. 분명히 말씀드리지만, 여러분, 그 때의 충격은 정말 엄청났습니다! 하마터면 큰 불상사가 일어날 수도 있었습니다! 여러 해 동안 저는 심장이 약해서 고생을 해 왔으니까요……."

앤더슨 대령이 아주 기묘한 표정으로 다운스를 응시하고 있었다.

"당신은 정말 행운아입니다, 다운스 씨."

"그렇습니다, 서장님. 심계항진*이 일어나는 것은 면했으니까요!"

"제 말뜻을 잘 알아듣지 못하신 것 같군요, 다운스 씨. 피해자의 좌석에서 한 칸 건너 앉아 계셨지요?"

"사실 처음에는 살해당한 사람 바로 옆좌석에 앉아 있었습니다. 그러다가 좌석 하나를 띄우고 싶어서 옮겨 앉았지요."

"당신은 죽은 사람과 키와 몸집이 비슷하지 않습니까? 그리고 그 사람처럼 모직 목도리를 목에 두르고 계셨고요."

"그 사람을 제대로 보질 못해서……."

다운스가 뻣뻣하게 말을 시작했다.

"분명히 말씀드리는데요, 선생님, 그 덕택에 선생님은 화를 면하신 겁니다. 살인범은 당신을 따라 들어왔다가 목표를 혼동했지요. 그는 뒷모습을 잘못 본 겁니다. 제 손에 장을 지지겠습니다, 다운스 씨, 그 칼이 당신 등을 노린 게 아니라면 말입니다!"

앤더슨 대령이 말했다.

---

* 심박수가 갑자기 높아지는 현상.

다운스의 심장은 이전의 시련에는 잘 버텨 주었지만, 이번 충격은 견뎌 낼 수 없었던 모양이었다. 그는 의자에 앉은 채 자세가 허물어지면서 헉 하고 숨을 멈추더니 얼굴이 보랏빛으로 변했다.

"물, 물 좀……."

그가 헐떡이며 말했다.

물 한 잔이 날라져 왔다. 조금씩 물을 마시는 동안 그의 안색이 점차 정상으로 돌아왔다.

"저를요? 왜 저죠?"

그가 물었다.

"그럴 듯했으니까요. 실제로 이것이 유일한 설명입니다."

크롬이 대답했다.

"당신 말은 그 사람…… 그…… 그 악마의 화신…… 그 피에 굶주린 미치광이가 기회를 엿보며 날 따라다녔다는 겁니까?"

"바로 그렇다고 말씀드리지 않을 수 없군요."

"하지만 도대체 왜 저죠?"

교사가 분개해 물었다.

크롬 경위는 그 물음에 "당신이라서 안 될게 뭡니까?"라고 대답하고 싶은 유혹을 애써 눌렀다. 그는 대신 이렇게 대답했다.

"미치광이의 행동에서 어떤 이유를 기대해 봤자 소용없을 것 같습니다."

"주여, 제 영혼을 보호하소서!"

다운스는 감정을 억제하고 나직하게 중얼거렸다.

그는 자리에서 일어섰다. 그 모습이 갑자기 늙고 심약해 보였다.

"더 물어 보실 게 없다면, 여러분, 집에 가야겠습니다. 전…… 전 몸이 그리 좋질 않습니다."

"좋습니다, 다운스 씨. 경관을 한 명 딸려 보내겠습니다. 안전을 위해서요."

"오, 아뇨……. 고맙지만 아닙니다. 그럴 필요는 없습니다."

"그 편이 나을 겁니다."

앤더슨 대령이 퉁명스럽게 말했다. 그는 눈길을 돌려 옆의 경위에게 묻는 듯한 미묘한 시선을 보냈다. 경위는 역시 미묘한 끄덕임으로 대답했다.

다운스가 몸을 떨면서 밖으로 나갔다.

"저 사람이 눈치를 채지 못한 게 차라리 다행이군. 두 사람 정도가 배치되겠지?"

앤더슨 대령이 말했다.

"예, 서장님. 라이스 경위가 조치를 취해 놓았습니다. 집에도 경비가 붙을 겁니다."

"ABC가 자신이 실수했다는 것을 알고 다시 범행을 하려 들 거라고 보십니까?"

푸아로가 물었다.

앤더슨이 고개를 끄덕였다.

"그럴 가능성이 있습니다. ABC는 질서정연하게 움직이는 자 같습니다. 사태가 계획대로 되지 않으면 몹시 언짢아할 겁니다."

그가 대답했다.

푸아로는 생각에 잠긴 채 고개를 끄덕였다.

"범인의 인상착의를 알 수 있었다면 좋았을걸."

앤더슨 대령이 짜증스럽다는 듯 말했다.

"언제나처럼 다시 오리무중이군요."

"곧 드러날 겁니다."

푸아로가 말했다.

"그렇게 생각하십니까? 음, 그럴 수도 있지요. 하지만 빌어먹을, 뒤통수에 눈이 있을 순 없잖습니까?"

"조금만 인내심을 가지십시오."

푸아로가 말했다.

"무척 자신 있으신 것 같군요, 무슈 푸아로. 그렇게 낙관하시는 무슨 이유라도 있습니까?"

"예, 앤더슨 대령님. 지금까지 살인범은 실수를 하지 않았습니다. 이제 곧 실수를 하게 되어 있습니다."

"그게 이유의 전부라면……."

서장은 코웃음을 치며 말을 시작했다. 하지만 그의 말은 중단되고 말았다.

"블랙 스완 여관의 볼 씨가 젊은 여자 하나를 데리고 와 있습니다, 서장님. 도움이 될 만한 것을 알고 있답니다."

"그들을 데려오게. 데려오라고. 도움이 되는 거라면 뭐든지 들어야 하니까."

블랙 스완 여관의 주인 볼은 몸집이 크고 머리와 동작이 둔한 사내였다. 그의 숨결에서는 독한 맥주 냄새가 풍겼다. 그와 함께 온 사람은 몹시 흥분해 두 눈이 휘둥그레진 통통한 젊은 여자였다.

"제가 방해가 되거나 여러분의 귀중한 시간을 낭비하게 만들지 않았으면 좋겠는데요."

느리고 굵은 목소리로 볼이 말했다.

"하지만 여기 이 메리라는 아이가 말하길 여러분이 아셔야 할 게 있다는군요."

메리는 그다지 마음이 내키지 않는다는 듯이 쿡쿡거리며 웃었다.

"음, 아가씨, 무슨 이야기죠? 이름이 어떻게 됩니까?"

앤더슨이 물었다.

"메리예요, 서장님. 메리 스트라우드."

"자, 메리. 말해 봐요."

메리는 둥근 두 눈을 주인에게 돌렸다.

"신사 분들 방에 더운물을 가져다주는 게 이 아이의 일입니다."

볼이 그녀를 도와 말을 꺼냈다.

"우리 여관에는 여섯 명 정도가 묵고 있지요. 어떤 사람은 경마 때문에, 어떤 사람은 그냥 사업차 말입니다."

"예, 예."

앤더슨이 조바심을 내며 대답했다.

"어서 말씀드려, 얘야. 네가 하려던 말을 하라고. 겁낼 필요 없어."

볼이 말했다.

메리가 흡 하고 숨을 들이쉬고는 끙 하는 소리를 내더니 숨찬 목소리로 이야기를 시작했다.

"방문을 두드렸는데, 대답이 없었어요. 저는 손님이 '들어와요'라고 말하지 않으면 들어가지 않는답니다. 그런데 그때는 아무 소리도 나지 않길래 전 방 안으로 들어갔어요. 그분은 거기서 손을 씻고 계셨지요."

그녀는 잠시 말을 멈추고 깊게 숨을 들이쉬었다.

"계속해요, 아가씨."

앤더슨이 말했다.

메리는 옆눈으로 여관 주인을 힐긋 바라보더니 그가 천천히 고개를 끄덕이는 것을 보고 기운을 얻었는지 다시 입을 열었다.

"'더운물을 가져왔어요, 선생님. 그리고 노크는 아까 했고요.' 하고 제가 말하자 그 사람은 '오, 이미 찬물로 씻었답니다.'라고 하더군요. 그래서 자연스럽게 저는 세면대를 쳐다봤는데, 이런! 맙소사, 서장님, 물이 온통 붉은색이었어요!"

"붉은색?"

앤더슨이 날카롭게 물었다.

볼이 끼어들었다.

"이 아이가 한 말에 따르면, 그 손님이 외투를 벗어들고 소맷자락을 쥐고 있었는데, 거기가 온통 젖어 있었답니다. 맞지, 엉?"

"예, 사장님. 틀림없어요, 사장님."

메리가 다시 이야기를 이어나갔다.

"그리고 그 사람의 얼굴 말인데요, 서장님, 이상했어요, 지독하게 이상해 보였어요. 얼마나 깜짝 놀랐는지."

"그것이 언제 일인가요?"

앤더슨이 날카롭게 물었다.

"5시 15분쯤, 그 정도일 거예요."

"3시간여 전이군. 어째서 곧바로 신고하지 않았습니까?"

앤더슨이 내뱉듯이 말했다.

"처음에는 그 이야기를 못 들었어요. 또 다른 살인이 벌어졌다는 뉴스가 나올 때까지는요. 그러자 이 애가 비명을 지르면서 세면대에 피가 있었던 것 같다고 하더군요. 그래서 제가 그게 무슨 말이냐고 물었더니 그제야 이야기를 하지 않겠습니까. 음, 좀 이상하게 들려서 직접 2층으로 올라가 보았지요. 방에 아무도 없었습니다. 사람들에게 물어보았더니, 마당에 있던 청년들 중 하나가 슬그머니 빠져나가는 사람을 보았다고 했는데, 인상착의로 미루어 바로 그 사람이더군요. 그래서 저는 마누라에게 여기 메리가 경찰에 신고하는 게 최선이라고 말했지요. 마누라와 메리는 좀 내키지 않아 했지만, 제가 같이 가 주겠다면서 끌고 온 겁니다."

크롬 경위가 그를 바라보며 종이 한 장을 꺼냈다.

"그 사람의 인상착의를 말해 보세요. 가능한 한 빨리요. 낭비할 시간이 없습니다."

"몸집은 보통이고 등이 굽었고 안경을 썼어요."

메리가 말했다.

"그가 입은 옷은요?"

"짙은 색 외투를 입고 홈부르크 모자를 썼더랬죠. 좀 초라해 보였답니다."

그녀는 이 정도의 묘사에 특별히 뚜렷한 설명을 덧붙이지는 못했다.

크롬 경위는 지나치게 밀어붙이지 않았다. 모두들 즉각 송수화기를 붙잡았지만, 경위도 서장도 사태를 크게 낙관하고 있는 것은 아니었다.

크롬은 그 남자가 살그머니 마당을 가로질러 빠져 나갈 때 서류가방이나 여행가방을 들고 있지 않았다는 점에 주목했다.

"거기에 기대를 걸어도 좋을 겁니다."

그가 말했다.

경관 둘이 블랙 스완 여관에 급파되었다.

자부심으로 의기양양해 있는 여관 주인 볼과 눈물이 글썽해진 메리가 동행했다.

10분쯤 후 경사가 돌아와서 말했다.

"숙박부를 가져 왔습니다, 서장님. 이것이 그의 서명입니다."

우리는 그 주위로 몰려들었다. 글씨가 작고 비뚤거렸다. 알아보기 쉽지 않았다.

"A. B. 케이스(Case)……. 아니 캐시(Cash)인가?"

서장이 말했다.

"ABC군요."

크롬이 의미심장하게 말했다.

"짐은 어떻던가?"

앤더슨이 물었다.

"큼직한 여행 가방이 하나 있었습니다, 서장님. 마분지로 된 상자가 가득 들어 있더군요."

"상자? 그 안에는 무엇이 들었던가?"

"스타킹입니다, 서장님. 실크 스타킹이었습니다."

크롬이 푸아로에게 몸을 돌렸다.

"축하합니다, 당신의 예감이 맞았군요."

## 제삼자의 설명

크롬 경위는 런던 경시청의 자기 방에 앉아 있었다.

책상 위의 전화벨이 조그맣게 울리자 그는 수화기를 들었다.

"제이콥스입니다, 경위님. 경위님이 꼭 들으셔야 할 이야기가 있다면서 어떤 청년이 찾아왔는데요."

크롬 경위는 한숨을 내쉬었다. 하루에 평균 20명 정도가 ABC 사건에 대해 이른바 '중요한 정보'를 제공하겠다며 찾아왔다. 그중 몇몇은 남에게 해를 끼칠 정도는 아니지만 머리가 좀 이상한 사람들이었고, 또 몇몇은 자신들의 정보가 가치 있다고 철석같이 믿는 선량한 사람들이었다. 그런 이들을 선별해서 들을 만한 이야기를 취하고 필요한 경우 상관에게 보고하는 것이 제이콥스 경사의 임무였다.

"알겠네, 제이콥스. 데리고 오게."

크롬이 말했다.

잠시 뒤에 노크 소리가 나더니, 제이콥스 경사가 키가 크고 상당히 잘생긴 청년을 안내했다.

"톰 하티건 씨입니다, 경위님. ABC 사건에 관련되었을 수도 있는 이야기를 말씀드리겠답니다."

경위가 상냥하게 자리에서 일어나 악수를 했다.

"안녕하십니까, 하티건 씨. 앉으시겠습니까? 담배 피우시나요? 한 대 피우시습니까?"

톰 하티건은 어색하게 자리에 앉아서 마음속에서 높은 사람이라고 여겼던 인물의 실물을 약간의 외경심을 갖고 바라보았다. 경위의 외모를 보고 그는 막연한 실망을 느꼈다. 이래서야 다른 보통 사람과 다를 게 없지 않은가!

"자 그럼, 이 사건과 관련 있을 법한 이야기가 있다고 하시던데요. 말씀하시죠."

톰은 신경을 곤두세운 채 말을 시작했다.

"물론 별 거 아닐 수도 있습니다. 이건 그저 제 생각일 뿐입니다. 경위님의 시간만 뺏는 건지도 모릅니다."

크롬은 상대가 눈치 채지 못하게 다시 한 번 한숨을 내쉬었다.

이렇게 말하는 사람들을 안심시키느라 낭비하는 시간이 얼마나 많은지!

"그것은 우리가 판단합니다. 말씀해 보십시오, 하티건 씨."

"음, 제 얘기는 이런 겁니다, 경위님. 제겐 여자 친구가 있는데, 그녀의 어머니가 하숙을 치시죠. 캠든 타운에서 말입니다. 그 집 2층

뒷방에 1년여 전부터 커스트라는 남자가 하숙하고 있습니다."

"커스트……요?"

"그렇습니다, 경위님. 중년의 사내로 좀 흐리멍덩하고 순한…… 인생에서 실패한 것 같은 사람이라고 해야 할 겁니다. 파리 한 마리도 죽이지 못할 것 같은 그런 사람이죠. 좀 이상한 점만 없었다면, 저도 뭔가 잘못되었다는 생각 같은 건 꿈에도 하지 않았을 겁니다."

약간 당혹스런 태도로 그 말을 한두 차례 되풀이하면서 톰은 자신이 유스턴 역에서 커스트를 만난 일과 그가 떨어뜨린 차표를 주워준 일을 이야기했다.

"그런데 말입니다, 경위님, 돌이켜보니까 그게 좀 이상했습니다. 릴리(제 여자친구의 이름입니다.)는 그가 분명히 첼튼엄으로 간다고 말했다고 하고, 그녀의 어머니 역시 같은 말씀을 하십니다. 그날 아침 그가 떠날 때 그렇게 말했던 것을 분명히 기억하신다는 겁니다. 물론 저는 당시에는 그다지 신경을 쓰지 않았습니다. 릴리는 돈캐스터에서 그가 ABC에게 무슨 변이라도 당하지 않았으면 하고 중얼거리더라고요. 그게 지난 번 범죄가 일어났을 때에도 커스트 씨는 우연히 처스턴에 있었다고 하지 않겠습니까. 제가 농담 삼아 그 전에는 혹시 벡스힐에 있었던 게 아니냐고 묻자, 릴리는 그가 정확히 어디에 갔는지는 모르지만 해변에 있었다더군요. 해변인 것만은 분명하다고요. 그래서 제가 그 사람이 ABC라면 정말 이상할 거라고 하자, 그녀는 커스트 씨는 파리 한 마리도 죽이지 못할 사람이라고 반박했습니다. 당시 우리의 대화는 그것뿐이었습니다. 우린 그 일을 다시 입에 올린 적이 없어요. 하지만 적어도 제 잠재의식은 신경을 쓰고 있던 것 같습니다, 경위님. 저는 그 커스트란 인물이 의심스러워졌고, 급기야 겉으로는 남에게 피해를 줄 것 같지 않아 보여도 그가 살짝 머리가 돈 것은 아닌지 생각하게 되었습니다."

톰은 숨을 들이쉰 다음 이야기를 계속했다. 크롬 경위는 이제 관심 깊게 그의 말에 귀를 기울이고 있었다.

"그러다가 돈캐스터 사건이 일어났지요, 경위님, 온갖 신문에 A. B. 케이스 혹은 캐시라는 사람의 소재에 관해 제보를 바란다는 기사와 함께 인상착의가 실렸잖아요? 거기 꼭 들어맞는 사람입니다. 그 기사를 본 날 저녁 저는 릴리의 집에 가서 커스트 씨 이름의 머리글자가 어떻게 되느냐고 물어보았습니다. 처음에 릴리는 기억해 내지 못했지만, 그녀의 어머니는 알고 계시더군요. A. B.일 거라고 말입니다.

그래서 우리는 본격적으로 조사에 착수해, 앤도버에서 첫 살인이 일어났을 때 커스트가 여행을 떠나 있었는지 알아보았습니다. 음, 경위님도 아시다시피 석 달 전의 일을 기억하기란 그리 쉽지 않죠. 애를 먹긴 했지만 우리는 결국 해냈습니다. 왜냐하면 마버리 부인의 남동생이 6월 21일 그녀를 만나러 캐나다에서 왔었다거든요. 예고 없이 불쑥 찾아 온 그에게 부인이 잠잘 곳을 마련해 주려 하자, 릴리가 커스트 씨의 방을 쓰게 하는 게 어떠냐고 제안했답니다. 그때 커스트 씨는 집을 떠나 있었거든요. 하지만 마버리 부인은 그것은 하숙인에 대한 예의가 아니라며 동의하지 않으셨죠. 부인은 항상 올바르게 행동하고 싶어하시거든요. 어쨌든 그 동생이라는 버트 스미스가 타고 온 배가 사우샘프턴에 입항한 날이 바로 그날 6월 21일이었기 때문에 우리는 날짜를 확신할 수 있었습니다."

크롬 경위는 간간이 메모를 하면서 아주 주의 깊게 이야기를 듣고 있었다.

"이게 전부입니까?"

그가 물었다.

"전부입니다, 경위님. 제가 아무것도 아닌 일로 소란을 피운 게 아니기를 바랍니다."

톰은 살짝 얼굴을 붉혔다.

"전혀 그렇지 않습니다. 정말 잘 오셨습니다. 물론 이건 아주 사소한 증거입니다……. 날짜는 단순히 우연히 일치한 것일 수도 있고, 이름이 비슷한 것도 그렇습니다. 하지만 그 커스트 씨라는 사람을 만나 봐야겠군요. 그는 지금 집에 있습니까?"

"예, 경위님."

"언제 돌아왔습니까?"

"돈캐스터 살인이 일어난 날 저녁입니다."

"그 이후 무엇을 하고 있습니까?"

"거의 방 안에서 나오지 않는답니다, 경위님. 그리고 마버리 부인의 말에 따르면, 몹시 이상해 보인다던데요. 신문을 잔뜩 사들인다고 하네요……. 아침 일찍 나가서 조간신문을 사 오고, 그런 다음 어두워지고 나면 나가서 석간을 사 온답니다. 부인은 또 그가 혼잣말을 많이 한다고 했습니다. 그 사람이 점점 더 이상해져 가고 있다면서요."

"마버리 부인의 주소는 어떻게 됩니까?"

톰이 그에게 주소를 건넸다.

"감사합니다. 오늘 순찰 중에 들르게 될 겁니다. 이 커스트란 사람과 마주치게 되면 태도를 조심하셔야 한다는 이야기는 할 필요는 없겠지요."

그가 자리에서 일어나 악수를 청했다.

"이렇게 찾아오신 게 잘한 일이라고 자부하셔도 좋습니다. 안녕히 가십시오, 하티건 씨."

잠시 후 제이콥스 경사가 다시 들어와 물었다.

"어떤가요, 경위님? 도움이 될 것 같습니까?"

"희망적일세. 그 청년이 말한 것이 사실이라면 말이지. 스타킹 제조업체 쪽 수사에서는 아직 운이 따라 주지 않고 있네. 뭔가 나올 때가 되었는데……. 그건 그렇고, 처스턴 사건의 파일을 좀 가져다 주게."

그는 잠시 동안 서류를 뒤적이며 원하는 것을 찾았다.

"아, 여기 있군. 토키 경찰에서 받아놓은 진술 중 하나로군. 이름이 힐이라는 청년의 증언일세. 영화 「참새 한 마리도」를 보고 토키 팔라디움을 나서다가 행동이 수상한 남자를 보았다고 말하고 있네. 혼잣말을 하고 있었다는데? 힐은 그자가 '이거 좋은 생각인데.'라고 중얼거리는 소리를 들었다는군. 「참새 한 마리도」라……. 이거 돈캐스터의 리갈 극장에서 상영한 그 영화 아닌가?"

"맞습니다, 경위님."

"거기에도 뭔가 있을 수 있겠군. 당시에는 아무것도 아니었을 거야……. 하지만 그 순간 다음 범죄에 대한 모두스 오페란디(실행 방법)가 범인의 머릿속에 떠올랐을 수도 있지. 힐이라는 청년의 이름과 주소가 있군. 문제의 인물에 대한 그의 설명이 모호하긴 하지만 메리 스트라우드나 조금전 다녀간 톰 하티건의 설명과 상당히 비슷한걸……."

그가 생각에 잠긴 표정으로 고개를 끄덕였다.

"이제 좀 발동이 걸리는 것 같아."

크롬 경위가 말했다. 약간 불분명한 어조였다. 그는 늘 냉정을 잃지 않았기 때문이었다.

"다른 지시 사항은 없습니까, 경위님?"

"경관 둘을 커스트가 사는 캠든 타운의 이 주소에 배치하게. 다만 그가 눈치 채지 않도록. 부국장님과 한두 마디 이야기를 해 봐야겠어. 그런 다음 커스트를 이리로 데려와 진술을 하겠는지 물어보는 게 좋을 것 같네. 그 사람, 몹시 난처해지겠군그래."

경찰서를 나온 톰 하티건은 템즈 강둑에서 기다리고 있던 릴리 마버리에게 갔다.

"가서 얘기는 잘됐어, 톰?"

톰이 고개를 끄덕였다.

"크롬 경위를 직접 만났어. 이 사건을 맡은 형사야."
"어떤 사람인데?"
"차분했지만 좀 거드름을 떨던데……. 내가 생각하던 형사 같진 않았어."
"그게 바로 트렌차드 경 같은 새로운 부류의 두뇌형이야."
릴리가 존경어린 어조로 말했다.
"그런 사람들 중에 정말 훌륭한 이들이 있다고. 음, 그분이 뭐래?"
톰은 그 면담의 내용을 간단하게 요약해 들려주었다.
"그러니까 경찰은 그분이 정말 범인이라고 생각하는 거야?"
"그럴 수도 있다고 여기는 것 같아. 경관들이 가서 그에게 몇 가지 질문을 할 거야."
"가엾은 커스트 씨."
"가엾은 커스트 씨라고 말하는 건 부당해, 아가씨. ABC는 끔찍한 살인을 네 건이나 저질렀다고."
릴리는 한숨을 내쉬고 고개를 내저었다.
"그렇다면야 정말 무서운 일이지."
"음……. 이제 가서 점심을 좀 먹자고, 아가씨. 이건 내 추측인데, 우리 생각이 맞다면 내 이름도 신문에 날 것 같아!"
"오, 톰, 그럴까?"
"그럴 거야. 그리고 네 이름, 네 어머니 이름도 날 거야. 네 사진도 실리게 될지 몰라."
릴리가 황홀해진 듯 톰의 팔을 잡은 손에 힘을 주었다.

"오, 톰."

릴리가 팔짱을 낀 손에 더욱 힘을 주며 제안했다.

"지난 번에 갔던 코너 하우스에서 점심을 먹는 게 어떨까?"

"그럼 가자!"

"좋아……. 잠깐만. 역에서 전화 좀 해야겠어."

"누구한테?"

"오늘 만나기로 한 여자 친구한테."

릴리는 길을 건넜다. 잠시 후 그녀는 조금 상기된 얼굴로 그에게 돌아왔다.

"이제 됐어, 톰."

그녀가 그의 팔짱을 끼었다.

"런던 경시청에 대해서 좀 더 말해 줘. 거기에서 다른 사람은 못 봤어?"

"다른 사람 누구?"

"벨기에 신사 말이야. ABC가 줄곧 편지를 보낸다는 사람."

"아니, 그 사람은 거기 없었어."

"음, 그 이야기를 모조리 해 줘. 안으로 들어가니까 무슨 일이 있었는데? 너한테 누가 어떤 말을 걸었는지, 네가 뭐라고 대답했는지 모두 말야."

커스트는 아주 조심스럽게 수화기를 내려놓았다. 그는 궁금한 기색이 역력한 표정으로 문간에 서 있는 마버리 부인 쪽으로 몸을 돌렸다.

"커스트 씨에게 전화가 오다니, 자주 있는 일은 아니네요."

"음……. 예……. 그렇습니다, 마버리 부인. 그렇지요."

"나쁜 소식은 아니겠죠?"

"예……. 그렇습니다."

이 여자는 왜 이렇게 끈질긴 것일까. 그의 눈길이 들고 있는 신문의 동정란에 머물렀다.

출생……. 결혼……. 부고…….

"여동생이 막 아들을 낳았다는군요."

그가 불쑥 말했다.

그에게 여동생 같은 것은 없었다!

"오, 세상에! 이런……. 음, 정말 잘된 일이군요. (그녀는 속으로 생각했다. '그동안 한 번도 여동생 이야기는 들어본 적이 없는걸. 남자들 과묵함도 정도가 있지!') 조금 전 그 숙녀가 커스트 씨를 바꿔 달라고 해서 깜짝 놀랐어요. 처음에는 우리 릴리인 줄 알았거든요……. 높게 울리는 것이 그 애의 목소리와 닮아서요……. 하지만 릴리의 목소리보다 더 높은 것 같더군요. 음, 커스트 씨. 정말 축하드려요. 첫 조카인가요? 아니면 이미 다른 조카들이 있나요?"

"유일한 조카지요. 과거에도 없었고 앞으로도 있을 것 같지 않은 하나뿐인 조카랍니다. 그래서 어……. 바로 가 봐야 할 것 같습니다. 사람들이…… 사람들이 제가 와 주기를 바란다네요. 저……. 서두르면 기차를 탈 수 있을 것 같습니다."

"오랫동안 나가 계실 건가요, 커스트 씨?"

층계를 달려 올라가는 그에게 마버리 부인이 물었다.

"오, 아닙니다……. 이삼 일 정도……. 그 정도면 됩니다."

그는 방 안으로 모습을 감추었다. 마버리 부인은 부엌으로 들어가며 '사랑스러운 어린 것'을 흐뭇하게 떠올렸다.

그녀는 갑작스러운 양심의 가책을 느꼈다.

엊저녁 톰, 릴리와 함께 날짜를 추적하는 소동을 벌였던 그녀였다. 커스트 씨가 그 끔찍한 괴물 ABC가 아닌지 확인하려고 했다니. 그의 이름 머리글자와 한두 가지 우연의 일치를 가지고 말이다.

"그 애들도 진심으로 그런 건 아닐 거야."

그녀는 마음을 편히 먹었다.

"그리고 지금쯤은 그 애들도 그 일을 부끄러워하겠지."

여동생이 아기를 낳았다는 커스트의 말은 설명할 수 없는 막연한 방식으로 마버리 부인이 자기 하숙인의 '보나 피데스(선의)'에 대해 품었던 의심을 말끔히 일소해 주었다.

'너무 고생을 한 게 아니었으면 좋을 텐데, 가엾은 아기 엄마.'

마버리 부인은 릴리의 실크 속치마를 다리기 전에 시험 삼아 다리미를 뺨에 대 보았다. 그녀는 느긋한 마음으로 일반적인 출산 과정을 떠올렸다.

커스트는 손에 가방을 들고 조용히 층계를 내려왔다. 그의 눈길이 한순간 전화기에 머물렀다.

조금 전의 짤막한 대화가 머릿속에 다시 울려 퍼졌다.

"커스트 씨세요? 런던 경시청의 형사 한 사람이 선생님을 만나러 간다고 알려 드리고 싶어서요……."

전화 속 릴리의 말에 자신은 뭐라고 대답했던가? 기억이 나지 않았다.

"고마워요……. 고마워요. 정말…… 친절하기도 해라……."

그 비슷한 말이었으리라.

왜 자신에게 전화를 한 것일까? 뭔가 눈치를 챈 것일까? 그렇지 않으면 그저 형사가 찾아갈 테니 집에 머물러 있으라고 말하고 싶었던 것일까? 그런데 형사가 오리라는 것을 그 아가씨가 어떻게 알았을까?

그리고 그녀의 목소리……. 그녀는 자기 어머니가 눈치 채지 못하도록 목소리를 바꾸지 않았던가…….

그렇다면……. 그렇다면…… 그녀는 알고 있는 게 아닐까……?

하지만 릴리라면 알고 있다 해도 절대로 신고 같은 건 하지 않을 텐데……. 하지만 알 수 없는 일이다. 여자란 아주 기묘한 존재이니까. 뜻밖으로 잔인하기도 하고 뜻밖으로 친절하기도 하다. 그는 언젠가 릴리가 덫에 걸린 쥐를 풀어 주는 것을 본 적이 있었다.

친절한 아가씨…….

친절하고 예쁜 아가씨…….

그는 우산과 외투를 들고 현관에서 걸음을 멈추었다.

"가야 하나……?"

부엌에서 들려오는 자그마한 소리에 그는 마음을 굳혔다…….

아니야, 시간이 없어. 마버리 부인이 나올지도 몰라…….

그는 현관문을 열고 밖으로 나온 다음 문을 닫았다…….

어디로 갈까……?

## 런던 경시청에서

다시 회의가 열렸다.

참석자는 부국장, 크롬 경위, 푸아로 그리고 나였다.

부국장이 말하고 있었다.

"푸아로 씨, 스타킹 도매업소를 조사해 보라는 말씀은 아주 정확한 지적이었습니다."

푸아로가 손사래를 쳤다.

"조금만 생각해 보면 알 수 있는 일입니다. 이자는 정규 사원일 수가 없습니다. 이 남자는 주문 배달이 아니라 방문 판매를 했던 겁니다."

"정리는 끝났나, 경위?"

크롬이 서류철을 들여다보았다.

"그렇습니다, 부국장님. 시간과 장소를 따라 요약해 볼까요?"

"그렇게 해 주게."

"처스턴, 페인턴, 그리고 토키를 조사했습니다. 그자가 찾아가 스타킹을 팔려고 했던 사람들의 명단도 작성했습니다. 그자는 시종 철저했다는 말씀을 드려야겠군요. 그는 토레 역 근처에 있는 피트라는 작은 여관에 묵었습니다. 살인이 일어났던 날 밤 10시 30분에 여관으로 돌아왔고, 처스턴에서 9시 57분 기차를 타서 10시 20분쯤에 토레 역에 도착한 것 같습니다. 기차 안이나 역에서 그의 인상착의와 맞아떨어지는 사람은 목격되지 않았습니다만 그 금요일은 다트머스 조정 대회가 열린 날이었기 때문에 킹스웨어에서 출발한 그 기차에는 상당히 사람이 많았습니다.

벡스힐의 경우도 무척 비슷합니다. 본명으로 글로브 여관에 묵었더군요. 10여 군데를 방문해서 스타킹을 팔았는데, 그중에 바너드 부인의 집과 진저 캣 카페가 포함되어 있었습니다. 그러고선 그날 저녁 일찍 여관을 나갔습니다. 다음 날 아침 11시 30분경 런던에 돌아왔더군요. 앤도버의 경우도 비슷한 과정을 거쳤습니다. 거기서는 피더스 여관에 묵었지요. 애셔 부인의 옆집에 사는 파울러 부인과 그 거리의 가정집 대여섯 곳에 가서 스타킹을 팔았습니다. 우리는 애셔 부인의 조카딸(이름은 드로어입니다.)에게서 부인이 갖고 있던 스타킹을 확보했는데……. 바로 커스트가 파는 물건과 일치했습니다."

"지금까지는 괜찮군."

부국장이 말했다.

"들어온 신고에 따라 저는 하티건에게서 받은 주소지로 갔지만, 커스트는 30분 전에 그 집을 떠난 뒤였습니다. 전화 연락을 받았다더군요. 하숙집 여주인의 말에 따르면 그에게 전화가 온 건 처음이었다고 합니다."

"공범자가 있는 걸까?"

부국장이 물었다.

"그럴 가능성은 거의 없습니다. 좀 이상하군요……. 만약……."

푸아로가 말을 멈추자 우리 모두 묻는 듯한 눈길로 그를 쳐다보았다.

그가 고개를 내저었지만, 경위는 말을 계속했다.

"저는 그가 묵고 있던 하숙방을 수색했습니다. 그로써 수사엔 의심의 여지가 없게 되었습니다. 문제의 ABC 편지에 쓰인 것과 똑같은 편지지 한 뭉치, 많은 양의 스타킹이 발견되었습니다. 한편 스타킹이 쌓여 있던 찬장 뒤쪽에 모양과 크기가 아주 비슷한 꾸러미가 하나 있었습니다. 그런데 그 안에 있던 것은 스타킹이 아니라……. 여덟 권의 ABC 철도 안내서였습니다!"

"확실한 증거로군."

부국장이 말했다.

"발견된 것이 또 있습니다."

경위가 말했다. 어느새 승리감으로 떨리기 시작한 그의 목소리는 평소보다 인간적으로 느껴졌다.

"오늘 아침에야 발견했습니다, 서장님. 아직 보고를 드릴 시간이 없었지요. 어제까지 그의 방에서 흉기인 칼의 흔적을 찾을 수가 없었습니다…….”

“그걸 가지고 돌아온다는 것은 바보나 하는 짓입니다.”

푸아로가 한마디했다.

“결국 그자는 합리적인 인간이 못 된다는 거겠지요. 하지만 그자가 그것을 집으로 가져 오고 나서야 흉기를 자기 방에 숨기는 일이 얼마나 위험한지를 (무슈 푸아로가 지적하셨듯이) 깨달았을지도 모른다는 생각이 들었습니다. 그렇다면 집 안 어디에 그것을 숨겼을까? 저는 즉각 찾아 나섰습니다. 현관 탁자……. 현관 탁자는 아무도 건드리지 않지요. 해서 저는 몹시 고생을 한 끝에 탁자를 벽에서 떼어 놓았는데……. 거기 물건이 있었습니다!”

“칼이 말인가?”

“바로 그 칼입니다. 틀림없습니다. 그 위에 아직도 피가 말라붙어 있었습니다.”

“잘했네, 크롬. 이제 한 가지만 더하면 되겠군.”

부국장이 흡족한 듯 말했다.

“그게 뭔가요?”

“그자를 잡는 거야.”

“곧 그자를 잡을 겁니다, 부국장님. 걱정하지 마십시오.”

경위의 어조는 확신에 차 있었다.

“어떻게 생각하십니까, 무슈 푸아로?”

푸아로는 몽상에서 빠져나오는 듯했다.

"뭐라고 하셨습니까?"

"이자를 잡는 것은 시간문제라는 말을 하고 있었습니다. 선생님 생각도 그러시죠?"

"오, 그거요……. 예. 의심의 여지가 없지요."

딴 데 정신이 팔린 것 같은 어조였으므로, 다른 사람들은 호기심을 느끼며 그를 바라보았다.

"무슨 걱정이라도 있습니까, 무슈 푸아로?"

"저를 몹시 걱정시키는 무엇인가가 있습니다. 이유가 뭔가 하는 겁니다. 범행 동기 말입니다."

"하지만 친애하는 선생님, 이 남자는 미치광이입니다."

부국장이 조바심을 내며 말했다.

"무슈 푸아로가 무슨 말을 하시는 건지 전 알 것 같습니다."

이렇게 말하면서 크롬이 친절하게도 푸아로의 편을 들고 나섰다.

"맞는 말씀입니다. 어떤 결정적인 강박관념 같은 것이 있어야 합니다. 극도의 열등감이 원인일 수도 있겠지요. 피해망상도 생각해 봐야 합니다. 그런 망상을 무슈 푸아로와 연관시켰는지도 모릅니다. 무슈 푸아로가 자신을 잡기 위해 고용되었다고 믿고서 말입니다."

"흠, 그게 요즘 이야기되는 전문가적 견해라는 거로군. 내가 젊었을 때는 누군가가 미쳤다면 그저 미쳤다고만 했지요, 그것을 순화해서 말할 과학적 용어를 찾거나 하지 않았습니다. 아마 최신식 이론으로 무장한 의사라면 ABC 같은 사람을 요양원에 넣자고 하지 않을까요. 그에게 당신은 훌륭한 사람이다, 45일간 치료를 받고 나면 책임 있는 구성원으로 사회에 나가도 좋다고 말하면서 말입니다."

부국장이 말했다.

푸아로는 미소만 지어 보였을 뿐 아무 대답도 하지 않았다.

회의가 끝났다.

"음, 자네가 말한 대로 말일세, 크롬. 그자를 잡는 것은 시간문제인 것 같군."

부국장이 말했다.

"좀 더 일찍 잡을 수 있었을 겁니다. 그자가 그렇게 평범한 모습만 아니었어도 말입니다. 그동안 죄 없는 시민들에게 너무 큰 걱정을 안겨 줬네요."

"그자가 이 순간 어디에 있을지가 궁금하군."

부국장이 말했다.

커스트는 식품점 옆에 섰다. 그는 길 건너편을 물끄러미 응시하고 있었다.

그래, 저기야.

애셔 부인, 신문과 담배를 팝니다…….

이제는 아무것도 없는 창문에 안내문이 붙어 있었다.

상점 세놓습니다.

비어 있군……. 움직이는 것이라고는 아무것도 없어…….

"실례합니다, 선생님."

식품점 주인 여자가 레몬 상자를 옮기고 있었다.

그는 발을 끌며 천천히 걸음을 옮겼다……. 다시 시내의 큰길 쪽으로.

힘들었다……. 몹시 힘들었다……. 이제 그에겐 돈이 한 푼도 남아 있지 않았다.

하루 종일 아무것도 먹지 못하자 기분이 몹시 이상하고 현기증이 났다…….

그는 신문판매점 바깥에 붙은 광고지를 바라보았다.

ABC 사건, 살인범은 아직 건재하다

무슈 에르퀼 푸아로와의 대담

커스트가 혼잣말로 중얼거렸다.

'에르퀼 푸아로. 그가 만일 안다면…….'

그는 다시 걸음을 옮겼다.

그 광고지를 바라보며 서 있을 수가 없었다…….

그는 생각했다.

'더 이상 버틸 수가 없어…….'

발 앞으로 발을 내딛는다. 걷는다는 건 정말 기묘한 일이야…….

발 앞으로 발을……. 이상해.

정말 이상해…….

인간이란 어쨌거나 이상한 동물이지…….

그리고 그 알렉산더 보나파르트 커스트는 특히 더 이상한 인간이었다.

그는 언제나 그랬다…….

사람들은 언제나 그를 비웃었다…….

그는 그들을 비난할 수 없었다…….

나는 어디로 가고 있는 것일까? 그는 알 수 없었다. 그는 막바지에 이르렀다. 그는 자신의 발만 보고 있었다.

발 앞으로 발을.

그는 고개를 들었다. 눈앞이 환했다. 그리고 글자가 보였다…….

경찰서.

"우습군."

커스트가 중얼거렸다. 그는 조그맣게 쿡쿡거리며 웃었다.

그런 다음 그는 안으로 들어갔다. 발을 내딛는 순간 그는 갑자기 휘청 하더니 앞으로 고꾸라지고 말았다.

## 에르퀼 푸아로, 질문하다

11월의 청명한 날이었다. 톰슨 박사와 재프 주임 경감이 알렉산더 보나파르트 커스트 사건의 법정 경찰 의사록 내용을 알려주기 위해 푸아로를 찾아왔다.

푸아로는 가벼운 기관지염에 걸려 있었다. 그것 때문에 재판에 참석하지 못했던 것이다. 다행히도 그는 내가 동행해야 한다고 고집을 부리지 않았다.

"재판에 회부된다죠. 그렇게 됐소."

재프가 말했다.

"특이한 경우 아닌가요? 이 단계에서 변호 기회가 주어져야 하지 않습니까? 죄인들에게도 언제나 변호할 기회가 주어지는 줄 알았는데요."

내가 물었다.

"그게 일반적인 절차긴 하지. 저쪽의 젊은 변호사 루커스는 서둘러 해치울 생각인 것 같소. 어째 배심을 기피하는 모습이거든. 정신병자라는 점이 들고 나올 수 있는 유일한 변호거리니까."

재프가 말했다.

푸아로가 어깨를 으쓱해 보였다.

"정신병자라고 해도 무죄 방면이 될 수는 없네. 종신 징역형이 된다면 사형보다 별로 나을 것도 없잖나."

"루커스는 아직 승산이 있다고 생각하는 것 같던데. 벡스힐 사건에 대해서만은 녀석에게 확실한 알리바이가 있다는 것이 사건 전체와의 연관성을 약화시킬 수 있네. 이 사건이 얼마나 대단한 건지 루커스는 깨닫지 못하고 있는 것 같지 뭔가. 독특한 걸 좋아하는 친구야. 변호사로선 젊은 데다 대중의 인기를 얻고 싶어 하지."

푸아로가 톰슨에게 몸을 돌렸다.

"어떻게 생각하십니까, 박사님?"

"커스트에 대해서요? 뭐라고 말해야 할지 모르겠습니다. 그자는 겉으로 보기에는 정말이지 멀쩡한 사람 같습니다. 물론 간질병 환자이긴 합니다만."

"참 놀라운 데누망(결론)이었지요."

내가 말했다.

"앤도버 경찰서에 들어서는 순간 발작으로 쓰러졌다는 얘기 말씀이십니까? 그렇습니다, 그거 참 이 드라마에 잘 어울리는 극적인 결말이었죠. ABC는 언제나 시간을 잘 맞췄으니까요."

나는 계속해서 물었다.

"범죄를 저지르고 그 사실을 의식하지 못할 수도 있습니까? 그가 부인하는 것에 일말의 진실도 담겨 있지 않을까요?"

톰슨 박사는 살짝 미소를 지어 보였다.

"'신께 맹세코'라는 식의 극적인 연기에 속아 넘어가선 안 됩니다. 제가 볼 땐 커스트는 자신이 살인을 저질렀다는 것을 너무나도 잘 알고 있습니다."

"그만큼 욕구가 강할 때, 대개 일을 저지르지요."

크롬이 말했다. 톰슨이 설명을 이어갔다.

"아까의 질문에 대한 대답을 계속하죠. 몽유 상태에 있는 간질병 환자가 어떤 행동을 하고서 그 동안의 일을 전혀 의식하지 못하는 경우는 충분히 있을 수 있습니다. 하지만 그런 행위조차도 '깨어 있을 때의 본인 의지에 부합한다'라는 게 일반적인 견해입니다."

그는 '그랑 말(대발작)'이니 '프티 말(가벼운 발작)'이니 해 가면서 그 문제에 대해 자세히 이야기했지만, 솔직히 말해서 나는 전문가들이 자신의 분야에 대해 자세한 이야기를 늘어놓을 때면 늘 그렇듯이 속절없이 혼돈스럽기만 했다.

"……저는 커스트가 이번 범죄들을 저지르고서도 자신이 저지른 일을 의식하지 못한다고 보지는 않습니다. 하긴 편지들이 없었다면 그런 이론을 지지할 수도 있겠지요. 그 편지들은 그런 가설을 여지없이 깔아뭉개고 있습니다. 그것들로 미루어 이 범죄는 면밀히 준비되고 주의 깊게 계획된 것으로 볼 수 있습니다."

"그리고 우리는 그 편지에 대한 그의 설명을 아직 듣지 못하고 있습니다."

푸아로가 말했다.

"그것이 중요한가요?"

"당연하지요……. 왜냐하면 그 편지들은 제게 보내졌기 때문입니다. 그런데 커스트는 편지에 관해선 끈질기게 입을 다물고 있습니다. 그 편지들을 제게 쓴 이유를 알아내지 못한다면 저로서는 사건이 종결되었다고 인정할 수가 없습니다."

"예……. 선생님 뜻은 잘 알겠습니다. 하지만 그자가 어떤 식으로든 선생님께 반감을 가질 만한 이유는 없는 것 같은데요?"

"그런 건 전혀 없습니다."

"한 가지 제안을 해 볼 수 있겠습니다. 선생님 성함 말입니다!"

"제 이름이요?"

"예, 커스트는…… (분명 그의 어머니의 특이한 착상에서 나온 거겠지요, 여기에는 분명 오이디푸스 콤플렉스가 작용했을 겁니다.) 그는 극단적으로 요란한 두 가지 이름을 동시에 갖고 있습니다. 알렉산더와 보나파르트 말입니다. 그것이 무엇을 함축하고 있는지 아시겠습니까? 알렉산더는 더 많은 땅을 정복하지 못한 것을 안타까워한 무적의 군주로 알려져 있지요. 보나파르트는 프랑스의 위대한 황제였고요. 그는 맞수를 원합니다. 자신의 수준에 맞는 맞수 말입니다. 그리고…… 선생님이 있는 겁니다. 에르퀼, 곧 영웅 헤라클레스 말입니다."

"무척 시사적인 말씀입니다, 박사님. 여러 가지 생각이 떠오르는군요……."

"그래도 물론 이건 그저 추측일 뿐입니다. 음, 전 그만 가 봐야겠습니다."

톰슨 박사가 밖으로 나갔다. 재프는 움직이지 않았다.

"그 알리바이 때문에 걱정인가?"

푸아로가 물었다.

"조금 걱정이 되긴 하지."

재프가 인정했다.

"분명히 말하지만 난 그걸 믿지 않네. 그게 사실이 아니라는 걸 아니까. 하지만 그것을 깨뜨리기가 몹시 어렵구먼. 스트레인지라는 증인 성격이 좀 거칠어야지."

"그 사람에 대해 말해 주게."

"40대의 남자일세. 거칠고 자신감에 차 있지. 거기다 우기기까지 잘하는 광산 기술자라네. 내 생각으로는 이제까지 그의 증언이 받아들여진 것은 시종 우겼기 때문인 것 같아. 그는 칠레로 떠나고 싶다며 사태가 즉각 해결되기를 바라고 있어."

"내가 만나 본 사람 중 가장 독단적인 인물이던데요."

내가 말했다.

"그런 종류의 사람은 자기의 실수를 인정하려 들지 않지."

푸아로가 생각에 잠긴 표정으로 말했다.

"그는 자기 말이 옳다고 고집하는 동시에 질문에 흔들리는 법이 없어. 7월 24일 저녁 이스트본에 있는 화이트크로스 호텔에서 커스트를 만났다고 장담하고 있다네. 스트레인지가 혼자 있으면서 누군가 이야기 상대가 있었으면 하던 때에 커스트가 그 작자의 얘기를 잘 들어준 모양이야. 상대의 말을 끊는 법이 없었다는군! 저녁 식사를 마치고 둘이서 도미노 게임을 했다고 하네. 스트레인지는 도미노 게임을 매우 잘한다는데, 놀랍게도 커스트 역시 대단한 실력자였다고 하지 뭔가. 사람들이 그렇게 사족을 못 쓰는 걸 보면 도미노도 참 괴상한 게임이야. 그들이 여러 시간 계속해서 게임을 했다는 게 주위의 얘기일세. 커스트는 자러 가고 싶어 했지만, 스트레인지는 그 말을 듣지 않았어. 적어도 자정까지는 게임을 계속해야겠다고 선언했다나. 그 말대로 실행했고. 그들이 헤어진 건 12시 10분이었다는군. 커스트가 밤 12시 10분까지 이스트본의 화이트크로스 호텔에 있었다면 그날 밤 자정에서 25일 새벽 1시 사이에 벡스힐 해안에서 베티 바너드를 교살할 수는 없다는 말이 되지."

"과연 반박하기 어려운 사실인데. 분명히 참고할 여지가 있어."

푸아로가 생각에 잠긴 채 말했다.

"크롬 경위도 그렇게 느끼는 모양일세."

재프가 말했다.

"이 스트레인지라는 사람은 확신에 차 있나?"

"그래, 순 고집불통인 친구야. 허점을 찾아내기가 어렵다네. 스트레인지가 착각을 한 거고 그의 상대가 사실은 커스트가 아니었다고 해 보세……. 그렇다면 그가 커스트라는 이름을 입에 올릴 이유가 어디 있겠나? 또한 그 호텔의 숙박부에도 그 이름이 씌어 있었네. 스트레인지가 공범이라고 할 수도 없는 게……. 살인광에겐 공범자가 없는 법이니까! 그 아가씨의 사망 시각이 실은 더 나중인 걸까? 하지만 의사는 자기가 측정한 시간이 맞다며 큰소리고……. 어쨌든 커스트가 다른 사람 눈에 띄지 않은 채 이스트본의 그 호텔에서 나가 벡스힐에 도착하려면 시간이 좀 걸릴 테지……. 20여 킬로미터나 떨어져 있으니까."

"문제군, 문제야……."

푸아로가 말했다.

"물론 엄밀히 말하자면 중요한 것은 아니지. 돈캐스터 살인범으로 커스트를 잡았으니까. 피 묻은 외투와 칼도 있네. 도망갈 여지가 없다고. 그를 무죄 방면하자며 배심원들을 설득할 순 없을 걸세. 하지만 이것 때문에 사건에 흠집이 생긴 건 사실이야. 그는 돈캐스터 살인을 저질렀네. 처스턴 살인도 저질렀지. 앤도버 살인도 마찬가지고. 그런데 맙소사, 벡스힐 살인을 저지를 수가 없었다니! 어떻게 그럴 수 있는지 난 모르겠네."

경감이 고개를 내저으며 자리에서 일어섰다.

"이제 자네 차례네, 푸아로. 크롬은 어쩔 줄을 모르고 있어. 그 뇌세포 무리들에 대해선 익히 들었지. 그자가 어떻게 그럴 수 있었는지 우리에게 좀 알려 주시게."

재프가 자리를 떴다.

"어떻게 생각합니까, 푸아로? 작은 회색 뇌세포가 이 과업을 수행

할 수 있을까요?"

내가 물었다.

푸아로는 내 질문에 또 다른 질문으로 대답했다.

"말해 주게, 헤이스팅스. 자네도 이 사건이 이제 종결되었다고 생각하는가?"

"음……. 사실을 말하자면 그렇지요. 우리는 범인을 잡았습니다. 그리고 대부분의 증거도 확보했습니다. 이제 필요한 건 정리하는 것뿐입니다."

푸아로가 고개를 저었다.

"사건이 종결되었다니! 사건이라니! 그 사내가 바로 사건일세, 헤이스팅스. 우리가 그 사내에 대해 모든 걸 알게 될 때까지는 수수께끼가 풀린 게 아니야. 그를 피고석에 앉혔다고 해서 우리가 이긴 게 아니란 말이네!"

"우리는 그에 관해 꽤 많은 것을 알고 있는데요."

"우리는 그에 관해서 아는 게 아무것도 없네. 그가 어디서 태어났는지는 알고 있지. 전쟁에 참전해 머리에 약간 부상을 당했고 간질 증세로 제대했다는 것은 알고 있네. 그가 근 2년 동안 마버리 부인의 집에서 하숙을 했다는 것도 알고 있지. 그가 조용하고 내성적이라는 것……. 사람들 눈에 잘 띄지 않는 인물이라는 것을 알고 있네. 또 너무나도 영리하고 체계적인 살인을 성공적으로 해냈다는 것도 알고 있어. 아울러 그가 믿기지 않을 정도로 어리석은 실수를 저질렀다는 것, 가차 없이 사람을 죽였다는 걸 알고 있네. 또한 그가 친절하게도 자신이 저지른 범죄로 인해 그 밖의 사람이 의심받지 않도록 배려했다는 것도 안다네. 그가 방해받지 않고 쉽사리 사람을 죽이고자 했다면…… 자신의 범죄로 인해 다른 이들에게 혐의가 쏠리도록 하는 게 자연스럽지 않은가. 알겠나, 헤이스팅스, 이 사내는 모순투성이일세. 어리석음, 교활함, 무자비함, 너그러움……. 이런 상반되는 특성들을 모두 충족시키는 어떤 지배적인 요소가 분명히 있을 걸세."

"물론 심리학적 연구 대상으로선 그렇겠죠."

내가 말을 시작했다.

"처음부터 이 사건에는 그 이외의 무엇인가가 있지 않았을까? 나는 나름대로 암중모색을 해 왔네……. 살인범에 대해 알아내기 위해서 말일세. 그런데 이제 난 깨달았네, 헤이스팅스, 그에 관해 아무것도 모르고 있다는 걸 말일세. 나는 어찌해야 할지 모르겠네."

푸아로가 말했다.

"힘에 대한 갈망일 수도 있지요……."

내가 다시 말을 시작했다.

"그렇지……. 그렇게 보면 많은 것이 설명될 거야……. 하지만 난 그것으로 만족할 수 없네. 내가 알고 싶은 건 더 많아. 그는 어째서 이렇게 여러 건의 살인을 저질렀을까? 어째서 하필이면 그런 이들을 선택했을까……?"

"알파벳 순서대로……."

내가 말을 시작했다.

"벡스힐에 B자로 시작하는 이름을 가진 사람이 베티 바너드 한 사람뿐이란 말인가? 베티 바너드……. 이 대목에서 한 가지 생각이 떠올랐지……. 그게 사실이어야 하는데……. 그게 사실일 거야. 하지만 그렇다면……."

그는 한동안 침묵했다. 나는 그를 방해하고 싶지 않았다. 이윽고 나는 깜빡 졸았던 것도 같다.

푸아로가 내 어깨 위에 손을 얹는 바람에 나는 잠에서 깼다.

"몽 셰르(친애하는) 헤이스팅스, 자네는 정말 천재일세."

그가 다정하게 말했다. 이런 갑작스러운 부추김에 나는 적잖이 당황스러웠다.

"맞아, 언제나……. 언제나…… 자네는 나를 도와 주었지……. 내게 행운을 가져다 주었네. 영감을 주었단 말일세."

푸아로가 거듭 말했다.

"이번에는 어떤 영감이었습니까?"

내가 물었다.

"몇 가지 의문들을 곱씹어 보다가 방금 자네가 했던 말을 기억해 냈네……. 너무나도 명료하게 빛나는 말을 말일세. 언젠가 자네에게 명백한 사항을 짚어내는 데 천재적이라고 말하지 않았나. 내가 간과하고 있었던 명백한 사항을 말이야."

"내가 한 그 눈부신 말이라는 게 뭔가요?"

내가 물었다.

"그것이 모든 걸 수정처럼 투명하게 만들어주는군. 내 모든 질문에 대한 대답을 찾았어! 애셔 부인이어야 했던 이유(사실 그 생각은 오래전에 내 머릿속을 스쳐갔었네.), 카마이클 클라크 경이어야 했던 이유, 돈캐스터의 살인이 일어나야 했던 이유, 그리고 마지막이자 가장 중요한, 왜 에르퀼 푸아로여야 했는지 바로 그 이유를 알아낸 거라네."

"알아듣게 설명해 주시겠습니까?"

내가 말했다.

"지금은 곤란해. 좀 더 조사를 해야 하니까. 그건 우리의 특별팀으로부터 알아낼 수 있을 거야. 그리고……. 그리고 특정 질문에 대한 대답을 얻고 나면 나가서 ABC를 만나 보는 거지. 마침내 우리가, ABC와 에르퀼 푸아로가…… 두 적수가 대면하는 걸세."

"그런 다음에는요?"

내가 물었다.

"이야기를 하는 거지! 주 부 자쉬르(단언하는데) 헤이스팅스, 뭔가 숨겨야 할 것이 있는 사람에게 대화만큼 위험한 것도 없다네! 언젠가 어떤 현명한 프랑스 노인이 내게 말해 주길, 숨기는 것을 내놓게 하는데 오래 얘기하게 하는 것만큼 효과적인 수단도 없다는 거야. 인간이란 말일세, 헤이스팅스, 대화 속에서 자신을 드러내고 개성을 과시할 수 있는 기회를 뿌리치지 못하는 존재라네. 그럴 때마다 사람은 스스로를 드러내게 되지."

"커스트가 당신에게 무슨 말을 해 줬으면 하나요?"

에르퀼 푸아로가 미소를 지었다.

"거짓말을 하기를 바라네. 그러면 그것을 통해 진실을 알게 될 테니까 말일세."

## 여우를 잡아

이후 며칠 동안 푸아로는 몹시 바쁜 것 같았다. 행선지를 알리지 않은 채 종적을 감추는가 하면, 말수가 부쩍 줄었으며, 혼자 미간을 찌푸리기도 했다. 그러면서 내가 전에 했다는 그 '탁월한 한마디'를 궁금해 하는 내 당연한 호기심을 채워 주지 않고 있었다.

베일에 싸인 그의 조사 활동에서 나는 소외되어 있었다……. 그 사실에 나는 좀 약이 올랐다.

하지만 주말이 되어갈 무렵 그는 벡스힐을 방문해 이웃들을 만나볼 생각이니 내가 꼭 같이 가 주었으면 한다는 말을 해왔다. 나는 즉각 승낙했다.

그런데 알고 보니 그런 초대는 나만 받은 것이 아니었다. 특별팀의 구성원 모두 초대를 받은 모양이었다. 그들도 나만큼이나 푸아로의 행동에 호기심을 느낀 듯했다. 그날 오후 무렵이 되자, 나는 푸아로의 생각이 어떤 것인지 대략 짐작할 수 있었다.

푸아로는 먼저 바너드 부부를 찾아가 커스트가 방문한 시각과 그가 정확히 무슨 이야기를 했는지에 대해 명확한 진술을 들었다. 그런 다음 커스트가 묵었던 여관에서 그가 여관을 떠날 당시에 대한 자세한 설명을 구했다. 그런 탐문 와중에 딱히 새로운 사실이 도출된 것 같진 않았지만, 푸아로 자신은 무척 만족한 것 같았다.

다음에 그는 해변으로, 베티 바너드의 시체가 발견된 지점으로 향했다. 거기서 푸아로는 잠시 자갈 깔린 바닥을 주의 깊게 조사하며 부근을 빙글빙글 돌았다. 그곳은 하루에 두 차례 바닷물이 들어오는 곳이었으므로, 나로서는 그런 일이 무슨 소용이 있는 건지 알 수 없었다.

푸아로가 그런 식으로 행동할 때는 명확한 목적이 있다는 것을 지금까지의 경험으로 알고 있었지만, 그럼에도 그의 행동은 무의미하게 여겨졌다.

그런 다음 그는 그 해변으로부터 자동차가 주차할 수 있는 가장 가까운 지점까지 걸었다. 그러고는 다시 이스트본행 버스들이 기다리고 있는 장소까지 걸어가는 것이었다.

마침내 그는 우리 모두를 데리고 진저 캣 카페에 갔고, 그곳에서 우리는 통통한 여종업원 밀리 히글리가 날라다 준 약간 곰팡내 나는 차를 마셨다.

그는 밀리 히글리의 발목 형태가 갈루아 족의 살집 있는 스타일이라고 칭찬했다.

"영국인들은 다들 다리가 너무 가늘답니다! 하지만 아가씨의 다리 모양은 말이죠, 마드무아젤, 완벽해요! 모양도 좋고, 발목이 뚜렷하고요!"

밀리 히글리는 한참을 킬킬거리고는 그에게 그만하라고 말했다. 그녀는 프랑스 신사들이 어떤지 알고 있었다.

푸아로는 자신의 국적이 프랑스가 아니라고 굳이 정정하지 않았다. 그가 줄곧 그런 식으로 그녀에게 새롱거리는 것을 보고 나는 놀라는 것을 넘어 거의 충격을 받았다.

"부알라(됐습니다), 벡스힐에서 볼 일은 끝났습니다. 이제 나는 이스트본으로 갑니다. 거기서 사소한 사항 한 가지를 확인할 겁니다……. 그러면 됩니다. 여러분 모두가 저와 함께 가실 필요는 없습니다. 그동안 호텔로 가서 칵테일이나 한잔 하고 계세요. 이 칼톤 홍차는 정말 형편없군요!"

칵테일을 홀짝거리는 동안, 프랭클린 클라크가 궁금하다는 듯이 물었다.

"무엇을 하시려는 건지 제가 맞춰 볼까요? 당신은 커스트의 알리바이를 깨뜨리려는 겁니다. 그런데 선생이 그렇게 만족스러워하시는 이유를 모르겠습니다. 뭐 하나 새로운 사실을 발견한 게 없는데 말입니다."

"그렇죠……. 당신 말이 옳습니다."

"음, 그렇다면요?"

"인내를 갖고 기다리는 겁니다. 시간이 흐르면 모든 건 제자리를 찾는 법이니까요."

"어쨌든 당신은 몹시 만족스러우신 것 같은데요."

"지금까지 내 자그마한 아이디어에 상충되는 것이 전혀 없었으니까요."

그의 얼굴이 점차 진지해졌다.

"내 친구 헤이스팅스가 언젠가 말해 주기를, 청년 시절 '진실 게임'이라는 것을 했다더군요. 모든 사람이 차례로 세 가지 질문을 받고, 그중에서 둘을 골라 사실대로 대답해야 하는 게임 말입니다. 한 가지는 대답하지 않아도 됩니다. 물론 주어지는 질문들은 최대한 대답하기 곤란한 것이어야 하지요. 다만 우선 모든 이들이 당연히 진실을, 오직 진실만을 말하겠다고 맹세해야 합니다."

그가 말을 멈추었다.

"그런데요?"

메건이 물었다.

"에 비엥(그렇다면)…… 전 이 게임을 한번 해 보고 싶습니다. 다만 질문이 세 개나 될 필요는 없습니다. 하나면 충분해요. 여러분 각각에게 한 가지씩 질문을 하는 겁니다."

"당연히 우리는 어떤 질문에도 대답할 겁니다."

프랭클린 클라크가 조바심을 내며 대답했다.

"아, 하지만 좀 더 진지하게 했으면 합니다. 여러분 모두 진실을 말하겠다고 맹세합니까?"

그의 어조가 너무나 엄숙했기 때문에 다른 사람들은 당황했고 덩

달아 엄숙해졌다. 그들 모두가 진실만을 말하겠다고 맹세했다.

"봉(좋습니다), 그럼 시작합시다."

푸아로가 재빨리 말했다.

"전 준비됐어요."

도라 그레이가 말했다.

"아, 숙녀 분이 먼저라는 거군요……. 하지만 이번엔 그런 예의가 필요 없습니다. 다른 분부터 시작하겠습니다."

그가 프랭클린 클라크 쪽으로 몸을 돌렸다.

"친애하는 무슈 클라크, 당신은 올해 애스콧 경마장에 숙녀들이 쓰고 나온 모자에 관해 어떻게 생각하십니까?"

프랭클린 클라크는 물끄러미 그를 쳐다보았다.

"농담하시는 겁니까?"

"물론 아닙니다."

"진지한 질문이란 말입니까?"

"그렇습니다."

클라크가 씩 하고 웃었다.

"음, 무슈 푸아로, 저는 실제로 애스콧 경마장에 가지는 않았습니다. 그렇지만 차를 타고 지나가다가 본 바에 따르면, 애스콧 경마장에 쓰고 나온 여자들의 모자는 평소 다른 때 쓰는 것보다 훨씬 더 우스꽝스러운 것 같던데요."

"괴상했나요?"

"상당히 괴상했습니다."

푸아로는 미소를 지어 보이고는 도널드 프레이저에게 몸을 돌렸다.

"올해 당신은 언제 휴가를 쓰셨습니까, 무슈?"

이번에는 프레이저가 어리둥절해 물끄러미 푸아로를 응시할 차례였다.

"제 휴가요? 8월 초 2주간이었습니다."

그의 표정이 갑자기 흔들렸다. 그 질문에 사랑하던 여자를 잃은 일이 다시 생각난 모양이었다.

하지만 푸아로는 그의 대답에 그다지 관심을 기울이지 않는 듯했다. 그는 도라 그레이에게 몸을 돌렸고, 그의 목소리에서 약간 다른 기미를 느낄 수 있었다. 그의 어조는 긴장되어 있었다. 그의 질문이 날카롭고 명료하게 울려나왔다.

"마드무아젤, 레이디 클라크가 돌아가신 후 카마이클 경이 청혼해 오셨다면 당신은 그 청혼을 받아들였을까요?"

그녀는 튕겨지듯 자리에서 일어났다.

"어떻게 그런 질문을 하실 수가 있나요? 이건…… 이건 모욕이잖아요!"

"그럴지도 모릅니다. 하지만 당신은 진실을 말하겠다고 맹세했습니다. 에 비엥(그러니까)…… 예입니까, 아니요입니까?"

"카마이클 경은 저에게 너무나도 친절하셨어요. 그분은 저를 거의 딸처럼 대해 주셨지요. 그리고 저도 그분을 그렇게 생각했어요……. 존경하고 감사해 마땅하죠."

"죄송합니다만 그건 예나 아니요가 아닌데요, 마드무아젤."

그녀는 망설였다.

"대답은 물론 아니요예요."

그는 그녀의 대답에 아무런 의견도 달지 않았다.

"감사합니다, 마드무아젤."

그는 메건 바너드 쪽으로 몸을 돌렸다. 그 아가씨의 얼굴은 아주 창백했다. 그녀는 무슨 시험대에라도 서는 각오라도 하는 것처럼 숨을 거칠게 몰아쉬고 있었다.

푸아로의 목소리가 채찍 소리처럼 울려 퍼졌다.

"마드무아젤, 당신은 내 수사의 결과가 어떻게 되기를 바랍니까? 당신은 내가 진실을 밝혀내기를 바랍니까, 아닙니까?"

그녀는 오만하게 머리를 뒤로 젖혔다. 나는 그녀가 어떤 대답을 할지 거의 확신하고 있었다. 내가 알기로 메건은 진실에 대해 거의 광적인 열정을 갖고 있었던 것이다.

그녀의 목소리가 또렷하게 울려 퍼졌다……. 그리고 나는 그 대답에 어안이 벙벙해지고 말았다.

"바라지 않아요!"

우리 모두 펄쩍 뛰었다. 푸아로는 앞으로 몸을 기울이고 그녀의 표정을 살펴보았다.

"마드무아젤 메건, 당신은 진실이 밝혀지기를 원하지 않는지도 모릅니다만……. 마 푸아(결단코)…… 그 속마음만은 진실하게 밝히셨군요!"

푸아로가 말했다.

그는 문 쪽으로 걸어가다가는 뭔가를 떠올린 듯 메리 드로어 양에게 다가갔다.

"말해주시지요, 몬 앙팡(아가씨). 사귀는 청년이 있습니까?"

걱정스러운 표정을 짓고 있던 메리는 그 질문에 깜짝 놀라며 얼굴을 붉혔다.

"오, 푸아로씨 전……. 전…… 잘 모르겠어요."

푸아로가 미소를 지어 보였다.

"알로르, 세 비엥, 몬 앙팡(그럼 그걸로 됐습니다, 아가씨)."

그가 내게로 시선을 돌렸다.

"자, 헤이스팅스, 우리는 이스트본으로 출발해야 하네."

차가 우리를 기다리고 있었으므로, 우리는 이내 페븐시를 지나 이스트본으로 통하는 해안 도로를 따라 달리기 시작했다.

"질문을 통해 뭔가 얻은 것이 있나요, 푸아로?"

"지금으로서는 없었네. 내가 하고 있는 일들에 대해 자네가 결론을 내려보게."

나는 다시 침묵 속으로 빠져들었다.

푸아로는 만족한 듯 나직하게 콧노래를 흥얼거렸다. 차가 페븐시를 지날 무렵 그는 잠깐 차를 세우고 성 위를 한번 둘러보자고 제안했다.

차로 돌아오던 우리는 한순간 걸음을 멈추고 둥글게 서 있는 아이들을 바라보았다. 그들의 옷차림을 보니 걸스카우트의 유년 단원인 것 같았다. 그들은 날카롭고 음정이 맞지 않는 목소리로 단가를 부르고 있었다.

"저 애들이 뭐라고 노래를 부르는 건가, 헤이스팅스? 한 마디도 알아들을 수가 없군."

나는 귀를 기울였고, 이윽고 후렴을 알아들을 수 있었다.

……그리고 여우를 잡아
상자 속에 넣어
절대로 풀어 주지 마

"그리고 여우를 잡아 상자 속에 넣어 절대로 풀어 주지 마!"

푸아로가 들은 말을 되풀이했다.

그의 얼굴이 갑자기 심각하고 딱딱해졌다.

"정말 끔찍하군, 헤이스팅스."

그는 한순간 침묵을 지켰다.

"자네도 여기서 여우 사냥을 하나?"

"전 하지 않습니다. 사냥할 만한 여유가 없어서요. 이 부근에서는 사냥이 그리 성행하지 않는 것 같은데요."

"내 말은 영국 전체를 말한 걸세. 기묘한 스포츠일세. 잠복지에서 기다렸다가…… 쉭쉭 소리를 내어 사냥개에게 여우를 쫓으라고 부추기지 않는가? 그러면 경주가 시작되지……. 들판을 가로질러…… 울타리와 웅덩이를 넘어…… 여우는 달린다네……. 때때로 급히 되

돌아가기도 하지……. 하지만 개들이…….”

“사냥개들이죠!”

“……사냥개들은 그의 뒤를 좇아가 마침내 여우를 잡고, 여우는 죽는다네……. 순식간에 끔찍하게 말일세.”

“좀 잔인하게 들리기는 하지만 사실은…….”

“여우가 그것을 좋아할까? 레 베티스(어리석은 소리) 말게, 친구. 투 드 멤(어쨌든) 즉각 무자비하게 죽는 편이 아이들이 부르는 저 노래의 내용보다는 낫겠지…….”

“상자 안에 말이군요……. 영원히 갇히는 것……. 맞아요, 좋지 않은 일이죠.”

그가 고개를 내저었다. 그런 다음 어조를 바꾸어 말했다.

“내일 커스트란 사내를 만나야겠네.”

그러고서 그는 운전수에게 이렇게 덧붙였다.

“런던으로 돌아가세.”

“이스트본에는 안 가고요?”

내가 외쳤다.

“그럴 필요가 어디 있나? 난 이제 알고 있다네……. 필요한 만큼 말일세.”

푸아로와 그 수수께끼의 사내 사이에 있었던 대담에 나는 동석하지 않았다. 푸아로는 경찰과 협력 관계에 있는 데다 사건의 특수한 정황 덕택에 어렵지 않게 내무부의 허가를 얻어 낼 수 있었지만, 그 허가가 나에게까지 적용되지는 않았다. 어쨌든 푸아로는 그 만남이 절대 비밀에 부쳐져야 한다고 여겼으므로, 두 사람은 단둘이 마주 앉았다.

하지만 나중에 그가 두 사람 사이에 일어난 일을 아주 자세히 설명해 주었으므로 나는 마치 그 자리에 동석했던 것처럼 확신을 갖고 그 내용을 기록할 수 있었다.

커스트는 위축되어 있는 것 같았다. 등이 굽은 것이 평소보다 더 눈에 띄었다. 그는 손가락으로 허망하게 외투 자락을 잡아당겼다.

한동안 푸아로는 입을 열지 않았다.

그는 앉아서 맞은편에 앉은 사내를 바라보았다.

분위기가 편안해졌다. 마음을 가라앉히는…… 무척 여유로운 분위기였다.

그것은 극적인 순간이었음에 분명했다. 긴 드라마를 펼치던 두 적수가 만난 것이다. 내가 푸아로의 입장이었다면, 극적인 스릴을 느꼈으리라.

하지만 푸아로는 극히 사무적이었다. 그는 맞은편에 앉아 있는 사내에게 특정한 인상을 심어 주고자 노력하고 있었다.

마침내 그가 부드러운 어조로 입을 열었다.

"내가 누구인지 압니까?"

상대가 고개를 저었다.

"아뇨……. 아뇨……. 모르겠습니다. 루커스 변호사의…… 뭐라고 하더라……? 부하직원이 아니신지. 아니면 혹시 메너드 변호사가 보내서 오셨나요?"

(메너드와 콜은 피고측 변호사들이다.)

그의 목소리는 정중했지만 별다른 관심이 배어 있지 않았다. 그는 혼자만의 생각에 빠져 있는 것 같았다.

"나는 에르퀼 푸아로입니다……."

푸아로는 아주 부드럽게 말하고는…… 그의 반응을 살폈다.

커스트는 고개를 살짝 들었다.

"오, 그렇습니까?"

그는 마치 크롬 경위 같은 말을 했지만 그 자연스러운 태도에서 오만함은 찾아볼 수 없었다. 이윽고 잠시 후 그는 조금 전 한 말을 되풀이했다.

"오, 그렇습니까?"

이번엔 그의 어조가 조금 달랐다. 거기에는 관심이 동했다는 기색이 어려 있었다. 그는 고개를 들어 푸아로를 바라보았다.

에르퀼 푸아로는 그의 시선을 맞받고는 부드럽게 한두 차례 고개를 끄덕였다.

"예, 내가 바로 당신 편지의 수신인입니다."

그가 말했다.

두 사람의 눈길이 즉각 엇갈렸다. 커스트는 눈길을 떨구고는 초조하고 짜증스러운 어조로 말했다.

"난 당신에게 편지를 쓴 적이 없어요. 그 편지들은 내가 쓴 것이 아닙니다. 여러 차례 말했는데요."

"알겠습니다. 하지만 당신이 쓴 것이 아니라면 누가 썼을까요?"

"적입니다. 제겐 적이 있습니다. 그들은 모두 저를 적대합니다. 경찰들, 사람들……. 모두가 저를 적대시합니다. 이건 거대한 음모입니다."

푸아로는 대답하지 않았다.

커스트가 말했다.

"모두들 제게 맞서왔습니다……. 언제나 말입니다."

"당신이 어렸을 때에도 말입니까?"

커스트는 생각해 보는 모양이었다.

"아뇨……. 아뇨……. 그때는 꼭 그랬던 건 아닙니다. 어머니는 저를 몹시 사랑하셨습니다. 하지만 그분은 야망이 있으셨죠……. 무서울 정도로 야심이 넘치셨습니다. 그런 이유에서 이런 우스꽝스러운 이름을 지어 주신 거예요. 그분은 제가 이 세상에서 두각을 나타낼 것이라는 어이없는 생각을 갖고 계셨습니다. 언제나 자기주장을 내세우라고 강권하셨지요……. 의지력을 강조하시면서, 누구든 자신의 운명을 개척할 수 있다고 말씀하셨어요……. 어머니는 제가 무엇이든 할 수 있다고 하셨습니다!"

그는 잠시 침묵을 지켰다.

"물론 어머니가 크게 잘못 생각하신 겁니다. 저는 얼마 지나지 않아 저 자신이 어떤 존재인지 깨달았습니다. 저는 인생에서 성공할 그런 사람이 아닙니다. 저는 늘 어리석은 일을 저질러서 저 자신을 웃음거리로 만들었습니다. 그리고 수줍어하고…… 사람들을 두려워했지요. 저는 힘든 학창 시절을 보냈습니다……. 아이들은 제 본명을 알아내서 저를 놀리곤 했습니다……. 저는 학교에서 지독한 열등생이었습니다……. 놀이와 공부, 그외 모든 것에서 말입니다."

그가 고개를 내저었다.

"가엾은 어머니가 돌아가신 것이 다행입니다. 어머니는 실망하셨을 겁니다……. 상업 학교에 다닐 때에도 남보다 떨어지는 편이었습니다……. 타자나 속기를 배우는 데도 다른 친구들보다 오래 걸렸습니다. 하지만 저는 스스로가 우둔하다고 느끼지 않았습니다. 제 말뜻을 이해하실지 모르지만요."

그는 문득 호소하는 듯한 눈길을 상대에게 던졌다.

"무슨 뜻인지 압니다. 계속하십시오."

푸아로가 말했다.

"모두가 제가 어리석다고 여기고 있는 것 같았습니다. 커다란 무력감을 느꼈지요. 나중에 직장에서도 그랬습니다."

"그리고 나중엔 전쟁에서도 그랬나요?"

푸아로가 부추기듯 물었다.

커스트의 얼굴이 갑자기 밝아졌다.

"아실지 모르지만 저는 전쟁터가 좋았습니다. 말하자면 제게 잘 맞았습니다. 평생 처음으로 저는 다른 사람들과 다름없는 인간이라는 느낌이 들었습니다. 우리는 모두 같은 처지에 놓여 있었습니다. 저도 다른 사람들과 마찬가지로 쓸모 있는 인간이었습니다."

커스트의 미소가 사라졌다.

"그러다가 머리에 부상을 입었습니다. 아주 경미한 부상이었지요. 하지만 사람들은 제가 때때로 발작을 일으킨다는 것을 눈치 챘습니다……. 물론 저 자신이 무엇을 하고 있는지 제대로 의식할 수 없을 때가 종종 있다는 걸 전부터 알고 있었습니다. 말하자면 기억이 끊기는 겁니다. 하지만 그것이 제대 사유가 된다는 건 불합리합니다. 그래요, 그건 별 문제가 되지 않는다고 봅니다."

"그리고 그 후에는요?"

푸아로가 물었다.

"사무원 자리를 구했지요. 당시로서는 충분한 돈을 벌 수 있었습니다. 제대 후에는 저도 그리 일을 못하는 편이 아니었습니다. 물론 급료는 더 줄어들었지요……. 그런데…… 저는 성공을 할 수 없을 것 같았습니다. 언제나 승진에서 제외되었지요. 저는 성공과는 별 인연이 없었습니다. 곧 상황이 무척 어려워졌습니다……. 정말 어려워졌지요……. 특히 슬럼프에 빠질 때는 그랬습니다. 솔직히 말씀드려 근근이 살아가는 것조차 어려웠습니다. (그럼에도 사무원으로 일하려면 품위를 잃지 않도록 단정한 차림을 유지해야 했지요.) 그 즈음 저는 스타킹 판매 일을 해보지 않겠느냐는 제안을 받았습니다. 월급에 더해 수당이 있다더군요!"

푸아로가 부드럽게 말했다.

"하지만 그 회사에서는 당신과 계약했다는 사실을 부인한다는 걸 알고 계시는지요?"

커스트가 다시 흥분했다.

"그게 바로 그들이 음모에 연루되어 있기 때문입니다……. 음모에 가담한 것이 틀림없습니다."

그는 말을 계속했다.

"제겐 문서로 된 증거가 있습니다……. 문서로 된 증거 말입니다. 방문해야 할 곳에 대한 지시사항과 방문해야 할 사람들의 명단을 적어 보내 온 편지가 있습니다."

"정확히 말해서 문서로 된 증거가 아니라…… 타자기로 작성된 증거지요."

"똑같은 겁니다. 대형 도매업체에서는 편지를 타자기로 쳐서 보낸답니다."

"모르시겠습니까, 커스트 씨? 활자를 보면 타자기를 추적할 수 있다는 사실을 말입니다. 그 모든 편지들은 특정한 한 가지 타자기로 친 것이었습니다."

"그게 어떻다는 겁니까?"

"그리고 그 타자기는 다름 아닌 당신 것입니다……. 당신의 방에서 발견된 바로 그 타자기라고요."

"그것은 제가 일을 시작할 때 회사에서 보내 준 것입니다."

"예, 하지만 그 편지들은 그 후에 받으셨죠. 그러니 당신이 직접 타자를 쳐서 당신 자신에게 보낸 것처럼 여겨지지 않겠습니까?"

"아뇨, 아닙니다! 모든 게 절 모함하려는 음모입니다."

그는 갑자기 이렇게 덧붙였다.

"그 편지들은 그냥 종류만 같은 타자기로 친 것들일 겁니다."

"같은 종류가 아니라 바로 그 타자기입니다."

커스트는 고집스럽게 같은 말을 되풀이했다.

"그건 음모입니다!"

"그리고 찬장에서 발견된 ABC 철도 안내서는요?"

"저는 그것에 대해 아무것도 모릅니다. 저는 그것들이 모두 스타킹인 줄 알았습니다."

"앤도버에서 방문할 사람의 명단 처음에 있는 애셔 부인의 이름에 어째서 표시를 해 놓은 겁니까?"

"왜냐하면 그 부인부터 찾아가려고 마음먹었거든요. 누구부터든 시작을 해야 하니까요."

"예, 그렇겠군요. 누구부터든 시작을 해야 하죠."

"제 말은 그런 뜻이 아닙니다! 당신이 생각하는 그런 뜻이 아니란 말입니다!"

커스트가 외쳤다.

"하지만 당신은 내 말이 무슨 뜻인지 알고 있지 않습니까?"

커스트는 아무 말도 하지 않았다. 그는 떨고 있었다.

"저는 그런 짓을 하지 않았습니다! 저는 전적으로 결백합니다! 이 모든 게 오해입니다. 세상에, 두 번째 범죄를 보십시오……. 벡스힐 사건 말입니다. 그때 저는 이스트본에서 도미노 게임을 하고 있었습니다. 그 사실을 인정하셔야죠!"

그의 목소리는 의기양양했다.

"그렇습니다."

푸아로의 목소리는 꿈꾸는 듯 부드러웠다.

"하지만 날짜를 하루 착각하기란 아주 쉬운 일 아닙니까? 스트레인지처럼 고집 세고 독단적인 사람은 자신이 틀렸을 가능성 같은 건 꿈에도 고려하려 들지 않습니다 자신이 전에 말한 것을 그저 밀고 나가는 거죠……. 그는 그런 유형의 사람입니다. 그리고 호텔의 숙박부…… 숙박부를 작성할 때 날짜를 바꾸어 적는 것은 아주 쉽습니다……. 아마 아무도 눈치 채지 못할 겁니다."

"저는 그날 저녁 도미노 게임을 하고 있었습니다."

"당신은 도미노 게임에 아주 능숙한 모양이지요?"

커스트는 이 말에 살짝 얼굴을 붉혔다.

"저는, 저는…… 음, 그런 것 같습니다."

"그것은 많은 기술을 필요로 하는, 집중력을 요구하는 게임 아닙니까?"

"아, 거기엔 요령이 있어요……. 수많은 요령이 말입니다! 시내에서 점심 시간에 그 게임을 자주 하곤 했지요. 전혀 낯모르는 낯선 이들이 함께 도미노 게임을 하는 모습을 보면 당신은 깜짝 놀랄 겁니다."

커스트가 쿡쿡 소리를 내며 웃었다.

"어떤 사람이 기억나는군요……. 그가 저에게 한 말 때문에 전 그를 결코 잊지 못할 겁니다……. 우리는 커피 한 잔을 놓고 이야기를 하다가 도미노 게임을 시작했지요. 그로부터 20분 후 저는 그 사람을 평생 알아온 것 같은 느낌이 들었습니다."

"그 사람이 당신에게 무슨 말을 했나요?"

푸아로가 물었다.

커스트의 얼굴에 어두운 그림자가 드리워졌다.

"그 말을 듣고 저는 발작을 일으켰습니다. 지독한 발작이었지요. 그는 사람의 손 안에 그의 운명이 나타나 있다는 이야기를 들려 줬어요. 그러고서 자기 손을 보여 주면서, 자신이 두 차례 물에 빠졌다가 구사일생으로 살아났는데 그것이 손금에 나와 있다더군요. 그런 다음 제 손금을 보고는 놀라운 이야기를 해 주었습니다. 제가 죽기 전에 영국에서 가장 유명한 사람이 될 것이고, 나라 전체가 저에 대해 떠들어 댈 것이라고 말입니다……."

커스트가 의자에 앉은 채 자세를 흩뜨리고는…… 말을 더듬었다.

"그래서요?"

지그시 그를 응시하는 푸아로의 눈빛에는 조용한 자력 같은 것이 담겨 있었다. 커스트는 그를 바라보았다. 그는 시선을 다른 곳으로 돌렸다가 매혹당한 토끼처럼 다시 원래대로 돌아왔다.

"그는 말했습니다……. 이렇게 말했지요……. 제가 비명횡사할 것 같다고요……. 그러고는 웃음을 터뜨리고 이렇게 말했지요. '사형대 위에서 죽을 것이 거의 확실하다'고요. 그런 다음 다시 소리 내어 웃음을 웃으면서 그저 농담일 뿐이라고 하더군요……."

커스트는 갑자기 입을 다물었다. 푸아로의 얼굴에 시선을 고정시켰다가 좌우를 둘러보는 기색이었다…….

"머리가…… 머리가 몹시 아픕니다……. 가끔씩 두통이 말도 못하게 심하답니다. 그리고 때때로 모를 때가 있습니다……. 그럴 때가 되면……."

그가 말꼬리를 흐렸다.

푸아로는 앞으로 몸을 기울였다. 그는 아주 조용하지만 확신에 넘치는 목소리로 말했다.

"하지만 당신은 살인을 저질렀다는 사실을 알고 있지 않습니까?"

커스트가 눈길을 들었다. 그의 시선은 극히 소박하고 솔직했다. 모든 저항이 그에게서 물러났다. 그는 기묘할 정도로 평화로워 보였다.

"예, 알고 있습니다."

"하지만…… 왜 저질렀는지를 모르는 거죠? 내 말이 맞습니까?"

커스트가 고개를 끄덕였다.

"예, 저는 모릅니다."

## 푸아로, 설명하다

우리는 이 사건에 대한 푸아로의 최종 설명을 듣기 위해 긴장한 상태로 앉아 있었다.

"그동안 저는 이 사건의 동기에 대해 줄곧 마음을 끓여 왔습니다. 어느 날 헤이스팅스가 제게 말하기를 이 사건이 종결되었다고 하더군요. 저는 그에게 사람이 곧 사건이라고 대답했지요! 진짜 수수께끼는 베일에 싸인 사건이 아니라 베일에 싸인 ABC라고 말입니다. 어째서 그는 이런 살인들을 저질러야 했을까요? 어째서 그는 자신의 적수로서 저를 고른 걸까요?

그 사내가 정신적으로 결함이 있어서라는 말은 대답이 되지 않습니다. 어떤 사내가 미쳤기 때문에 미친 짓을 한다는 진술은 무지하고 어리석습니다. 미친 사람은 자신의 행동에 있어서 멀쩡한 사람만큼 논리적이고 이성적입니다. 기묘하게 편향된 그의 관점에서 본

다면 말이지요. 예를 들어 어떤 사람이 허리에 천 한 장만 걸치고 밖에 나와 쪼그리고 앉아 있겠다고 고집을 부린다면 정말 이상해 보일 것입니다. 하지만 그 사람이 스스로를 마하트마 간디라고 굳게 믿고 있다면, 그것 또한 속속들이 이해할 수 있는 논리적인 행동인 셈이거든요.

이번 사건의 핵심은 네 건 이상의 살인을 저지르고 그 사실을 에르퀼 푸아로에게 편지로 미리 알리는 것이 논리적이고 이성적인 일이라고 믿는 자가 누구인가를 밝혀내는 것이었습니다.

제 친구 헤이스팅스는 그의 첫 편지를 받았을 때 제가 몹시 당황스러워하고 신경을 곤두세웠다는 것을 잘 알고 있을 겁니다. 제가 보기에 그 편지에는 첫눈에 아주 잘못된 무언가가 있었습니다."

"선생님 말씀이 맞습니다."

프랭클린 클라크가 건조하게 말했다.

"예, 하지만 그 첫 단계에서 저는 중대한 실수를 저질렀습니다. 그런 제 느낌, 편지에 대해 느꼈던 아주 강렬한 그 느낌을 그저 하나의 인상으로 치부해 버린 겁니다. 저는 그걸 그저 직감이겠거니 했습니다. 그러나 이성적이고 균형 잡힌 사람의 머릿속에는 직감, 그러니까 확실한 사실에 기인하지 않은 추측 같은 건 있을 수 없습니다! 물론 추측은 할 수 있지요. 추측은 맞거나 틀리거나 둘 중 하나입니다. 그리고 그게 옳았을 경우 우리는 그것을 직감이 들어맞았다고 하고요. 틀렸다면 대개 다시 이야기되지 않습니다만. 그러나 직감, 혹은 직관이라고 불리는 것은 사실 종종 논리적인 추론과 경험에 기초를 둔 하나의 인상입니다. 전문가가 어떤 그림이나 가구, 또는 수표의 서명에 잘못된 것이 있다는 느낌을 받았다면, 그것은 일련의 사소한 징후와 세부 사항에 대한 느낌에 기초합니다. 그는 그것들을 자세히 조사해 볼 필요가 없습니다. 경험으로 아는 겁니다. 뭔가 이상하다는 결정적인 느낌이 드는 거지요. 이것은 추측이 아니라 경험에 기초한 직관입니다.

에 비엥(그러니까), 저는 그 첫 편지를 제대로 다루지 못했다는 것을 인정합니다. 그저 편지를 받고 몹시 불안했을 뿐입니다. 그리고 경찰은 그것을 짓궂은 장난으로 치부했습니다. 하지만 저 자신은 그것을 심각하게 받아들였고, 편지에 씌어 있는 대로 앤도버에서 살인이 일어날 것이라고 확신했습니다. 그리고 아시다시피 살인은 실제로 일어났지요.

그 단계에서는 그런 짓을 저지른 사람이 누구인지를 알 수 있는 방법이 없었습니다. 제게 열려 있는 유일한 길은 다만 정확히 어떤 종류의 사람이 그런 짓을 저지를 수 있는지 알아내고 파악하는 것뿐이었습니다.

제겐 몇 가지 정보들이 있었습니다. 그 편지와 범행 방식, 살해된 사람 말입니다. 제가 알아내야 할 것은 범행의 동기와 편지의 동기였습니다."

"자신을 알리고 싶어서였겠죠."

클라크가 의견을 말했다.

"분명히 열등감에서 나온 행동이에요."

도라 그레이가 덧붙였다.

"물론 그런 결론이 나오는 것은 자연스럽습니다. 하지만 왜 저였을까요? 어째서 에르퀼 푸아로에게 편지를 보낸 것일까요? 런던 경시청에 편지를 보내는 것이 더 큰 홍보가 되었을 텐데요. 첫 편지는 무시되어 신문에 발표되지 않았을 수도 있었겠지만, 두 번째 범죄가 일어날 즈음 ABC는 언론이 동원할 수 있는 온갖 유명세를 누릴 수 있었을 겁니다. 그런데 왜 에르퀼 푸아로였을까요? 뭔가 사적인 이유가 있었을까요? 편지 내용에는 외국인에 대한 가벼운 편견이 엿보였습니다만 그것은 만족할 만한 설명이 아니었습니다.

그러다가 두 번째 편지가 도착했습니다……. 그리고 벡스힐에서 베티 바너드 양이 살해되는 사건이 이어졌습니다. 이제 (제가 예상했던 대로) 살인이 ABC 순서대로 일어나리라는 것이 분명해졌지만, 대부분의 사람들에게는 당연하게 여겨지는 사실이 제게는 줄곧 중요한 문제로 남아 있었습니다. '어째서 ABC는 이런 살인을 저질러야 했을까?' 하는 것 말입니다."

메건 바너드가 의자에 앉은 채 몸을 움직거렸다.

"피에 대한 갈증…… 같은 것 때문이 아닐까요?"

그녀가 물었다.

푸아로는 그녀에게 몸을 돌렸다.

"당신 말에 일리가 있습니다, 마드무아젤. 그런 일은 충분히 있을 수 있습니다. 그저 무턱대고 죽이고 싶은 욕망 말입니다. 하지만 그건 이 사건의 경우에 들어맞지 않습니다. 사람을 죽이고자 하는 욕망을 갖고 있는 살인광은 대개 가능한 한 많은 사람을 죽이고 싶어 하는 법입니다. 그건 끊임없이 솟아오르는 갈망이거든요. 그래서 그런 살인자들은 자신의 범행이 오래도록 탄로나지 않게끔 되도록 자신의 흔적을 감춥니다……. 널리 광고하는 것이 아니라 말입니다. 선택된 네 명의 희생자들을 살펴볼 때 적어도 그들 중 셋은 (왜냐하면 저는 다운스 씨나 얼스필드 씨에 대해서는 잘 모르거든요.) 다른 이에게 혐의를 씌움으로써 살인범은 안전할 수 있는 사람을 선택했다는 사실을 알 수 있습니다. 프란츠 애셔, 도널드 프레이저나 메건 바너드, 클라크 씨, 이들은 반대되는 증거를 제시하지 못한다면 경찰의 의심을 받았을 사람들입니다. 미지의 살인광이 벌인 짓이라고는 아무도 생각하지 않았을 겁니다! 그렇다면 어째서 살인범은 자신에게 관심을 쏠리게 할 필요를 느꼈을까요? 각 시신 옆에 ABC 철도 안내서 한 부씩을 남겨두는 행동이 왜 필요했을까요? 어떤 심리적 충동 때문이었을까요? 그 철도 안내서와 연관된 무슨 콤플렉스 같은 게 있어서였을까요?

이 단계에서 저는 살인범의 마음을 이해하기가 몹시 어렵다는 사실을 발견했습니다. 분명 관대함에서 나온 행동은 아니겠죠? 혹시 그가 죄 없는 사람에게 자기 범죄의 책임이 돌아가는 일을 두려워한 걸까요? 그 중요한 의문에 대답할 순 없었지만, 몇 가지 사실들로 저는 살인범에 대해 여러 가지를 알아가고 있었습니다."

"예를 들자면요?"

프레이저가 물었다.

"우선…… 그가 체계적인 사고의 소유자라는 겁니다. 그의 범죄는 알파벳 순서대로 저질러졌습니다. 한편 그는 애셔 부인, 베티 바너드, 카마이클 클라크 경 등 희생자들을 고름에 있어 특별한 취향 같은 건 갖고 있지 않습니다. 여기에는 성적인 콤플렉스가 없습니다……. 연령에 대한 콤플렉스도 없었고요. 그것이 제게는 몹시 신기한 사실이었습니다. 어떤 사람이 무차별적으로 사람을 죽인다면, 그것은 대개 자기에게 방해되거나 짜증스럽게 하는 사람을 덮어놓고 죽임을 의미합니다. 하지만 알파벳 순서대로 살인을 한다는 것은 이번 사건이 그런 것이 아님을 말해 주지요. 또 다른 살인자 유형으로 말할 것 같으면 대개는 특별한 계층의 희생자를 고릅니다. ……거의 항상 동성이 아닌 이성을 택하죠. 이번 ABC 살인에는 무차별적인 속성이 있는데, 그것이 제게는 알파벳순으로 희생자를 고른 행동과 상충하는 것처럼 보였습니다.

저는 희미하게나마 한 가지 추리를 할 수 있었습니다. ABC 철도 안내서를 선택했다는 것은 제게 범인이 철도에 관심이 많은 사람이 아닐까 하는 가정을 하게 해 주었습니다. 이런 경우는 여자들보다 남자들에게 흔합니다. 남자아이들이 여자아이들보다 기차를 더 좋아하지요. 그것은 또 그 인물이 부분적으로 성숙하지 못한 사람이라는 뜻도 됩니다.

베티 바너드의 죽음과 그 살해 방법은 저에게 다른 확실한 정보를 주었습니다. 그녀가 살해된 방법은 특히 시사적이었습니다. (용서하십시오, 프레이저 씨.) 첫 번째로 그녀는 자신의 허리띠로 목이 졸려 죽었습니다……. 그러니까 그녀는 친하게 지내는 사람, 사랑하는 사이인 누군가에게 살해당한 게 거의 분명합니다. 그녀의 성격에 대해 알고 나자 하나의 그림이 마음속에 떠올랐습니다.

베티 바너드 양은 바람기가 있는 여자였습니다. 그녀는 매력적인 남자의 관심을 받는 것을 좋아했지요. 그러므로 ABC는 자신과 함께 데이트를 하자고 그녀를 설득할 수 있는 매력적인, 그러니까 성적 매력이 있는 사람임에 분명합니다! 그는, 당신네 영국인들 말대로 '우리 사귀자'라고 말할 수 있어야 합니다. 그리고 상대의 동의를 얻어 낼 만한 사람이어야 합니다. 전 바닷가의 한 장면을 떠올릴 수 있습니다. 남자가 여자에게 허리띠가 아름답다고 칭찬합니다. 여자가 허리띠를 풀자 남자는 그것을 장난삼아 목에 걸고는…… 아마도 이렇게 말하겠죠. '널 목 졸라 죽일 거야.' 이 모든 것은 그저 장난처럼 보입니다. 그녀는 킬킬거립니다……. 이윽고 남자는 허리띠를 잡아당깁니다……."

도널드 프레이저가 튕겨지듯 자리에서 일어섰다. 그의 얼굴은 납빛이었다.

"무슈 푸아로……. 제발."

푸아로가 손짓을 했다.

"다 끝났습니다. 더 이상 이 이야기는 하지 않겠습니다. 이게 끝입니다. 다음 번 살인인 카마이클 클라크 경의 사건으로 넘어갑시다. 여기서 살인범은 처음의 방법으로 되돌아갑니다. 머리를 내려치는 겁니다. 알파벳 콤플렉스도 똑같습니다……. 다만 한 가지 사실이 제 마음에 좀 걸렸습니다. 일관성을 갖기 위해서는 살인자가 어떤 명확한 순서에 따라 도시를 선택해야 한다는 겁니다.

앤도버가 A로 시작하는 도시 중에서 155번째라면, B에 해당하는 범죄 역시 155번째 도시에서 일어나야 할 겁니다……. 그렇지 않으면 156번째여야 하겠죠. C의 범죄는 157번째 도시여야 하는 식으로. 이점으로 볼 때 범인은 도시들을 고르는 데 있어서 지나칠 정도로 제멋대로였던 것 같더군요."

"그건 너무 당신 기준으로 생각한 것 아닌가요, 푸아로? 당신은 항상 질서와 체계를 강조하니까요. 거의 병적일 정도로요."

내가 물었다.

"아니, 그건 병이 아닐세! 켈 이데(어떻게 그런 생각을)! 하지만 내가 그 문제에 지나치게 신경을 쓴다는 건 인정하네. 파송(넘어가자고)!

처스턴 범죄는 제게 거의 도움이 되지 않았습니다. 운이 나빴지요. 편지가 빙 돌아서 늦게야 제게 배달되는 바람에 아무런 대비도 할 수 없었습니다.

하지만 D자의 범죄가 예고되었을 즈음에는 완벽한 방어 시스템이 작동되어 있었습니다. ABC가 더 이상 들키지 않고 범죄를 저지를 수 없다는 것이 확실해 보였습니다.

게다가 그 시점에서 스타킹에 대한 단서가 제 머릿속에 떠올랐습니다. 매 범죄의 장면마다 스타킹을 파는 사람이 등장한다는 것이 단순한 우연의 일치가 아님은 너무나도 명백했습니다. 그 스타킹 외판원이 범인임이 틀림없었죠. 하지만 그레이 양이 말해 준 그의 인상착의는 베티 바너드를 목 졸라 죽인 남자로서 제가 생각하고 있던 모습과는 전혀 딴판이었습니다.

다음 단계로 바로 넘어가겠습니다. 네 번째 살인이 일어났습니다. 조지 얼스필드라는 사내가 살해당한 거지요. 범인은 그를 옆좌석에 앉아 있던, 체격이 비슷한 다운스라는 이름의 사람으로 오인한 것 같았습니다.

이번엔 마침내 행운의 여신이 발길을 돌렸습니다. 사태는 ABC에게 불리하게 돌아가고 있었습니다. 그는 추적당하고 쫓기고 마침내 체포되었습니다. 헤이스팅스의 말대로 사건이 종결된 것입니다!

……대중의 관점으로는 충분히 그럴 수 있습니다. 그 사내는 유치장에 있고, 브로드무어 교도소에 수감될 겁니다. 더 이상의 살인은 일어나지 않겠죠. 끝! 종결! 평화!

하지만 제게는 그렇지 않았습니다! 저는 아무것도 모르고 있었습니다. 아무것도! 왜, 무엇 때문에 그랬는지 말입니다.

그리고 한 가지 사소하지만 성가신 사실이 있었죠. 커스트라는 사내에게 벡스힐 살인이 일어난 날 밤 알리바이가 있다는 겁니다."

"나도 줄곧 그것이 꺼림칙했습니다."

프랭클린 클라크가 말했다.

"예, 제게도 그것이 마음에 걸렸습니다. 왜냐하면 그 알리바이가 진짜인 것 같기 때문입니다. 하지만 다른 의미로 그것은 진짜일 수가 없습니다……. 그래서 이제 우리는 아주 흥미로운 두 가지 추론에 도달하게 됩니다.

친애하는 친구 여러분, 커스트가 이 범죄 중 세 가지……. A, C, D 범죄를 저지르고 B 범죄를 저지르지 않았다고 가정해 봅시다."

"무슈 푸아로, 그럴 수는……."

푸아로는 눈짓으로 메건 바너드를 침묵시켰다.

"잠깐만요, 마드무아젤, 저는 진실을 찾고 있는 겁니다! 거짓말을 하는 게 아니란 말입니다. 조금 전 말한 대로 ABC가 두 번째 범행을 저지르지 않았다고 가정합시다. 그 사건은 25일 새벽에 일어났다는 것을 잊지 마십시오. 그날 그는 범행을 위해 그곳에 도착했습니다. 그런데 다른 누군가가 그를 앞질렀다면요? 그런 상황이라면 그는 어떻게 했을까요? 또다시 살인을 저지를까요, 아니면 가만히 엎드리고 있다가 이미 저질러진 사건을 무시무시한 선물로 받아들일까요?"

"무슈 푸아로! 그것은 터무니없는 생각이에요. 이 모든 범행은 같은 사람에 의해서 저질러진 것이 분명하다고요!"

메건이 외쳤다.

그는 그녀의 말에 아랑곳하지 않고 집요하게 말을 이었다.

"이 가정에는 한 가지 문제를 해결해 준다는 장점이 있었습니다. 알렉산더 보나파르트 커스트의 특성(그 어떤 여자도 그의 수작에 넘어가지 않을 겁니다.)과 베티 바너드 살해범의 특성이 모순된다는 사실입니다. 그리고 이제까지 알려진 바에 따르면 누군가가 살인을 저지르려 했는데 다른 사람이 앞서 그 범죄를 저질러 주는 바람에 어부지리를 얻은 경우가 있습니다. 예를 들자면 '살인마 잭' 사건의 모든 범죄가 살인마 잭이 저지른 게 아니라는 겁니다. 여기까지는 큰 문제가 없습니다. 하지만 그러고서 저는 결정적인 어려움에 봉착하게 되었습니다.

바너드 살인 사건 때까지는 ABC 살인에 관한 그 어떤 사실도 공개되지 않았습니다. 앤도버 살인은 별다른 관심을 끌지 못했지요. 철도 안내서가 펼쳐진 채 놓여 있었다는 사실은 언론에 언급조차 되지 않았습니다. 그러므로 베티 바너드를 죽인 사람은 그가 누구든 간에 몇몇 사람…… 저 자신, 경찰, 그리고 애셔 부인의 친지나 이웃만이 알고 있던 사실을 알고 있었다는 이야기가 됩니다. 그런 추론의 결과 저는 문 하나 없는 막막한 벽에 맞닥뜨린 기분이었습니다."

그를 바라보는 사람들의 얼굴 또한 막막했다. 막막하고 당혹스러운 얼굴들이었다.

도널드 프레이저가 생각에 잠긴 채 말했다.

"요컨대 경찰도 인간입니다. 그리고 그중 상당수는 외모가 출중하고요……."

그는 묻는 듯한 눈길로 푸아로를 바라보며 말을 멈추었다.

푸아로가 부드럽게 고개를 내저었다.

"아뇨……. 그보다 더 간단합니다. 조금 전 여러분에게 두 번째 가정이 있다고 말씀드렸지요.

커스트가 베티 바너드의 살해에 책임이 없다면요? 다른 누군가가 그녀를 죽였다면요? 그 다른 누군가가 다른 살인들도 저질렀을 수는 없을까요?"

"하지만 그것은 말이 되지 않습니다!"

클라크가 외쳤다.

"그런가요? 그래서 저는 처음에 제가 했어야 했던 일에 착수했습니다. 제가 받아 온 편지를 완전히 다른 관점에서 살펴보았습니다. 저는 처음부터 그것에 뭔가 이상한 점이 있다고 느꼈습니다……. 그림 전문 감정가가 그림에서 이상한 점을 감지하듯이 말입니다…….

저는 앞서 곰곰이 생각해 보지도 않은 채 그 편지들에서 이상한 느낌을 받는 이유는 그걸 쓴 사람이 미치광이였기 때문이라고 단정 지어 버린 적이 있었습니다.

이제 저는 그것들을 다시 살펴보고, 이번에는 완전히 다른 결론에 이르게 되었습니다. 그것들이 이상하게 느껴졌던 것은 정신이 멀쩡한 사람이 썼기 때문이었던 겁니다!"

"뭐라고요?"

내가 외쳤다.

"그렇습니다……. 바로 그거였습니다! 그림에 문제가 있는 것처럼 그것에도 문제가 있었었습니다……. 왜냐하면 그것들은 가짜였으니까요! 그것들은 미치광이가…… 살인광이 쓴 것처럼 꾸며져 있었지만 실제로는 전혀 그렇지 않았던 겁니다."

"그것은 말도 안 됩니다."

프랭클린 클라크가 같은 말을 되풀이했다.

"메 시(말이 되고말고요)! 우리는 추론해 봐야 합니다……. 생각을 해야 하는 겁니다. 그런 편지들을 쓴 목적이 무엇일까? 편지를 쓴 이에게 관심이 쏠리게 하기 위해, 살인범에게 주목하도록 하기 위해서입니다! 엉 베리테(실제로) 처음에는 그것이 말이 되지 않는 것 같았습니다. 그러나 이윽고 해결의 실마리를 찾을 수 있었지요. 그것은 일련의 살인…… 연쇄 살인에 관심을 집중시키기 위해서였습니다……. 당신네 위대한 셰익스피어가 이렇게 말하지 않았던가요. '숲 때문에 나무를 보지 못한다'고 말입니다."

나는 푸아로가 잘못 기억한 인용구를 바로잡지 않았다.* 나는 그가 말하는 요점을 파악하려 애쓰고 있었다. 희미한 깨달음이 떠오르고 있었다. 그가 말을 계속했다.

"한 개의 바늘이 가장 눈에 띄지 않을 때가 언제일까요? 바늘꽂이에 꽂혀 있을 때입니다. 하나의 개별적인 살인이 가장 눈에 띄지 않을 때가 언제일까요? 연쇄 살인 가운데 들어 있을 때입니다. 저는 놀랍도록 영리하고 비상한 살인범을 다뤄야 했습니다. 무모하고 대담한 동시에 빈틈없는 도박꾼을 다뤄야 했던 겁니다. 커스트 씨가 아니라 말입니다! 그는 결코 이런 식으로 여러 건의 살인을 저지를 수 없습니다! 그렇습니다, 저는 아주 다른 부류의 사람을 상대해야 했습니다. 소년다운 기질의 소유자(남학생들이 좋아함직한 편지와 철도 안내서가 그 증거입니다.)로서 여자들에게 매력을 발휘하는 남자,

* 원래는 '나무만 보고 숲을 보지 못한다.'임.

인간의 생명을 가차 없이 뭉개 버리는 남자, 이 범죄 중의 하나에 필연적으로 연관된 남자 말입니다!

누군가가 살해당했을 때 경찰에서 가장 먼저 무엇을 찾는지 생각해보십시오. 기회입니다. 범죄가 벌어진 때에 각자가 어디에 있었는가? 그리고 동기입니다. 피해자의 죽음으로 이익을 보게 되는 사람이 누구인가? 만약 기회와 동기가 그런 대로 확실하다면, 미래의 살인자가 해야 할 일은 뭘까요? 알리바이를 꾸며내는 겁니다……. 다시 말해서 어떤 방식으로든 시간을 조작하는 겁니다. 하지만 그것은 언제나 위험한 시도이죠. 우리의 살인자는 좀 더 환상적인 방어책을 생각해 냈습니다. 살인광을 만들어 낸 겁니다!

이제 여러 가지 사건을 살펴보고 범인일 가능성이 있는 사람을 찾아내면 되는 겁니다. 앤도버 범죄? 그 사건의 가장 유력한 용의자는 프란츠 애셔지만, 저로서는 애셔가 이런 치밀한 계획을 세워 실행하리라는 것은 상상할 수도 없었습니다. 계획을 세웠다 하더라도 살인을 저지를 수 없을 것 같았고요. 벡스힐 범죄? 도널드 프레이저가 범인일 가능성이 있습니다. 그는 머리도 좋고 능력도 있으며 체계적인 기질의 소유자입니다. 하지만 그가 자신의 사랑하는 이를 죽이려는 동기는 질투뿐입니다. 질투 때문에 저지르는 살인은 계획적이 아니라 우발적인 법이지요. 또한 제가 들은 바로 그는 8월초에 휴가를 간 만큼 처스턴 범죄와 관련이 있을 가능성이 거의 없습니다. 다음은 처스턴 범죄 차례입니다……. 우리는 즉각 너무나도 가능성이 풍부한 장으로 접어들게 됩니다.

카마이클 클라크 경은 매우 부유한 사람이었습니다. 그의 돈을 상속받을 사람은 누구일까요? 죽어 가고 있는 그의 아내는 생존시에만 재산 소유권을 갖고 있으므로, 부인 사후에 그 재산은 남동생 프랭클린에게 돌아가게 됩니다."

푸아로는 천천히 고개를 돌렸다. 이윽고 그의 눈길과 프랭클린 클라크의 시선이 마주쳤다.

"그때 저는 확신했습니다. 제가 오랫동안 마음속으로 은밀히 지켜 봤던 남자는 실제로 제가 알고 지내온 바로 그 남자였습니다. ABC와 프랭클린 클라크는 같은 사람이었던 겁니다! 대담하고 모험적인 성격, 여기저기 떠돌며 지내 온 삶, 외국인에 대한 야유에서 아주 희미하게 드러나는 영국에 대한 남다른 애정. 매력적이고 자유롭고 편안한 태도……. 카페에서 여자를 꼬여 내는 것은 그에게 식은 죽 먹기였습니다. 또한 그는 체계적이고 조직적인 성격의 소유자로서 어느 날 여기서 명단을 만들고 사건에 ABC라는 이름을 붙였지요. 최종적으로 그가 소년 같은 기질을 갖고 있다는 것은 레이디 클라크의 지적으로도 알 수 있고, 소설에 대한 그 자신의 취향에서도 드러납니다. 저는 그의 집 서재에서 E. 네스빗의 『철도의 아이들』이란 책을 발견했습니다. 더 이상 의심의 여지가 없었습니다. ABC, 그러니까 제게 편지를 보내고 범죄를 저지른 사람은 바로 프랭클린 클라크입니다."

클라크가 갑자기 웃음을 터뜨렸다.

"정말 훌륭하시군요! 그러면 손에 피가 묻은 채 체포된 우리의 커스트는 어떻게 된 겁니까? 그의 외투에 묻은 피는요? 그리고 그가 하숙집에 숨겨놓은 칼은요? 그는 자신이 여러 건의 범죄를 저질렀다는 것을 부인할지도 모르지만……."

푸아로가 그의 말허리를 잘랐다.

"당신 짐작이 완전히 틀렸습니다. 그는 그 사실을 인정하고 있습니다."

"뭐라고요?"

프랭클린은 정말로 깜짝 놀란 것 같았다.

"오, 그렇습니다."

푸아로가 부드럽게 말했다.

"그와 이야기를 하는 순간 저는 커스트가 스스로를 범인으로 믿고 있다는 것을 알 수 있었습니다."

"그럼에도 무슈 푸아로께서는 만족하지 못하셨다는 건가요?"

프랭클린이 물었다.

"그렇습니다, 그를 보자마자 저는 또한 그가 범인일 리가 없다는 것을 알 수 있었습니다! 그에게는 배짱이나 대담함이 없었습니다. 덧붙여 이런 계획을 세울 지능도 없었습니다! 저는 살인범에게 이중적인 성격이 있다는 것을 그동안 줄곧 의식하고 있었습니다. 이제 저는 어떻게 그럴 수 있었는지 압니다. 두 사람이 연루되어 있었던 겁니다. 교활하고 비상하고 대담한 진짜 살인범과 우둔하고 갈팡질팡하고 암시에 잘 걸리는 '가짜' 살인범 말입니다.

암시에 잘 걸린다는 것……. 커스트 씨의 수수께끼에는 바로 이

요소가 자리 잡고 있습니다! 클라크 씨, '하나의' 범죄에 관심이 쏠리는 것을 막기 위해 '연쇄 살인'을 고안해 내는 것만으로는 당신에게 충분치 않았습니다. 당신은 '위장 말'*까지 만들어냈습니다.

그런 아이디어가 당신 마음속에 떠오른 것은 시내 찻집에서 어마어마한 세례명을 가진 그 기묘한 인물을 우연히 만나고 나서일 겁니다. 그때 이미 당신은 마음속에서 형님을 살해하기 위한 여러 가지 계획을 저울질해 보고 있었습니다."

"정말입니까? 그렇다면 이유는요?"

"당신의 미래가 심각한 위험에 처했기 때문이지요. 당신은 깨닫지 못했겠지만, 클라크 씨, 당신이 내게 보여 준 형님의 편지가 힌트가 되었습니다. 그 편지에서 당신 형님은 도라 그레이 양에 대한 애정과 애착을 분명히 드러내셨더군요. 그 애정이 아버지가 딸에게 느낄 만한 것이었을 수도 있습니다. 아니 그는 그렇게 생각하고 싶었을 겁니다. 그럼에도 불구하고 형수가 죽고 나면 당신 형님이 외로운 나머지 그 아름다운 아가씨에게서 공감과 편안함을 구하려 들 것이고, 결국에는 (나이든 남자에게 흔히 일어나듯이) 그녀와 결혼할 위험이 있었던 겁니다. 당신의 두려움은 그레이 양에 대해 알고 나자 더 심해졌습니다. 제가 보기에 당신은 좀 냉소적이기는 하지만 사람을 판단하는 데 탁월한 것 같습니다. 당신은 그레이 양이 '이익에 급급한' 타입인지 가늠해 보았습니다. 그리고 당신은 그녀가 레

* 사냥감을 현혹하는 가짜 말(馬).

이디 클라크가 될 기회가 생긴다면 즉각 달려들 것임을 확신할 수 있었습니다. 당신 형님은 몹시 건강하고 정력적인 남자이지요. 시간이 흘러 아이들이 생길 것이고, 그렇게 되면 당신이 형님의 재산을 물려받을 기회는 영영 사라지고 맙니다.

제가 보기에 당신은 평생 좌절을 겪어 온 것 같습니다. 당신은 구르는 돌처럼 한 군데에 정착하지 못했습니다. 그래서 재산 역시 거의 모으지 못했지요. 당신은 형님의 재산을 몹시 질투했습니다.

다시 한 번 말하지만 머릿속에서 여러 가지 계획을 구상하는 와중에 커스트 씨를 만난 당신은 하나의 아이디어를 떠올렸습니다. 그의 어마어마한 세례명, 간질 발작과 두통에 대한 이야기, 그의 주눅 들고 초라한 모습이 당신이 원하는 도구에 꼭 맞는다는 생각이 든 겁니다. 알파벳 계획 전체가 당신의 머릿속에서 완성되었습니다. 커스트 이름의 머리글자, 당신 형님의 이름이 C자로 시작되고 처스턴에 살고 있다는 사실이 계획의 핵심이었습니다. 당신은 커스트에게 그의 최후에 대한 암시까지 했습니다. 그런 예언이 대단한 효과를 발휘하리라는 기대는 하기 어려웠지만 말입니다.

당신의 일처리는 탁월했습니다. 커스트의 이름으로 편지를 써서 다량의 스타킹을 위탁 화물로 그 자신에게 보내도록 했습니다. 당신 스스로는 여러 권의 ABC 철도 안내서를 그것과 비슷하게 포장해 그에게 보내고 편지를 썼습니다. 동일한 회사에서 후한 급료와 수당을 제안하는 것처럼 꾸며진 타자로 친 편지였습니다. 계획 전체가 미리 치밀하게 세워져 있었으므로 당신은 후에 보낼 모든 편지들을 타자로 쳐 놓은 다음 문제의 타자기를 그에게 선물로 보냈습니다.

이제 당신은 A, B로 시작되는 장소에 사는 A, B로 시작되는 이름을 가진 두 명의 희생자를 찾아야 했습니다.

당신은 적당한 장소로 앤도버를 생각해 냈고, 사전 조사를 마친 후 애셔 부인의 상점을 첫 번째 범행 장소로 선택했습니다. 그녀의 이름이 상점 문에 분명하게 써 있었고, 관찰 결과 당신은 그 부인이 상점에 대개 혼자 있다는 것을 알아냈습니다. 그녀를 살해하기 위해서는 담력과 배짱, 그리고 어느 정도의 행운이 필요했습니다.

B 단계에 이르러서 당신은 방법을 바꾸어야 했습니다. 짐작컨대 상점에서 혼자 있는 여자들은 경계를 게을리하지 않을 것이었습니다. 당신은 카페나 찻집에 들러서 그곳에 있는 여자들과 웃음을 터뜨리며 농담을 하는 한편으로 B자로 시작하는 이름을 가진, 당신의 목적에 맞는 여자를 찾아다녔습니다.

베티 바너드는 당신이 찾는 바로 그런 아가씨였습니다. 당신은 그녀를 한두 차례 밖으로 불러내서는 자신이 유부남이므로 좀 은밀하게 데이트를 해야 한다고 설명했습니다.

이윽고 사전 준비가 다 되고 나자 당신은 일에 착수합니다! 당신은 커스트에게 특정 날짜에 앤도버의 몇 군데 장소를 방문하라는 서류를 보내 그를 그곳으로 가게 하고 첫 번째 ABC 편지를 제게 발송합니다.

지정된 날 당신은 앤도버로 가서 애셔 부인을 죽였습니다…….

당신의 계획에 차질을 줄 그 어떤 일도 일어나지 않았습니다.

첫 번째 살인이 성공적으로 완수되었습니다.

두 번째 살인에서 당신은 특별히 주의를 기울여 예정일 하루 전날 범죄를 저질렀습니다. 베티 바너드가 7월 24일 자정 이전에 살해되었다고 저는 확신합니다.

이제 우리는 세 번째 살인으로 넘어갑니다. 실제로 중요한, 당신의 관점에서 보자면 '진짜' 살인 말입니다.

그리고 여기서 헤이스팅스에게 감사를 표하는 바입니다. 그는 제가 전혀 신경 쓰지 않았던 부분에 대해 단순명료한 언급을 해 주었으니까요.

그는 세 번째 편지가 의도적으로 늦게 도착했는지도 모른다고 했습니다. 그리고 그의 말이 맞았습니다……!

그 간단한 사실 속에는 저를 줄곧 혼란스럽게 해 왔던 질문에 대한 대답이 들어 있었습니다. 그 편지들이 왜 경찰에게가 아니라 사립 탐정 에르퀼 푸아로에게 보내져야 했을까요? 저는 어떤 개인적인 이유일 거라고 생각했지만 그것은 잘못된 생각이었습니다.

아니고말고요! 그 편지들을 제게 보내야 했던 것은 그중 하나가 '잘못 배달되어' 늦게 도착되어야 한다는 것이 당신 계획의 요체였기 때문입니다. 런던 경시청으로 가는 편지가 늦게 배달될 수는 없습니다! 그 편지의 수신인 란엔 개인의 주소가 적혀야 하는 겁니다. 당신은 꽤 잘 알려진 인물, 그 편지들을 반드시 경찰에 가져다줄 인물로 나를 골랐습니다. 또한 당신은 편협한 마음속에서 외국인을 골탕 먹이는 즐거움 또한 함께 누릴 수 있었습니다.

당신은 아주 영리하게 봉투에 주소를 썼습니다. 화이트헤븐이 아니라 화이트호스라고 쓴 것입니다. 아주 자연스러운 실수처럼 보였습니다. 그 장면에서 미묘한 점을 무시하고 명료한 것을 곧바로 짚어 낼 통찰력을 가진 사람은 제 친구 헤이스팅스뿐이었습니다!

그 편지가 늦게 도착한 것은 의도적이었습니다! 살인이 안전하게 끝난 다음 경찰이 수사에 착수해야 했으니까요. 당신 형님의 야간 산책은 당신에게 기회를 제공했습니다. 그리고 ABC 테러가 사람들의 마음을 압도하고 있었으므로 당신이 범인일지도 모른다는 생각은 그 누구의 머릿속에도 떠오르지 않았습니다.

형님이 죽고 나자 당신의 목적은 달성되었습니다. 당신은 더 이상 살인을 저지르고 싶지 않았습니다. 하지만 살인이 이유 없이 중단된다면, 실상이 과연 어떤 것일까 하고 누군가 의심할 수도 있습니다.

당신의 위장 말 커스트 씨는 눈에 띄지 않는 사람이었으므로 보이지 않는 자신의 역할을 너무나도 성공적으로 수행했습니다. 그러니 세상에, 한 사람이 세 번이나 살인 현장 주변에 있었다는 사실을 그때까지 아무도 눈치 채지 못한 겁니다. 어이없게도 그가 컴비사이드를 방문했다는 사실조차 보고되지 않았습니다. 그 일은 그레이 양의 머릿속에서 완전히 잊혀지고 없었습니다.

언제나 대담한 당신은 또 하나의 살인을 하기로 결정했습니다. 하지만 이번에는 그 흔적이 잘 드러나야 했습니다.

당신은 돈캐스터를 범행 장소로 선택했습니다.

당신의 계획은 아주 간단했습니다. 당신 자신은 당연히 현장에 있을 터였습니다. 커스트 씨는 회사로부터 돈캐스터로 가라는 지시를 받게 됩니다. 당신의 계획은 그의 뒤를 따라가 기회를 엿보는 것이었습니다. 모든 것이 잘 되었습니다. 커스트 씨는 극장으로 갔습니다. 그것은 정말 간단한 일이었습니다. 당신은 그에게서 두어 좌석 떨어져 앉았습니다. 그가 나가려고 자리에서 일어났을 때 당신은 따라 일어섰습니다. 당신은 발이 걸려 넘어지는 체하며 앞줄에 앉아 졸고 있는 남자를 칼로 찌르고는 그의 무릎 밑에 ABC 철도 안내서를 떨어뜨려 놓습니다. 그러고 어두운 복도에서 커스트 씨에게 강하게 몸을 부딪치면서 문제의 칼을 그의 소매에 문지른 다음 그의 호주머니 속에 밀어 넣었지요.

당신은 이름이 D자로 시작되는 사람을 희생자로 선택하는 수고조차 하지 않았습니다. 누구든 상관없었습니다! 당신은 그것이 실수로 받아들여질 것이라고 추측했고 그 추측은 들어맞았습니다. 거기서 멀지 않은 곳에 D자로 시작되는 이름을 가진 누군가가 분명 있을 터였으니까요. 원래는 범인이 그 사람을 목표로 삼았을 것이라고 여겨질 것이었습니다.

그러면 이제 친애하는 여러분, 문제를 가짜 ABC의 입장에서, 커스트 씨의 관점에서 생각해 봅시다.

앤도버 범죄는 그에게 아무런 의미가 없습니다. 그렇지만 이어서 일어난 벡스힐 범죄에는 깜짝 놀라고 충격을 받습니다. 왜냐, 그 자신이 그 시각에 그곳에 있었으니까요! 그런 다음 처스턴 범죄가 일어나고, 신문에 머리기사로 보도됩니다. 앤도버에서 ABC 범죄가 일어났을 때 그는 거기에 있었습니다. 벡스힐에서 ABC 범죄가 있어났을 때도 역시 근처에 있었고요……. 세 범죄에서 그는 각각 그 현장에 있었습니다. 간질병 환자들은 발작이 일어날 때 대개 기억의 공백 상태가 됩니다. 자신이 무슨 행동을 했는지 기억하지 못하는 겁니다…….

커스트가 중증의 신경과민증 환자이며 몹시 암시에 잘 걸리는 인물이라는 것을 떠올려 보십시오. 이윽고 그는 돈캐스터로 가라는 지시를 받습니다.

돈캐스터! 그러니까 돈캐스터에서 다음 번 ABC 범죄가 일어나게 되어 있었습니다. 그는 그것이 자신의 운명처럼 느껴졌을 겁니다. 그는 신경이 몹시 날카로워져서는, 하숙집 여주인이 자기를 의심스러운 눈초리로 보고 있다고 지레 짐작하고 첼튼엄으로 간다고 거짓말을 했습니다.

그는 돈캐스터로 갔습니다. 그것이 그의 의무니까요. 오후에 그는 극장에 갑니다. 아마 잠시 졸았을 겁니다.

여관에 돌아와 자신의 외투 소매에 피가 묻어 있고, 주머니에 피 묻은 칼이 들어 있는 것을 발견했을 때 그의 기분을 상상해 보십시오. 막연한 예감이 확신으로 바뀝니다.

그가, 그 자신이 살인자인 겁니다! 그는 자신의 두통을, 기억의 공백을 떠올립니다. 그리하여 자기 자신, 알렉산더 보나파르트 커스트가 살인광이라는 사실을 확신하게 됩니다.

그 후 그는 쫓기는 짐승처럼 행동합니다. 그는 런던에 있는 하숙집이 안전하다고 믿고 그곳으로 돌아옵니다. 사람들은 그가 첼튼엄에 가 있었다고 생각할 테니까요. 그의 수중에는 여전히 칼이 있었습니다. 물론 그것은 너무나도 어리석은 행동입니다. 그는 흉기를 현관 탁자 뒤에 숨깁니다.

그러던 어느 날 그는 경찰이 자신을 만나러 온다는 제보를 받습니다. 이제 끝입니다! 사람들이 눈치를 챈 겁니다! 쫓기는 짐승은 마지막 힘을 다해 도망칩니다…….

그가 왜 앤도버로 갔는지는 저도 모르겠습니다. 범죄가 저질러진 장소를 눈으로 확인하고 싶은 왜곡된 욕망 때문이었을 겁니다. 아무것도 기억할 수 없지만 자신이 저질렀다고 믿는 범죄 말입니다…….

그에겐 더 이상 돈이 없습니다……. 그는 지쳤고…… 두 다리는 주인의 동의하에 그를 경찰서로 인도합니다.

하지만 구석에 몰린 짐승도 덤벼들기 마련입니다. 커스트 씨는 자신이 살인을 저질렀다고 믿으면서도 한편으로 굳세게 자기의 결백을 주장합니다. 그리고 그는 두 번째 살인에 대한 알리바이에 필사적으로 매달렸습니다. 적어도 그 범죄만큼은 그에게 뒤집어씌울 수 없었지요.

앞서 말했듯이 그를 보자마자 저는 그가 살인자가 아니라는 것을 알 수 있었습니다. 제 이름은 그에게 아무 의미도 없었습니다. 저는 또한 그가 자기 자신을 살인자로 여긴다는 걸 알 수 있었습니다.

자신이 범인이라는 그의 고백을 듣고 나자, 저는 제 추론이 맞다는 것을 그 어느 때보다도 확실히 알 수 있었습니다."

"당신의 추론은…… 터무니없습니다!"

프랭클린 클라크가 말했다.

푸아로가 고개를 내저었다.

"아니요, 클라크 씨. 누군가 당신을 의심하지 않는 한 당신은 안전할 수 있었습니다. 하지만 일단 당신에게 의심을 품게 되면 증거를 쉽사리 찾아낼 수 있습니다."

"증거라고요?"

"예. 당신이 앤도버와 처스턴 살인에서 사용한 지팡이를 컴비사이드의 찬장에서 발견했습니다. 두툼한 손잡이가 달린 평범한 지팡이더군요. 나무로 된 부분을 도려내고 그 안에 납을 녹여 부었던데요. 당신이 돈캐스터 경마장에 있어야 할 시각에 영화관에서 나오는 것이 목격되었습니다. 증인 두 사람이 여섯 개의 사진 속에서 당신의 사진을 골라냈지요. 또한 사건 당일 당신이 벡스힐에 있었던 것을 밀리 히글리와 스칼렛 러너 로드하우스의 아가씨가 확인했습니다. 당신은 사건이 벌어지던 날 그곳으로 베티 바너드를 데리고 가서 저녁 식사를 했지요. 그리고 마지막으로 가장 치명적으로 당신은 가장 기본적인 주의 사항을 소홀히 했더군요. 커스트의 타자기에 당신의 지문이 남아 있었습니다. 결백하다면 당신이 결코 만질 이유가 없는 그 타자기에 말입니다."

클라크는 잠시 말없이 앉아 있다가 이윽고 입을 열었다.

"루즈, 앵페르, 망크(빨강, 홀수, 아래)! 당신이 이겼습니다, 무슈 푸아로! 하지만 그건 해 볼 만한 도박이었지요!"

믿을 수 없을 만큼 날랜 동작으로 그는 주머니에서 작은 권총을 꺼내어 자신의 머리에 갖다 댔다.

나는 비명을 내질렀고, 총성을 기다리며 무의식적으로 움찔했다.

하지만 총소리는 들리지 않았다. 방아쇠를 당기는 소리만 속절없이 들려왔다.

클라크는 깜짝 놀라 권총을 물끄러미 바라보다가 나직이 욕설을 내뱉었다.

"그래요, 클라크 씨. 당신도 눈치 채셨겠지만 저는 오늘 새 남자 하인을 데리고 왔습니다. 그는 제 친구인데 솜씨 좋은 소매치기이기도 하죠. 그는 당신이 눈치 채지 못하게 주머니에서 권총을 슬쩍 꺼내 총알을 모두 빼낸 다음 다시 넣어두었답니다."

푸아로가 말했다.

"이 지독하게 건방진 원숭이 같은 외국놈!"

클라크가 분노로 안색이 시뻘개져서는 외쳤다.

"그래요, 그래. 그게 당신의 본심입니다. 클라크 씨, 당신은 그렇게 쉽게 죽지 않을 겁니다. 커스트 씨에게 당신은 익사할 뻔했는데 살아났다고 했지요. 그게 어떤 의미인지 당신은 알 겁니다. 당신은 또 다른 삶을 살게 될 겁니다."

"당신……."

더 이상 말이 나오지 않았다. 클라크의 얼굴은 납빛이었고, 두 주먹은 위협하듯 불끈 쥐어져 있었다.

런던 경시청에서 파견된 형사 둘이 옆방에서 나왔다. 그중 한 사람은 크롬이었다. 그가 앞으로 나와 예의 그 오래된 구절을 읊기 시작했다.

"당신이 하는 말은 증거로 사용될 수 있습니다."

"그가 이미 말한 것으로 충분합니다."

푸아로가 말했다. 그 다음에 그는 클라크에게 이렇게 덧붙였다.

"당신은 편협한 우월감으로 가득 차 있지만, 제가 보기에 당신이 저지른 범죄는 영국식 범죄와는 거리가 멉니다. 정정당당하지도 않고, 스포츠 정신에도 어긋납니다……."

## 피날레

유감스럽지만 프랭클린 클라크가 나가고 문이 닫혔을 때 내가 신경질적으로 웃음을 터뜨렸다는 이야기를 하지 않을 수 없다.

푸아로는 조금 놀란 듯 나를 바라보았다.

"그의 범행이 스포츠 정신에 어긋난다고 한 당신 말 때문입니다."

나는 웃음으로 숨을 헐떡이며 말했다.

"사실이 그렇지 않은가. 너무나도 끔찍했다네. 친형을 살해해서가 아니라 잔인하게도 한 불운한 사람을 산 채로 희생시키려던 걸 말하는 걸세. '여우를 잡아 상자 속에 넣어 절대로 풀어 주지 마!' 그건 스포츠가 아닐세!"

메건 바너드가 길게 한숨을 내쉬었다.

"저는 정말 믿을 수가 없어요. 믿기지가 않아요. 사실인가요?"

"예, 마드무아젤. 이제 악몽은 끝났습니다."

그녀는 그를 멍하니 바라보았다. 그녀의 안색이 붉어졌다.

푸아로가 프레이저에게 몸을 돌렸다.

"마드무아젤 메건은 두 번째 살인을 저지른 사람이 당신일 거라는 두려움에 줄곧 시달려왔습니다."

도널드 프레이저가 차분하게 말했다.

"저 자신도 한때 그렇게 생각했었습니다."

"당신의 꿈 때문에요?"

푸아로는 청년에게 좀 더 가까이 다가가더니 나직하게 목소리를 낮추었다.

"당신의 꿈은 아주 자연스럽게 설명됩니다. 당신의 머릿속에서 한 여자의 모습이 벌써 희미해지고 그 자리를 그녀의 자매가 차지하게 된 겁니다. 마드무아젤 메건이 당신의 마음속에서 그녀 동생의 자리를 차지했지만, 당신 자신은 죽은 이에게 그렇게 빨리 마음이 떠났다는 것을 견딜 수 없었으므로 그 생각을 억누르기 위해, 그 생각을 없애버리기 위해 발버둥 쳤던 거지요. 이것이 그 꿈에 대한 설명입니다."

프레이저의 두 눈이 메건에게 향했다.

"그녀를 잊는 걸 미안하게 생각하지 마세요."

푸아로가 부드럽게 말했다.

"그녀는 그렇게 기억할 만한 가치가 없습니다. 마드무아젤 메건에게서 당신은 귀한 그 무엇, 앵 쾨르 마니피크(훌륭한 마음)을 발견할 수 있을 겁니다!"

도널드 프레이저의 눈이 빛났다.

"선생님 말씀이 맞는 것 같습니다."

우리 모두는 푸아로를 둘러싸고 이런저런 것들에 대해 물었다.

"그 질문 말인데요, 푸아로? 모든 이들에게 물으셨던 것 말입니다. 거기 무슨 뜻이 있었나요?"

"그 질문들 중 몇몇은 그저 말을 위한 말이었습니다. 하지만 저는 알고자 했던 한 가지 사실, 즉 첫 번째 편지를 부쳤을 때 프랭클린 클라크가 런던에 있었다는 사실을 알아냈고, 마드무아젤 도라에게 질문을 던질 때 그의 표정을 보고 싶었습니다. 그는 경계를 늦추고 있었습니다. 그의 눈빛이 악의와 분노로 이글거리더군요."

"선생님께선 제 감정 같은 것은 고려하지 않으셨지요."

도라 그레이가 말했다.

"저는 아가씨가 제 질문에 진실하게 대답할 거라고는 생각지 않았답니다, 마드무아젤."

푸아로가 건조한 어조로 말했다.

"그리고 이제 마드무아젤의 두 번째 기대도 무산되었군요. 프랭클린 클라크가 자기 형님의 재산을 상속받지 못하게 되었으니까 말입니다."

그녀가 고개를 거칠게 치켜들었다.

"제가 계속 여기 앉아서 모욕을 당할 필요가 있나요?"

"전혀 없습니다." 하고 말하며 푸아로는 그녀에게 정중하게 문을 열어 주었다.

"그 지문 이야기는 결정적이었습니다, 푸아로."

내가 생각에 잠긴 채 말했다.

"당신이 그 말을 하자 클라크는 완전히 전의를 상실하는 것 같더군요."

"그래, 유용했지. 지문 말일세."

그는 생각에 잠긴 표정으로 이렇게 덧붙였다.

"그 이야기는 자네를 기쁘게 해 주기 위해 내가 넣은 거라네."

"하지만, 푸아로? 그렇다면 사실이 아니란 말입니까?"

내가 소리쳤다.

"물론 사실이 아닐세, 몬 아미."

에르퀼 푸아로가 대답했다.

며칠 뒤에 알렉산더 보나파르트 커스트가 우리를 찾아왔다는 이야기를 해 두어야겠다. 커스트는 푸아로와 악수를 나누고 몹시 어눌하고 비효율적인 방법으로 애써 그에게 감사를 표한 다음 몸을 일으키며 말했다.

"어떤 신문사에서 진짜로 제게 100파운드를 제안해 왔다는 거 아십니까. 100파운드를 준다는군요. 제가 살아온 삶을 간단히 말해 주는 대가로 말입니다. 전…… 전 정말이지 어떻게 해야 할지 모르겠습니다."

"나라면 100파운드를 받지 않을 겁니다. 마음을 단단히 먹으십시오. 500파운드는 받아야 한다고 말하세요. 그리고 한 신문사와 독점 계약을 하시면 안 됩니다."

푸아로가 말했다.

"정말 그렇게 생각하십니까……. 정말……."

"이제 아셔야 합니다."

푸아로가 미소를 지으며 말했다.

"당신은 이제 아주 유명한 사람이라는 걸 말입니다. 실제로 지금 영국에서 가장 유명한 사람일 걸요."

커스트는 좀 더 자세를 바로 했다. 기쁜 빛이 그의 얼굴을 환히 밝히고 있었다.

"선생님의 말씀이 맞는 것 같습니다! 유명해졌어요! 모든 신문에 나 있답니다. 선생님의 충고를 따르겠습니다, 무슈 푸아로. 돈은 몹시 기분 좋은 겁니다……. 정말 기분 좋은 거죠. 잠시 휴가를 가지려고 합니다……. 그리고 릴리 마버리에게 멋진 결혼 선물을 해 주고 싶습니다. 사랑스러운 아가씨……. 정말로 사랑스러운 아가씨랍니다, 무슈 푸아로."

푸아로는 격려하듯 그의 어깨를 토닥였다.

"당신 말이 맞습니다. 마음껏 즐기십시오. 그리고 한마디 할 게 있는데 안과에 한번 가 보는 것이 어떨까요? 그 두통은 어쩌면 안경이 맞지 않아서 생긴 것일 수도 있습니다."

"그동안 줄곧 그런 이유 때문에 그랬을까요?"

"제 생각엔 그렇습니다."

커스트는 푸아로의 손을 잡고 따뜻하게 악수를 했다.

"당신은 정말 훌륭한 분입니다, 무슈 푸아로."

푸아로는 언제나처럼 그런 칭찬을 흐뭇하게 음미했다. 그는 심지어 겸손한 표정조차 제대로 지어 보이지 못했다.

커스트가 당당한 자세로 나가고 나자 내 오랜 친구는 나를 건너다보며 미소를 지었다.

"그러니까 말일세, 헤이스팅스……. 우리는 또 한 차례 사냥을 한 셈 아닌가? 비브 르 스포르(스포츠 만세)."

〈끝〉

**옮긴이** | 김남주

김남주는 서울에서 태어나 이대 불문과를 졸업하고 주로 프랑스 문학과 인문학 책들을 우리말로 옮겨왔다. 옮긴 책으로 프랑수아즈 사강의 『브람스를 좋아하세요』, 로맹 가리의 『새들은 페루에 가서 죽다』와 『가면의 생』, 엑토르 비앙시오티의 『밤이 낮에게 하는 이야기』와 『아주 느린 사랑의 발걸음』, 아멜르 노통브의 『사랑의 파괴』와 『오후 네 시』와 『로베르』, 필립 솔레르스의 『모차르트 평전』, 레몽 장의 『세잔 졸라를 만나다』, 로버트 래드포드의 『달리』, 도미니크 보나의 『세 예술가의 연인』, 그리고 황금가지판 크리스티 전집 1, 2, 5, 12, 13, 15, 20, 44권 등이 있다.

애거서 크리스티 에디터스 초이스
ABC 살인 사건

1판 1쇄 펴냄 2013년 12월 31일
1판 17쇄 펴냄 2024년 1월 24일

**지은이** | 애거서 크리스티
**옮긴이** | 김남주
**발행인** | 박근섭
**편집인** | 김준혁
**펴낸곳** | 황금가지

**출판등록** | 2009. 10. 8 (제2009-000273호)
**주소** | 06027 서울 강남구 도산대로 1길 62 강남출판문화센터 5층
**전화** | **영업부** 515-2000 **편집부** 3446-8774 **팩시밀리** 515-2007
**홈페이지** | www.goldenbough.co.kr

도서 파본 등의 이유로 반송이 필요할 경우에는 구매처에서 교환하시고
출판사 교환이 필요할 경우에는 아래 주소로 반송 사유를 적어 도서와 함께 보내주세요.
06027 서울 강남구 도산대로 1길 62 강남출판문화센터 6층 민음인 마케팅부



ISBN 978-89-6017-784-0 04840
ISBN 978-89-8273-108-2 04840 (set)

㈜민음인은 민음사 출판 그룹의 자회사입니다.
황금가지는 ㈜민음인의 픽션 전문 출간 브랜드입니다.